KB262650

최면의 대가

일성 신무협 판타지 소설

Fantastic Oriental Heroes

최면의 대가 6

일성 新무협 판타지 소설

초판 1쇄 찍은 날 § 2007년 2월 27일
초판 1쇄 펴낸 날 § 2007년 3월 7일

지은이 § 일성
펴낸이 § 서경석

편집장 § 문혜영
편집책임 § 서지현
편집 § 심재영

펴낸곳 § 도서출판 청어람
등록번호 § 제1081-1-89호
등록일자 § 1999. 5. 31
어람번호 § 제2-1140호

주소 § 경기도 부천시 원미구 심곡1동 350-1 남성B/D 3F (우) 420-011
전화 § 032-656-4452 팩스 § 032-656-4453
http://www.chungeoram.com
E-mail § eoram99@chollian.net

ⓒ 일성, 2006

ISBN 978-89-251-0577-2 04810
ISBN 89-251-0242-0 (세트)

최면의 대가

일성 신무협 판타지 소설

Fantastic Oriental Heroes

6

[완결]

목차

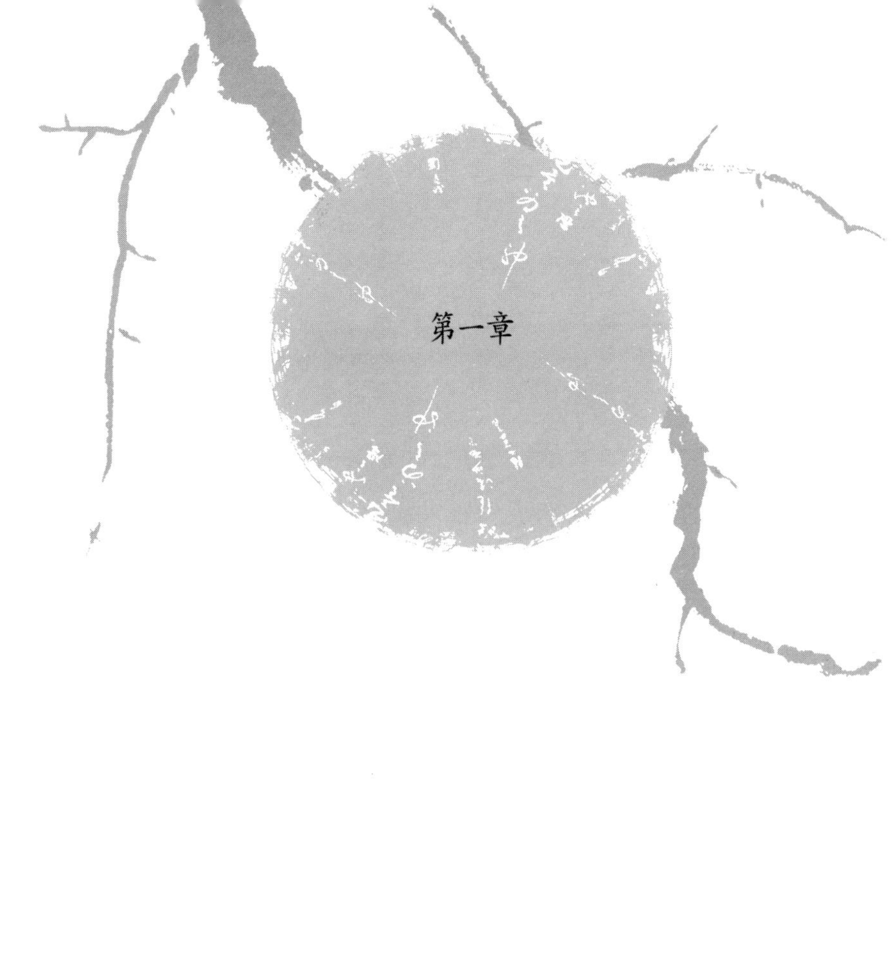

第一章

第一章

돌변

청명이 축예공과 함께 남궁세가의 후문에 도착했을 때, 그리 크지는 않지만 여기저기에서 작은 비명이 들려오고 있었다.

무사들의 것이 아니라 아이들과 여인들의 소리였다.

"철저하게 부술 모양이군요."

축예공의 말에 청명이 인상을 찌푸렸다.

예전 정혜공주를 호위할 때 보았던 마교도들의 악행이 남궁세가에서도 자행되고 있는 것이 분명했다.

"마교는 이번 일을 본보기로 삼으려 하겠지. 다시는 이런 일이 벌어지지 못하도록 모범을 보이려는 게 그들의 생각일

9

거야. 우선 혈천조를 기다렸다가 들어간다.”

그렇게 그들은 일각이라는 시간을 기다렸다.

청명은 조바심이 나 미칠 지경이었다.

시간이 지체될수록 세가의 많은 사람들이 죽어갈 것이 뻔했다.

“안 되겠어!”

“네?”

“먼저 들어간다. 자네는 혈천조가 오면 후문을 장악한 후, 주력 부대가 올 때까지 버티고 있어.”

“안 됩니다. 총대주께서 아무리 고강한 무공을 가지셨다 해도 적들의 숫자를 모두 감당할 수는 없을 겁니다.”

“어차피 적들도 저 넓은 세가 내를 몰려다니지는 않겠지.”

“하지만…….”

청명은 더 듣지 않고 후문을 넘었다.

축예공이 걱정스런 표정으로 고개를 저었다.

따라갈까도 생각해 보았지만, 그랬다간 사정을 모르는 혈천조와 움직임이 달라질 수가 있었다.

콰―!

창문이 부서지며 흑의복면인 하나가 방 안으로 뛰어들었다.

여기저기에서 비명이 들려온다지만 깊은 잠에 빠져 있다

면 듣지 못할 수도 있었다.

방 안에 있던 여인이 그런 모양이다.

남궁예는 창문이 부서져서야 기겁하며 일어났다.

"누, 누구세요?"

복면인은 그녀의 물음에 대답도 하지 않았다.

창가에 비치는 달빛에 반사된 예리한 검끝을 앞세워 그대로 남궁예를 향해 찔러 넣었을 뿐이다.

남궁예는 두 눈을 질끈 감았다. 피하려 했지만 그럴 수가 없었다.

후회는 아무리 해도 늦다.

이럴 때 무공을 게을리 했던 지난날들이 후회가 되는 건 왜일까?

그나마 후회까지 늦은 그녀였으니 어디 가서 억울하다 말하지는 못할 텐데…….

운이 따라주었다.

윙!

허공을 가르는 바람 소리가 시원하다고 생각한 그녀였다.

자신의 피가 쏟아져 나와 전신을 적시는 그 시원한 기분에…….

'아! 죽는 건 아프진 않구나!'

갑자기 졸음이 쏟아지기 시작했다.

그런데…….

툭!

누군가 머리를 때렸다.

"이봐!"

남궁예는 슬쩍 눈을 떴다.

죽어가는 여인의 머리를 때리는 예의없는 사람을 보기 위해서였다.

순간 그녀의 두 눈이 커졌다.

침상 밑에 복면인이 쓰러져 있고, 그 뒤에 달빛을 후광으로 받고 있는 인영이 있었기 때문이다.

그녀는 급히 자신의 몸을 더듬었다.

사내가 짜증나는 투로 말을 걸었다.

"다친 데 없으니까 안심해."

"그럼 이 피는!"

끈적이면서도 비릿한 냄새는 분명히 피였다.

"이 녀석의 거다."

사내가 쓰러진 복면인을 가리켰다.

그제야 남궁예가 안도의 한숨을 쉬었다.

"그런데 당신은 누구죠? 어느 당 소속이죠?"

"세가 사람이 아니다. 여하튼 어서 도망이나 쳐."

그녀가 고개를 갸웃거렸다.

자신을 해치려 했던 복면인이 죽었으니 도망갈 이유가 없었다.

같지 않았다.

그리 본다면 어차피 모두 죽을 목숨. 시간만 조금 달라지는 격이었다.

하지만 그 생각은 잠시 후에 완전히 뒤바뀔 수밖에 없었다. 오히려 외곽보다 청진원이 더 위험해진 것이다.

청진원에서 마교를 어느 정도 막아내며 시간을 벌게 되자 백여 명의 적이 담을 넘어 모습을 드러냈다.

그중 선두에 선 이가 비소를 머금으며 말했다.

"병장기 소리가 요란하기에 와봤더니 꽤 몰려 있었군."

남궁영이 세가를 대표하며 물었다.

"도대체 무슨 마음으로 이런 일을 꾀한단 말인가!"

"배신에 대한 합당한 처벌일 뿐. 무슨 말이 더 필요할까?"

"그렇다고 아무것도 모르는 여자들과 아이들까지 죽일 필요는 없지 않은가!"

"남궁세가의 사람이라면 누구도 예외를 두지 않는다. 쳐라!"

명이 떨어지기 무섭게 백여 명의 마교도가 장내로 뛰어들었다.

그 놀라운 기세에 눌린 세가의 고수들은 뒷걸음질치기 바빴다.

삼십여 명을 상대하기도 버거울 판에 백 명이 더 끼어들었으니 어쩔 수 없었다.

“제가 왜요?”

“내당에는 남궁가 사람만 살고 있다고 들었는데 아닌가?”

남궁예가 울컥해 항변했다.

“전 남궁예이고 남궁가가 맞아요. 이곳의 가주님이 우리 할아버지죠.”

은근히 자랑하는 투로 말했다.

하지만 상대가 놀라운 말을 해왔다.

“남궁가라면 분명히 무공을 익혔을 텐데, 어떻게 세상모르고 자는 거야? 지금 비명 소리가 안 들려?”

“무, 무슨 소리?”

잠시 청력을 돋은 그녀의 귀에 짧은 비명이 들려왔다.

사내는 기다리지 않고 말했다.

“마교가 기습했으니 조용히 달아나. 자신없으면 침상 밑에 숨어 있던가.”

“마, 마교?”

그녀가 경악하든 말든 의문의 사내, 청명은 할 일을 다 했다는 듯 창밖으로 돌아섰다.

남궁예가 급히 일어나 그의 옷깃을 잡았다.

“잠깐만요.”

“……?”

“절 따라오세요.”

“어딜?”

"적의 기습이 있다면 내당 청진원으로 모두 몰려들 거예요. 거기에 고수들이 많이 있거든요."

잠시 생각한 청명이 고개를 끄덕였다.

혼자서 좌충우돌해 봐야 모든 마교도들을 막을 수 없으니, 사람들이 가장 많이 몰려든 곳으로 가는 게 좋다고 판단했다.

하지만 가는 도중에 마교도들을 만나 시간이 꽤나 지체될 수밖에 없었다.

스팟!

검망이 번뜩이며 복면인이 비명과 함께 쓰러졌다.

남궁희성은 상대의 실력에 혀를 차며 주변을 보았다.

청진원은 남궁세가 내당의 경계의 중심부로 그날그날 세가의 보안을 보고받고 많은 무사들이 대기를 하고 있는 곳이다. 그런 만큼 복면인들의 출연에 빠른 대처를 할 수 있었는데, 일시에 들이닥친 삼십여 명의 복면인을 막는 것은 버거워 보였다.

한 복면인에 다섯에서 열 명씩 붙어 있었지만 쉽사리 제압하지 못하고 있어 남궁희성에게 회의적인 느낌을 주었다.

하지만 문제는 그것이 아니다.

청진원 밖 여기저기서 들려오는 소리로 보아 꽤 많은 적들이 기습해 온 것이 분명했다.

외곽 경계무사들에게 보고도 올라오지 않은 것은, 그들이 일시에 제압되었음을 알 수 있었다.

그는 급히 수하들을 돕기 위해 다른 복면인에게로 몸을 날렸다.

그때 청진원 정문을 통해 삼십여 명의 무리가 다시 모습을 드러냈다.

남궁희성은 선두에 선 노인을 보며 한숨을 내쉬었다.

가주의 동생 남궁영 장로였던 것이다. 그를 호위한 남궁진철 단주와 그 수하들이, 그리고 부상을 당한 남궁철과 그를 부축하고 있는 남궁진화가 함께하고 있었다.

그들은 청진원의 사정을 보고 복면인들에게로 달려들었다.

남궁희성은 한 명의 복면인을 더 처리한 후에 남궁영에게 다가갔다.

“어찌 된 일입니까?”

남궁영이 인상을 찌푸렸다.

“경계 책임을 맡은 자네가 물으면 어쩌자는 건가?”

남궁희성의 얼굴이 붉게 물들었다.

“죄, 죄송합니다.”

“됐네. 적들은 마교겠지?”

마기를 풀풀 풍겨내는 모습과 놀라운 실력 하나만으로도 확신할 수 있는 일. 남궁희성이 고개를 끄덕이며 남궁철을 향해 걱정을 드러냈다.

"괜찮으냐?"

남궁진화가 대신 대답했다.

"저를 지키다가……. 빨리 치료를 해야 해요."

하지만 이 상황에서 마땅한 치료 방법이 있을 리 없었다.

"버틸 수 있겠나?"

남궁철이 힘겹게 대답했다.

"저는 신경 쓰지 마십시오."

"조금만 참거라."

그러면서 남궁영을 향해 말했다.

"얼마나 많은 마교도들이 기습을 했는지 모르겠습니다."

남궁영이 고개를 절레절레 저었다.

마교도들이 바보는 아닐진대, 자신없는 기습을 할 리 없었다.

"대책은 있나?"

"유사시에 청진원으로 모인다는 것을 모두 알고 있으니 여기를 사수하며 방어선을 구축할 생각입니다."

최선책이기는 했지만 남궁영으로서는 탐탁지 않았다.

청진원 밖에서 당하고 있을 많은 사람들은 어쩔 것인가!

이대로 방치하는 것은 너무 무책임하다는 게 그의 생각이었다.

하나 특별한 방도가 없다는 것도 사실. 실제로 마교도의 실력을 생각했을 땐 이곳도 그리 많은 시간을 버틸 수 있을 것

순간 기괴한 소리가 소매 속에서 울리더니 채찍 같은 것이 직선으로 뻗어나가 복면인의 목을 뚫었다.

각편검이었다.

하지만 각편검의 활약은 한 사람으로 끝나지 않았다.

목을 뚫은 각편검이 기이하게 움직이며 회수되었는데, 그 방향이 남은 복면인의 뒷등이었던 것이다.

복면인은 동료의 어이없는 죽음에 놀랄 사이도 없이 급히 왼쪽으로 몸을 틀었다.

그때 들어난 허점!

청명의 자유로워진 청운검이 상대 어깨를 베고 완전히 드러난 허리를 향해 움직였다.

크륵!

뼈가 관통당하며 청운검으로 전달되는 떨림이 청명의 손까지 전해졌다.

두 복면인이 신음 한 번 내뱉지 못하고 그대로 바닥에 쓰러져 버리자 다가온 남궁예가 신기한 표정으로 청명을 바라보았다.

"당신 정말 강하군요? 어떻게 마교의 고수들을 그렇게 쉽게 제압하죠?"

청명은 아직도 복면인의 목을 관통하고 있는 각편검을 회수하며 남궁예를 힐끔 바라보았다.

반응은 단지 그뿐, 그는 대답없이 다시 병장기 소리가 들리는 곳으로 몸을 날렸다. 대답을 기다렸던 남궁예가 인상을 썼지만 신경도 쓰지 않은 쾌속한 움직임이었다.

"같이 가요!"

"크아악!"

하나둘씩 남궁세가의 무사들이 쓰러지고 있을 때, 남궁영 등은 조금이라도 더 버티기 위해 안간힘을 쥐어짜고 있었다. 하지만 마교도들의 실력은 생각 이상이었다.

뿐만 아니라 또다시 일단의 무리들이 청진원 정문을 부수고 들어섰다.

전투는 그것으로 잠시 소강상태로 접어들었다.

이백여 명은 족히 되는 마교도가 합류하자 세가의 무사들과 엉켜 있던 마교도들이 갑자기 물러섰기 때문이다.

남궁영은 새로 등장한 마교도 중 선두에 선 사내를 바라보았다. 혈포를 입고 뒷짐을 진 모습으로 보아 그가 오늘 기습을 주관한 적의 우두머리임이 확실했다.

놀랍게도 서른 초반의 사내였다.

혈포사내는 권태로움이 물씬 풍기는 표정으로 주변을 둘러보며 입을 열었다.

"어중이떠중이를 모아놓은 쓰레기들로 보았는데, 그래도 제법 시간을 지체시켰군. 한 가지만 물어보지."

"……?"

"왜 그랬지, 우리의 제안을 받아들였다면 세가의 앞날이 보장됐을 텐데? 머리가 돌아가지 않는 건가? 아니면, 우리를 막을 수 있다고 생각한 건가?"

그 말에 남궁영이 세가를 대표해 대답했다.

"마교를 마음으로 따를 자가 중원에 몇이나 되겠느냐!"

혈포사내가 비소를 머금었다.

"강호가 원래 이익이 있는 곳으로 움직이고, 강자에게 굴복하는 세상 아닌가?"

"오만하구나! 네놈들이 강자라고 생각하는 게냐?"

이미 마지막을 예감한 남궁영이 지지 않고 대꾸하자 혈포사내가 앞으로 천천히 걸어나왔다.

"그럼, 누가 착각하고 있는지 보여줄까?"

그는 이제 백 명도 남지 않은 세가 무리를 향해 손가락을 까딱거렸다.

"모두 덤벼봐. 강자가 어떤 건지 직접 느끼게 해주마."

순간 거리를 좁히는 그의 몸에서 음산한 기운이 사방으로 방출되기 시작했다.

남궁영을 비롯한 세가의 사람들이 경악한 표정을 지었다.

혈포사내가 점점 다가올수록 검푸른 빛이 그의 몸을 감싸더니 종내에는 강렬히 타올랐기 때문이다.

이글거리는 희뿌연 빛에 가려 사내의 모습이 흐릿해졌을 때, 세가의 무사 세 명이 급히 달려들었다. 그것을 멀찍이 떨어져 지켜보던 마교도들이 경탄과 함께 비웃음을 흘렸다.

"홍마 장로님의 수라환마대공(修羅煥魔大功)은 십이성을 넘어 극성으로 올라섰다더니, 직접 보니 전율스럽군."

"한데, 불가로 뛰어드는 저들은 뭔가? 흡사 불나방 같지 않은가? 어리석은 놈들!"

마교도의 말처럼 홍마 장로에게 달려든 세가의 무사들은 거리가 가까워질수록 몸이 타는 듯한 기분을 느꼈다.

실제로 그들의 옷이 검게 타 들어가고 있었다.

이때 홍마 장로의 손이 횡으로 그어졌다.

화르륵!

순간 불길이 치솟으며 강기와 같은 반월형의 불길이 세 무사를 덮쳤다.

"크아악!"

장내에 비명성이 울리며, 동시에 모두들 입을 벌렸다.

손길 한 번에 세 무사의 몸이 뼈까지 타버렸던 것이다.

순식간에 살과 뼈를 태우는 화강(火罡)의 열기는 주변을 뜨겁게 달궈 모든 사람들로 하여금 두려움을 느끼게 했다.

형체를 알아보기도 힘든 무사들이 바닥에 쓰러지자 남궁 영이 표정을 굳혔다.

그러는 사이에도 홍마 장로는 더욱 거리를 좁히고 있었고, 열기는 그를 중심으로 삼 장까지 숨이 턱 막힐 정도로 퍼져 나왔다.

“두려움에 떠는 상대의 표정을 즐기는 자가 진정한 강자가 아닐까 생각해 본 적이 있다. 승패의 결과를 초월한, 단순한 유희!”

대상없이 중얼거리는 그의 말에 누군가가 뛰쳐나갔다.

“닥쳐라!”

남궁진철이었다.

그는 발악하듯 일갈을 터뜨리며 검에 진기를 불어 넣었다.

명색이 단주인데 수하들 앞에서 세가의 명예가 떨어지는 꼴을 참지 못했던 것이다.

그 또한 수십 평생을 무공 연마에 힘쓴 무인, 그것을 증명하듯 검에서 푸른빛이 뿜어져 나와 검기를 만들어냈다. 호신 강기를 이용해 몸 주변을 보호했던 모양, 열기의 영향을 받지 않고 그대로 홍마의 지척까지 다가가고 있었다.

홍마는 재밌다는 듯 그를 바라보았다, 여전히 일정한 보폭, 일정한 시간으로 한 걸음씩 떼면서.

그때를 노려 남궁진철의 성명병기인 항마도가 홍마의 목을 향해 떨어졌다.

쉬이익!

경풍이 뒤따르면 파공음이 도신을 따라 흘러나왔다.

하지만…….

캉―!

남궁진철이 두 눈을 부릅떴다.

필생의 내공을 담은 일격이 상대의 손가락 하나, 단지 검지 하나에 의해 튕겨 나왔다는 사실을 믿어지지 않아서였다.

스륵!

불신의 빛을 띠며 잠시 굳어 있는 사이, 홍마가 다시 한 걸음 앞으로 내딛었다.

반대 손으로 남궁진철의 관자놀이를 노리면서였다.

빠르지 않은 동작에 단순한 수공법!

하지만 남궁진철은 피할 생각조차 하지 못했다.

"멈춰라!"

사촌 동생의 죽음을 묵과할 수 없었던 남궁영이 쾌속한 신법을 전개해 홍마를 향해 일검을 내질렀다.

관자놀이를 노리던 손이 교묘히 방향을 틀어 검신을 잡았다.

놀란 남궁영이 검을 빼려 했지만 요지부동.

캉!

홍마의 손에 쥐어진 검이 산산이 부서져 흩어졌다. 이어 붉게 타오르던 손은 남궁영의 가슴을 향해 일장을 날리려 했다.

남궁영은 급히 가전의 비급인 천영신장(天營神掌)을 이용해 마주 손을 뻗었다.

쾅!

장과 장의 격돌에서 굉음이 터져 나오고, 결과는 남궁영의 패배로 돌아갔다.

“울컥!

피를 뿜으며 삼 장이나 밀려난 그의 전신이 연기로 뒤덮여 있었다. 장의 충격으로 내력이 흩어졌고, 홍마 장로의 열기를 견디지 못한 결과였다.

“종조부!”

화상을 입은 그가 힘없이 쓰러지자 남궁진화가 급히 그를 부축했다.

“괜찮으세요?”

다시 입가로 피를 울컥 내뱉은 남궁영이 자신은 돌보지 않고 남궁진철을 걱정했다.

“단주는?”

다행히 그 때문에 남궁진철은 무사히 뒤로 물러난 상태였다.

홍마를 견제하기 위해 홀로 선두에서 있는 모습을 본 남궁진화가 고개를 끄덕였다.

“걱정 마세요. 무사해…….”

말은 끝까지 이어지지 못했다.

비명이 마무리를 대신했다.

“꺄아악!”

남궁진화는 목이 떨어진 남궁진철을 바라보며 몸을 떨었다.

홍마가 그의 목을 수도로 간단히 잘라 버렸던 것이다.

툭―!

공중에 떠올랐던 남궁진철의 목이 바닥에 떨어지면서 모두 할 말을 잃었다.

여전히 홍마는 비웃음을 흘리며 다가오고 있는데, 그의 발 아래 남궁진철의 몸이 있었다.

남궁희성이 급히 앞으로 나가 물었다.

"원하는 것이 무엇인가?"

홍마는 간단한 대답으로 남궁세가의 앞날을 결론지었다.

"세가의 전멸!"

모두 허탈한 표정이 될 수밖에 없었다.

마지막 방법으로 남궁희성이 협박을 택했다.

"본 세가의 주력이 수일 내로 당도할 게다. 이러고도 무사할 것 같은가?"

"난 주절주절 말 많은 늙은이가 싫다!"

순간 홍마의 신형이 자리에서 사라지더니 남궁희성 코앞에 나타났다. 그 빠른 신법에 남궁희성 등이 경악한 표정이 되었다.

화르륵!

화염으로 휩싸인 홍마의 붉은 손이 그대로 남궁희성의 입을 노렸다.

곁에 있던 남궁진화가 차마 보지 못하고 두 눈을 질끈 감아

버렸다.

콩—!

귀를 찢을 것 같은 소리가 사방으로 퍼져 나갔다.

남궁진화는 두려움에 몸을 떨기 시작했다.

믿고 따르는 세가의 중심 인물들, 모두 어릴 때부터 보아왔던 가문의 어른들이 잔인하게 죽어가고 있으니 그럴밖에. 그것을 지켜만 봐야 하는 자신이 한스럽기만 했다.

하지만 의외로 장내가 술렁였다.

"저, 저런……."

"누구지?"

두런두런 들리는 목소리에 남궁진화가 슬며시 눈을 떠 남궁희성을 바라보았다.

그녀 또한 의문의 표정을 드러냈다.

우선 황금색 장포를 입은 사내의 뒷모습이 보였다. 뒤이어 장포사내 옆으로 넘어진 남궁희성을 확인할 수 있었다.

그녀는 남궁희성이 무사한 것을 보며 안도의 한숨을 쉬었다. 반면 홍마를 가로막은 황금무사에 대한 의문도 가졌는데, 상황이 상황인지라 물어볼 수가 없었다.

때마침 남궁예가 급히 다가왔다.

"진화 괜찮아?"

"네, 그런데 저분은 누구죠?"

남궁예라고 알 리 없었다.

고개를 저은 그녀가 확실한 것 한 가지만 말했다.

"우리를 도우려는 건 분명해."

남궁진화는 황색장포사내의 뒷모습을 유심히 바라보았다.

익숙한 느낌이 드는 건 왜일까?

그때, 홍마는 의외의 불청객 때문에 잠시 뒤로 물러선 상태였다.

권태롭던 홍마의 얼굴이 잠깐이지만 일그러졌다. 이어 흥미롭다는 듯한 표정.

"복장으로 보아 남궁세가 사람은 아닌 것 같은데, 누군가?"

청명은 고개를 갸웃거렸다.

"글쎄… 말해야 할 이유가 있을까?"

"재밌군. 하지만 그리 유쾌한 재미는 아닌데…….."

홍마의 눈빛이 순간 붉게 타오르기 시작했다.

비틀린 입가는 분명 웃고 있는 것인데, 살을 찌르는 듯한 살기가 분노했음을 나타내고 있었다.

"오 초를 받아내면 살려주지."

자신감, 혹은 오만?

청명은 피식 웃었다.

상대는 강하다. 남궁희성의 입에 박아 넣으려던 손을 두 손으로 막아낸 느낌으로 확실히 알 수 있었다.

단순하면서도 별 신경 쓰지 않은 수법이 손을 저리게 만들

정도라면 더 생각할 필요도 없었다. 하나, 오만은 어떤 실력의 허점보다 더 큰 허점이란 걸 상대는 모르는 듯했다.

하긴 장내로 뛰어들 때부터 보았던 상대의 실력으로 보아 여지껏 적수를 만나본 적 없으리란 생각이었다.

'그 정도 실력이라면 오만도 죄는 아니겠지.'

대답도 없는 청명을 보며 홍마는 그것을 수긍으로 받아들였다.

그가 손을 들었다.

동시에 붉게 타오르던 손이 더욱 강렬해지더니 손바닥 앞으로 모이기 시작했다.

이내 손 앞에 둥근 구채형의 불덩이가 만들어졌다.

홍마의 뒤에 서 있던 마교도들이 탄성을 질렀다.

"수라마환구(修羅魔煥球)?"

"사람의 영혼까지 태워 버린다는 홍마 장로님의 삼대절기 중 하나를 여기서 보게 될 줄은 몰랐군."

구채는 점점 더 커지더니 사람 하나는 단번에 집어삼킬 만큼 되었다. 그제야 홍마가 공을 던지듯 앞으로 손을 뻗었다.

"일 초다."

천천히 던지던 동작이 청명을 향할 때, 이미 불덩이는 거기에 없었다.

청명은 속으로 웃었다.

내력이 뒷받침되는 신법의 고수가 아니라면 결코 피할 수 없는 속도의 불덩이지만, 너무 단순했다.

상대는 그것이 청명 자신에게도 통한다고 믿고 있음이 분명했다.

불덩이가 다가오는데도 청명은 그 자리에 가만히 서 있었다. 절반까지 거리가 좁혀졌고, 더 좁혀 지척까지 올 때까지!

바로 코앞으로 불덩이가 다가오자 그 강렬한 열기가 청명의 전신을 태울 듯 빛을 바랬다.

순간.

휘익!

청명의 몸이 바닥에 붙을 듯 숙여졌다 싶었는데, 그의 신형은 이미 홍마의 바로 앞에 다가가 있었다.

손 한 번 뻗으면 그대로 상태를 가격할 수 있는 거리였다.

청명은 가격하려 하지 않았다.

황금대에서 무공을 배울 때, 상대를 이기는 방법을 배우지 않았기 때문이다.

황금대는 싸움을 대하는 자세가 무림의 그것과는 달랐다.

그는 이기는 싸움보다는 죽이는 싸움과 그 자세를 배웠던 것이다.

청명의 청운검이 검집에서 뽑히는 순간에 자색의 강렬한 빛을 띠었다.

윙!

홍마의 두 눈이 믿을 수 없다는 불신이 가득 담겼다.

피할 수 있었다. 하지만 이게 뭔지 모를 일이다.

상대의 눈을 보며 수십 가지의 대책이 떠오르는데, 그 순간 왜 몸에 힘이 빠지는가!

그 힘을 다시 되돌려 놓는데 드는 시간은 찰나였다. 하나, 고수와 고수 간의 비무에서 그 찰나는, 특히 청명같이 빠른 고수가 상대라면 눈 깜빡할 새에도 생사를 가늠하기 충분하고도 남는 시간이었다.

스륵!

홍마는 무언가 자신의 목을 스쳐 지나갔다고 생각했다.

단순한 공격이라 여러 가지의 방어를 생각했으면서도 어느 것도 실천에 옮기지 못하고…….

결국 그는 목이 시원하다는 것을 느끼고서야 손을 들었다. 그런데 기운이 손끝에 모이질 않는다.

"크윽!"

의지완 달리 입에서 신음이 쏟아져 나왔다.

부들부들 떨고 있는 몸이 자신의 것인지, 아니면 세상이 떨고 있는 건지…….

그가 떨고 있다는 사실은 청명이 알려주었다.

주먹으로……!

퍽!

오른손으로 홍마의 목을 베어버린 청명이 왼 주먹을 날리자 홍마의 머리가 바닥으로 떨어졌다. 순간 목을 잃은 홍마에게서 피분수가 하늘로 솟구쳤다.

第一章

공방

"……"

잠깐의 정적은 긴 시간 동안 지속되는 듯했다.

실제 눈 몇 번 깜빡거리는 정도의 시간이었지만 사람들에게는 길게만 느껴졌다.

그들은 말을 하지 못했다.

남궁세가의 무인들은 무슨 일이 벌어졌는지 모르겠다는 표정, 마교도들은 정신적인 충격으로 공황 상태였던 것이다.

"장로라고 했나?"

처음으로 정적이 깨졌다.

청명이었다.

분명히 마교도들이 중얼거리는 소리를 들었던 그였다.

홍마 장로라고 했던가?

마교의 장로라면 팔대장로 중 한 명일 것이고, 홍마라면 서열 오 위로 알려진 화염신제(火焰神帝) 여청(汝晴)이었다.

물론 청명이 알고 있는 것은 아주 오래된 황금대의 정보였으니, 지금은 다를 수도 있었다. 그가 죽고 또 다른 자가 홍마 장로가 되었을 수도 있었으니까.

하지만 팔대장로의 한 사람임에는 변함이 없었다.

그것은 마교가 하북을 중요하게 생각하고 있다는 증거로 받아들일 수 있다.

"놈ㅡ!"

갑자기 마교도들 중에서 일갈이 터져 나왔다.

그는 홍마 장로의 죽음에 분노한 듯 외쳤다.

"쓸어버려!"

명이 떨어지기 무섭게 삼백여 명의 마교도가 일시에 청명을 향해 달려들었다.

팟!

빛이 번뜩이며 복면인 한 명이 바닥에 쓰러졌다.

흑풍룡개격창법(黑風龍開擊槍法)이 축예공의 거대한 도(刀)로 시전된 결과였다.

황금대주 세 명 중 가장 실력이 떨어지는 축예공이었지만 개인의 능력으로 봤을 때는 누구에게 뒤지지 않는 무공을 소유한 그였다.

하지만 천대악과 혈천조도 만만치 않았다.

오히려 천대악은 개인 능력으로도 축예공을 앞서고 있었다.

뿐만 아니라 그들의 장기는 집단 전투. 총대주의 호위대이니 만큼 개인 능력뿐만 아니라 진법을 구성하는 면에서도 탁월했다.

그들이 이루는 연수 합격은 신기에 가깝다 할 수 있었다.

후문에 들어서자마자 몰려들어 온 십여 명의 마교도를 일시에 제압해 버리는 것으로 증명했고, 이후 다시 서른 명이 몰려들었을 때도 그 기세가 줄어들지 않았다.

마지막 한 명의 마교도를 쓰러뜨린 천대악이 축예공을 향해 물었다.

"총대주께서는 어디로 가셨습니까?"

"글쎄……."

"차라리 총대주님을 찾아가는 것이 어떻겠습니까?"

"나도 그러고 싶다만, 어디 있는 줄 알고 찾는단 말인가? 주력 부대의 인솔은 어떻게 하고?"

그래도 천대악은 불안한 모양이었다.

"그럼, 세 명만 대기시키고 나머지는 총대주님을 찾겠습니다."

사실 청명의 안전도 중요했으니 축예공도 마다하지 않았
다.
잠시 생각하던 그가 고개를 끄덕였다.
"그럼 내가 남지."
천대악이 두 명을 호명했다.
"신갈, 조영!"
"네!"
"너희들이 축 대주님을 보좌해라."
"존명."
"나머지는 나를 따라 총대주님을 찾는다."
말과 함께 천대악이 먼저 몸을 날렸다.

"저, 저자는……."
남궁희성이 놀란 눈으로 청명을 바라보았다.
처음엔 몰랐지만 마교도와 뒤섞여 싸우는 동안 얼굴을 확
인할 수 있었던 것이다.
분명히 기억에 남아 있었다. 잊으려야 잊을 수가 없었다.
장강수로채와의 전투에서 활약을 했고, 남궁요와의 비무
로 별채 하나를 완전히 부쉈으니까.
하지만 청명을 확인했다고 해서 놀란 것은 아니었다. 정작
그를 놀라게 한 것은 실력이었다.
세가 최고의 고수 남궁요와 비등한 비무를 펼친 것이 몇 해

전. 그때보다 훨씬 강해진 듯 보였다.

홀로 그 막강한 마교도들을 상대함에 있어 한 치의 오차도 허락지 않은 몸놀림은 신비로워 보였다.

그리고…….

'갑자기 사라졌던 그가 어째서 지금 나타난 거지?'

의문스런 눈으로 주위를 둘러보았다. 대답을 요구하는 눈빛이지만 아무도 알지 못했다.

남궁희성이 놀란 만큼 남궁진화도 놀랐다. 하나, 그녀의 놀람은 남궁희성과는 다른 뜻을 담고 있었다.

"그가 왔어……."

갑자기 왜 눈물이 흐르는지……. 반가워서 흐르는 눈물은 아닌 것 같았다.

이런 급박한 상황에서 남궁진화가 갑자기 눈물을 흘리자 남궁예가 급히 물었다.

"왜 그래?"

"저, 저분은……."

끝내 말을 잇지 못한 그녀는 다시 청명을 바라보았다.

"아는 사람이야?"

"가가!"

남궁예가 두 눈을 화등잔만하게 떴다.

"가가?"

친오빠를 두고 부르는 호칭이기도 하지만, 남편이나 연인에게 부르는 호칭이기도 했다.

그제야 남궁예가 눈치를 챘다.

"종증조부님과 싸웠다던 그 고수?"

실제로 보지는 못했지만 소문으로 들은 바 있었다. 그리고 청명이 사라진 후에도 남궁진화에게 종종 이야기를 들었던 그녀다.

잠시 후, 그녀도 시선을 돌려 청명을 향했다.

"서른둘."

작은 중얼거림은 연이어 청명의 입에서 흘러나왔다.

"서른셋."

수는 계속 더해져 갔다, 그 수만큼 바닥에 쓰러지는 마교도의 숫자도.

청명은 그가 제압한 마교도의 숫자를 세는 것이다.

사방을 둘러싼 마교도들의 수만큼 사이한 기운이 피부를 찌르는 듯했다. 하지만 청명은 신경 쓰지 않았다.

기계적인 동작으로 피하고, 최면을 걸고, 베거나 찌르면 숫자 하나가 어김없이 더해졌다.

실제, 마교도들의 내공과 심력이 어떤 고수보다 뛰어났기에 제대로 된 최면을 걸기는 어려웠다. 하지만 상대를 주시하며 아주 약간 멈칫거리게 할 수는 있었다.

그 약간의 틈새를 청명은 노리고 있었다.

그러나 그도 체력과 진원지기를 사용하는 것엔 한계가 있었다.

지금처럼 무공에 신경 쓰면서도 끊임없이 최면을 걸기 위해 심의를 다해야 하는 상태라면 더더욱.

약간의 빈틈을 노리며 적들을 공략하는 그였지만, 그 역시도 움직임에 신중을 더해야 했기에 피로도는 더욱 극심할 수밖에 없었던 것이다.

입에서 마흔다섯의 숫자가 흘러나왔을 때, 청명도 슬며시 지치기 시작했다.

조금의 빈틈도 적에게 노출시켜서는 안 된다.

마교도의 실력이라면 자신을 홍마와 지금까지 쓰러졌던 마교도와 같은 상태로 만들 수도 있을 테니까.

청명은 힘을 다해 몸을 회전시켰다.

마흔여섯 번째 마교도를 쓰러뜨린 후였다.

채채챙!

양옆과 뒤에서 달려드는 세 명의 마교도가 검을 교차시키며 돌연한 사태를 방어했다.

잠깐의 틈이 생기자 어기충소의 수법을 이용해 하늘로 솟구친 청명은 곧바로 궁신탄영(弓身彈影)을 시전했다.

허공에서 순간적으로 몸을 이동시킬 수 있는 경공 최상의 절기. 그것을 이용해 청명이 지척에 내려서자 세가의 고수들이 탄성을 질렀다.

　마교도들도 놀랐는지 공격을 멈추고 대열을 가다듬기에 바빴다.

　잠시 소강상태가 되자 남궁희성이 청명에게 다가왔다.

　“자네가 여긴 어쩐 일인가?”

　횟수로 삼 년 만이던가.

　이런 상황에서 처음 건네는 말치고는 멋대가리없었다.

　하지만 청명은 상관하지 않았다. 사실 그는 남궁희성을 기억하지 못했다.

　많은 남궁세가의 고수들을 일일이 기억할 순 없는 일이었다. 대신 남궁영은 확실히 머릿속에 들어 있었다.

　“저분은 괜찮으십니까?”

　남궁진화의 품에 안겨 혼절해 있는 남궁영을 가리켰다. 남궁희성이 고개를 끄덕였다.

　“화상과 약간의 내상을 입으셨지만 약한 분이 아니니 견딜 수 있을 걸세. 이 자리를 벗어날 수만 있다면…….”

　마지막 말은 중얼거림으로 끝났다.

　청명이 씁쓸한 표정을 지으며 마교도들을 바라보았다.

　그들은 이미 대열을 정비한 상태였다. 조금 전 청명이 보여주었던 놀라운 실력에 선뜻 움직이지 못할 뿐, 여차하면 언제든지 달려들 기세라 남궁세가를 초조하게 만들었다.

　남궁희성이 물었다.

　“이제 어쩔 생각인가?”

청명의 무공이 뛰어나지만 저 많은 마교도들을 모두 상대할 수 없을 것 같아서 걱정이었다. 또 청진원 밖의 마교도들까지 합세한다면 어쩔 것인가.

청명이 다시 자의최면으로 진원지기를 돌리며 대답했다.

"우선 경고부터 해야죠."

"경고?"

무슨 경고를 한다는 건지 이해하지 못한 남궁희성은 마교도들을 향해 입을 연 청명 때문에 황당한 얼굴이 되었다.

청명은 마교도들에게 돌아갈 것을 요구하고 있었다. 그것도 반 협박적인 경고였다.

"전멸하기 싫다면 마교도를 물려라."

선두에 선 복면인이 실소를 흘렸다.

"미친 놈! 쳐랏!"

마교도들은 다시 청명을 향해 달려들었다.

초반 기세를 제압하기 위해 청명이 기합성을 터뜨렸다. 동시에 청운에 진원지기를 주입해 마교도를 향해 휘둘렀는데, 자색으로 타오르던 청운검의 빛이 검에서 떨어져 나가 마교도들을 덮쳤다.

콰콰쾅!

파괴력의 극강을 유지한 검강이 폭음을 자아냈다.

연기와 파편이 사방으로 번져 나오자 청명은 기회를 놓치지 않고 연기 속으로 뛰어들었다. 그리고 남궁희성과 세가의 고수들도 이번에는 넋 놓지 않고 청명의 뒤를 따라 마교도와 부딪쳤다.

파파팟!

검은 장창이 용틀임을 하듯 상대의 전신을 누볐다.

사방을 어지럽히는 파공음은 그만큼 빠른 창의 움직임을 대변하고 있었다.

마교도는 회전하는 창기의 강력한 관통력에 의해 몸에 다섯 개의 구멍이 생기는 고통을 경험을 해야 했다.

천대악의 장기인 마영창식(魔影槍式) 제육초, 화룡승천(火龍昇天)이었다.

털썩!

마교도가 쓰러지자 그는 주변을 둘러보았다.

청명을 찾는 도중 세 명의 마교도를 만났고, 남은 대원들이 마무리 짓고 있었다.

"이렇게 넓어서야… 흡사 작은 마을을 돌아다니는 느낌이군."

남궁세가의 제력을 실감한 그를 향해 막 마교도를 처리한 막유가 다가와 물었다.

"흩어져서 찾는 것은 어떻겠습니까?"

천대악도 그것이 좋을 것 같았다. 하지만 그럴 필요가 없을 듯했다.

콰콰쾅!

굉음과 함께 연기가 하늘로 솟구치는 곳이 있었다.

혈천조가 있는 곳에서 그리 멀지 않았다.

“저곳이다. 대형을 갖춰라, 이동한다!”

“존명!”

기선을 제압해 전투를 유리하게 이끌려 했던 청명의 계획은 초반에만 잠깐 먹혀들었을 뿐, 오히려 악영향을 가져왔다.

강기 때문에 만들어진 폭음과 연기 때문이었다.

사방에서 세가를 돌아다니며 먹잇감을 찾고 있던 마교도들이 그것을 놓칠 리 없었던 것이다.

일시에 청진원으로 몰려들어 마교도의 수를 더해갔다.

베고 찌르며 상대를 착실하게 제압해 나가는 청명은 최대한 진기의 사용을 절제하고 있었다. 얼마나 더 버텨야 할지 모르는 상황이니 조금이라도 오랜 시간 버틸 수 있어야 했던 것이다.

하지만 마교도들의 수가 불어나기 시작하자 그도 지칠 수밖에 없었다.

한 명 한 명을 대함에 있어 최선을 다해야 하는 절정의 실력을 갖춘 상대였으니 진기 소모는 평소보다 배는 많았다.

탕!

청운검으로 옆을 막고, 앞으로는 각편검을 찔러 넣은 청명.

하지만 상대 또한 쉽게 막았다.

순간 청명의 눈이 번뜩였다.

최면이었다.

그의 의도대로 상대의 움직임이 미세하게 흔들렸다.

청운검은 그것을 놓치지 않았다.

쉬이익!

상대의 목을 뚫으려 했던 것. 하나 동료를 구하기 위한 마교도 하나가 다시 청명의 허벅지를 노려 결국 검을 회수할 수밖에 없었다.

세가의 고수들이 뒤를 받쳐 주고 있었지만 일각이란 시간 끝에 이미 그들의 절반이 바닥의 공터를 메우고 있었다.

그는 밀집된 대형을 벌려놓기 위해 원을 그리 듯 몸을 회전시켰다.

너무 마교도들이 자신을 중심으로 몰려 있어 제 실력을 발휘하기 힘들었기 때문이다.

윙—!

검기가 청운검을 뒤따르며 원형의 선이 생기자 마교도들이 뒤로 물러섰다. 때를 놓치지 않은 청명이 물러서는 마교도 한 명에게 따라붙으며 진기를 끌어올렸다.

사각—!

살이 뚫리는 감촉은 그리 유쾌하지 않았다.

하지만 그런 것을 생각할 여유는 없었다.

그는 진기 소모를 최대한 줄이기 위해 끌어올렸던 진기를 급히 전과 같이 낮췄고, 다시 지겨운 공방을 이어나갔다.

그때 반가운 목소리가 그의 귀를 즐겁게 만들었다.

"총대주를 보호하라!"

천대악의 목소리였다.

청명은 힐끔 혈천조를 바라보았다.

마교도와는 또 다른 극강의 기운을 풍기며 세모형의 대형을 갖춰 마교도들을 뚫고 들어오고 있었다.

그 놀라운 실력에 힘겹게 마교도를 상대하고 있던 남궁희성이 혀를 내둘렀다.

'저들은 누군가?'

구름을 가르는 비조처럼 마기를 풍기는 마교도들을 단숨에 뚫어 청명을 보호하듯 에워싸 버리는 움직임에는 조금의 낭비도 없었다.

그들의 개입으로 남궁세가는 다시 약간의 시간과 여력을 벌 수 있었다.

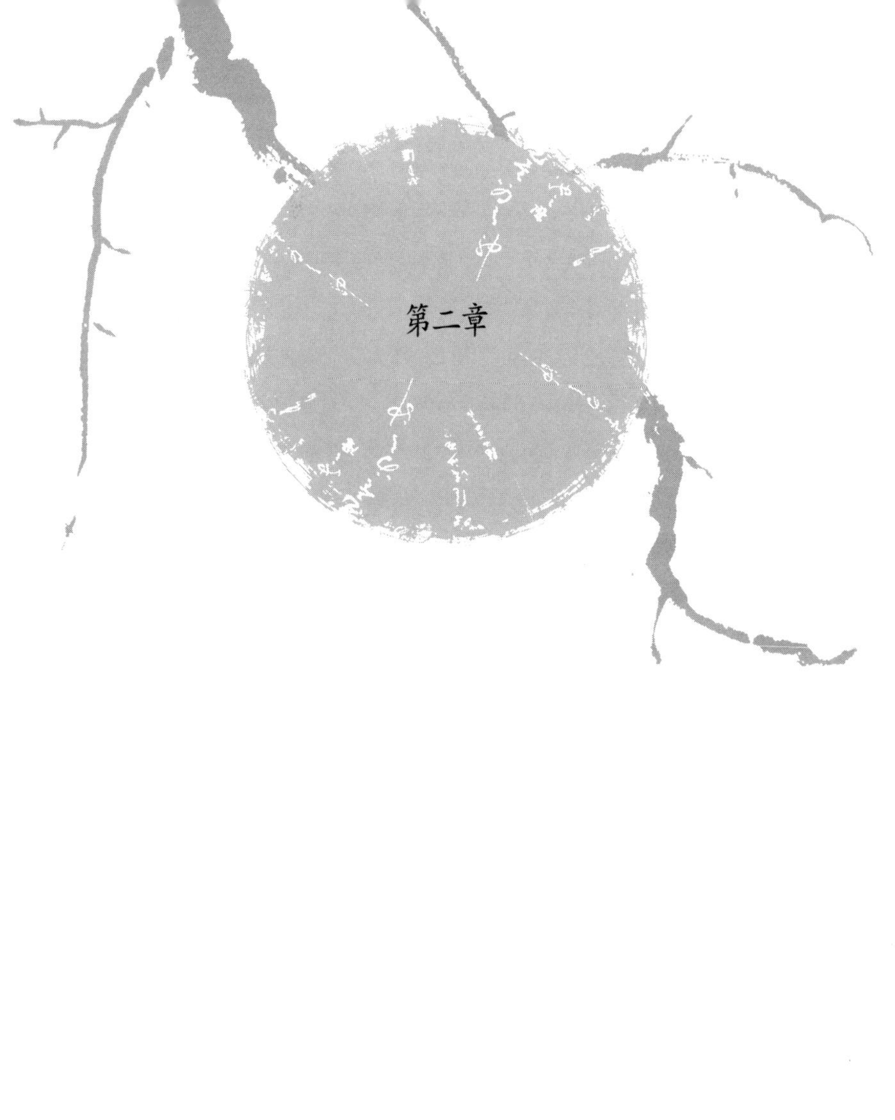
第二章

第二章
계획의 시작

청명과 혈천조의 개입으로 남궁세가는 마교에 대항에 청진원을 사수하고 있었다. 적을 죽이기 위한 전투가 아니라 시간을 벌기 위한 혈천조의 대응이 큰 도움이 되었던 것이다.

하지만 상처가 하나둘씩 늘어가는 것은 어쩔 수 없다.

혈천조의 무지막지한 방어력에도 마교도의 집중된 공격은 여전히 강한 면을 보였기에 누구 하나 부상을 면하지 못했다.

청명도 마찬가지. 그도 어깨에 검상을 입었고, 옆구리에 단검 하나를 꽂은 상태로 마교도들을 막아내고 있었다.

하나 자신의 피보단 마교도의 피가 그의 황금장포를 붉게 만들었다.

머리까지 뒤집어쓴 피는 혈귀를 연상케 했다.

퍼퍽!

각법으로 상대의 발을 차고, 각편검으로 목을 친 후 옆으로 들어오는 마교도에게 최면을 건 청명이었다.

마교도의 움직임이 잠시 흔들렸다.

청명은 무리한 공격을 버리고 한 걸음 물러나 방어 자세를 취했다.

옆구리에 들러붙은 단검이 신경 쓰였지만 뺄 시간적 여유조차 없었다.

그의 눈에 남궁세가의 무사들이 들어왔다.

그들은 이제 싸움에 낄 생각도 못하고, 멀찍이 떨어져 부상자를 보호하는데 급급한 실정이었다. 몇몇 마교도들이 달려드는 것을 막느라 정신이 없어 보였다.

'아직인가?'

반 시진 후에 도착하리라 생각했던 황금대는 왜 감감무소식인지 모를 일이었다.

츳!

다시 그의 귓바퀴를 스치는 검날이 있었다.

그는 몸을 숙인 후 상처를 안겨준 상대의 다리를 베어버렸다.

전력은 아니었지만 거의 반 시진 동안 쉬지 않고 싸웠기에 이제 얼마나 더 버틸 수 있을지 의문. 차라리 황금대의 지원을 기대하지 않았다면 한바탕 요란하게 무공을 펼쳤을 텐데… 그러지 못해 답답함을 느꼈다.

주력 부대가 올 테니 어떡해서든 버텨야 하는 것이다.

그때 익숙한 비명이 들려왔다.

"크악!"

천대악이었다.

벌써 네 명의 대원이 쓰러졌는데 천대악까지 당한 모양이다.

마음 같아서는 그를 돌보고 싶은 청명이었지만 마교도들이 기회를 주지 않았다.

'빌어먹을! 벌 떼 같군!'

하지만 대형이 무너져 갈 때쯤 방각이 외쳤다.

"주력 부대가 도착했습니다!"

가뭄에 단비 같은 소리였다.

방각의 말대로 건물 양옆에서 축예공과 수많은 황금대원들이 위풍당당한 모습으로 달려오고 있었다.

청명의 입가에 미소가 지어졌다.

이젠 진기를 아낄 필요가 없었기 때문이다. 지금까지는 최대한 오랜 시간을 버티기 위해 노력해야 했던 그였지만, 지금부터는 곧이어 투입될 황금대의 피해를 최소화하기 위해서라도 전력을 다해야 했다.

순간 청명의 몸에서 조금 전과는 비교도 할 수 없을 정도의 막강한 기운이 사방으로 퍼져 나왔다. 그리곤 황금대원들의 등장으로 잠시 당황하던 마교도들을 향해 청명의 검이 사방을 갈랐다.

콰콰콰쾅!

검로마다 검강이 뻗어나가 굉음을 쏟아냈다.

그 한 번의 공격으로 마교도 삼십여 명은 족히 쓰러지자 상황이 역전되었다. 마교도들이 무모한 전투를 버리고 후퇴를 시작했던 것이다.

축예공이 외쳤다.

"한 놈도 돌려보내지 마라!"

스윽!

옆구리에서 단검을 뽑아내자 피가 뭉클 솟아 나왔다.

청명은 한 손으로 상처 부위를 눌러 지혈한 후 주변을 둘러보았다.

시체는 사방을 뒤덮고 있었고, 피 냄새가 바람을 타고 흘러 주위를 진동시켰다. 위세 높던 남궁세가라고는 생각할 수 없는 광경이었다.

하나 아직 전투는 끝나지 않았다. 이미 마교도들이 도주했지만 그들을 곱게 돌려보내기 싫었는지 축예공이 추격대를 급파했던 것이다.

"괜찮습니까?"

추격에 빠진 제이황금대 사대주 왕원이 다가와 물었다.

"신경 쓸 정도는 아니야. 그보다 천대악과 혈천조는?"

"천대악 조장은 중상이지만 생명에 지장은 없을 것 같습니다. 하지만 홍길이 팔을 하나 잃었고, 장원이 죽었습니다. 나머지는 경상 정도이며, 과다 출혈로 인해 기절한 자들이 있지만 곧 깨어날 것 같습니다."

청명은 한숨을 쉬었다.

생각보다 피해가 적었지만 믿고 따르던 수하가 죽었다는 사실은 괴로울 수밖에 없었다.

"포로들은 어떻게 처리할까요?"

청명이 손을 휘휘 저었다.

"캐낼 수 있는 것을 최대한 캐낸 후, 처분은 자네가 알아서 하도록."

"존명!"

왕원이 사라지자 청명은 힘겹게 걸음을 옮겼다.

하지만 몇 걸음 떼기도 전에 눈에 익숙한 여인이 눈에 띄었다.

청명은 쓴웃음을 보인 후 그녀를 지나쳐 갔다.

남궁진화는 아무 말도 하지 못했다. 청명의 부상이 심해 보였던 이유도 있었지만, 무슨 말을 해야 할지 몰랐던 것이다.

그래도 말이라도 걸어올 줄 알았던 청명이 그냥 지나쳐 버리자 그녀는 깊은 한숨과 함께 청명의 뒷모습만 한동안 바라보았다.

'매정한……'

'놈! 자를 뒤에 붙이려 했지만 의식적으로 그러지 못한 그녀였다.

이틀 후, 청명이 객잔에서 쉬고 있을 때 축예공이 찾아왔다.

"가주께서 남궁세가에 도착했답니다."

"만나봤나?"

"네. 전후 사정을 남아 있던 장로들에게 들었겠지만, 제가 따로 만나 사정을 설명했습니다."

"뭐라던가?"

"차후 논의할 문제가 많다며 총대주님을 만났으면 좋겠다고 전해달라 하셨습니다."

"알겠어. 내일 저녁에 내가 찾아간다고 사람을 보내 알려주게."

"괜찮겠습니까?"

생명에는 지장없다지만 예리한 칼날이 몸을 뚫었으니 걱정이 될 수밖에 없었다.

청명이 별스럽지 않다는 듯 대답했다.

"이 정도쯤이야……. 참, 제갈세가로 갔던 황금대와 용병대는?"

“홍호로 복귀했답니다. 지금쯤 도착했을 겁니다.”

“그럼 내가 갈 때까지 쉬고 있으라고 전해, 조만간 바쁘게 움직여야 할 테니까.”

“알겠습니다.”

＊　　　＊　　　＊

어두운 밀실에서 놀란 빛이 역력히 담긴 목소리가 떨려 나왔다.

이번 마교천하 계획의 외부를 총 책임지고 있는 청마 장로였다.

“홍마 장로가 죽었다고?”

“그렇습니다. 남궁세가의 배신으로…….”

“남궁세가에 홍마 장로를 죽일 수 있는 인물이 있던가? 남궁요라는 늙은이가 있기는 하지만 본 교의 정예를 이끌고 있는 홍마 장로에게는 안 될 텐데?”

“변수가 생겼습니다.”

“황궁이더냐?”

“그렇습니다.”

청마는 씁쓸한 표정을 지었다.

“대마 장로께서는 무슨 생각이신가……. 총체적인 계획을 모르지는 않을 터. 귀띔이라도 해줘야 했을 것을…….”

이렇게 허무하게 죽었어야 할 홍마 장로가 아니었기에 청마의 불만은 컸다. 하나 갑자기 석실 문이 열리며 들어오는 한 복면인에 의해 그는 기분을 삭힐 수밖에 없었다.

그는 놀란 표정으로 막 밀실로 들어온 사내를 바라보았다.

은은하게 몸 밖으로 풍기는 기운은 복면 안의 인물이 누구인지 달리 생각 할 수 없었다.

"변수에 적절히 대처하라 했던 본좌의 말을 잊었던가?"

"대, 대마 장로……!"

복면인이 고개를 끄덕이며 나직하게 타일렀다.

"이미 내 손을 벗어난 이들이니 그들의 움직임은 어쩔 수 없는 것. 홍마 장로의 죽음은 대업을 위한 희생이라 생각하시게."

"하지만……."

"청마 장로! 어차피 계획대로 진행되고 있지 않은가!"

"그래도 이렇게 피해가 속출해서야… 계획이 성공하더라도 이후에 많은 문제가 발생할 수 있습니다."

복면인은 고개를 저었다.

"차후에 해결하면 될 일. 모든 것이 우리 생각대로 될 것이라면 이미 수십 년 전에 천하를 삼켰겠지."

"그럼, 이대로 진행할 생각이십니까?"

"조금 앞당길 것이다. 구파일방을 움직일 준비를 해두게. 그리고 태인께도 연락하게. 거사를 시행할 날짜를 정하시라고. 나도 천하의 모든 눈과 귀를 그에게 돌릴 생각이니까.”

“아직 완전한 상태가 아닌 줄로 압니다. 지금 태인이 움직인다면 꽤나 많은 타격을 입으실 겁니다. 훗날 문제를 삼으실 텐데요?”

복면인의 눈빛에 살기가 피어올랐다.

“감히, 누가 누구에게 문제를 삼는단 말인가! 태인께서도 이미 알고 있는 바, 미끼는 그 역할에만 충실하면 될 뿐이다. 그는 그 이상 이하도 아닐세!”

“아, 알겠습니다.”

*　　　*　　　*

“어서 오시게. 그래, 꽤 활약하다가 부상을 당했다고?”

주력 부대가 빠져나간 사이에 본가가 쑥밭이 된 것은 충분히 기분 나쁠 만한 일이지만 남궁가주는 웃으며 너스레를 떨었다.

청명은 그 미소를 상처받은 자존심을 숨기기 위한 위장임으로 해석했다.

“별일 아니니 신경 쓰지 마십시오.”

“하하, 그런가? 당연히 그래야지. 그 정도는 돼야 우리 남궁가의 사윗감이지.”

청명의 인상이 구겨졌다.

57

은근히 남궁진화와의 관계를 확실히 하려는 듯한 의미가 마음에 들지 않았다.

"지금 신경 쓸 부분은 그것이 아닐 텐데요?"

"그렇게 민감하게 반응할 필요없네. 우선 앉게."

청명이 자리에 앉자 남궁가주가 지금까지완 달리 표정을 엄히 했다.

"우선 제갈세가의 가주와 논의를 해봤는데, 그는 상당히 호의적이더군. 오히려 앞장서서 다른 세가도 동조하도록 힘써보겠다고 했네."

"언제쯤 가능하겠습니까?"

"빠른 시일 내에 세가의 대표들을 모을 생각이네. 그런데, 세가연맹을 결성해서 무엇을 해야 하겠나?"

"당연히 강남의 마교도를 몰아내야죠. 마교에 넘어간 문파를 다시 우리 쪽으로 돌리는데 주력해 주십시오. 마교도 한계는 분명히 존재할 테니 이런 식으로 소모전 양상을 띠게 되면 상당한 피해를 입을 겁니다."

"하나 마교의 강대함을 아는 자들이 그들을 버리고 우리와 뜻을 함께하려 할까?"

"그들에게는 미안한 말이지만 마교와 같은 방법을 쓸 생각입니다."

"같은 방법이라면?"

"본보기로 몇몇 문파를 공격할 생각입니다."

“자네가?”

“그럴 생각입니다만, 세가연맹의 이름으로 움직여야겠죠?”

“흐음……”

잠시 침음을 흘린 남궁가주가 걱정을 드러냈다.

“이건 마교에 대한 노골적인 도발인데……. 그들이 가만히 있지 않을 걸세. 최악의 경우 그들의 주력이 전부 강남에 투입될 수도 있을 걸세.”

“그때를 대비한 세가연맹이 아닙니까?”

“그래도 우리들만으로는……”

“신경 쓰지 마십시오. 세가연맹만으로 마교에 대항하지는 않을 테니까요. 우리에게 명분이 생긴다면 더 많은 문파가 마교에 적의를 드러낼 겁니다.”

“명분이라……. 어차피 세가연맹은 급조된 사조직의 의미를 띠게 될 텐데 명분이 생길 수 있겠나?”

청명이 미소를 지었다.

“두고 보시면 차차 알게 되실 겁니다. 저는 호남성으로 잠시 떠날 생각이니 세가연맹이 결속되면 홍호로 연락주십시오. 그리고 황금대는 남겨놓고 가겠습니다. 혹 그들의 힘이 필요하다면 축예공이란 자가 대주이니 그와 상의를 하시길 바랍니다.”

“호남은 왜?”

“홍호 분타로 가서 제갈세가에 투입되었던 황금대와 용병대를 정비할 생각입니다. 그럼, 이만.”

“아, 잠깐!”

“……?”

“이걸 가져가게!”

말과 함께 남궁가주는 품속에서 명패 하나를 꺼냈다.

“뭡니까?”

남궁가주가 미소를 지었다.

“전리품 정도는 챙겨야지!”

“전리품?”

“들었네, 이번 마교도 중에 상당한 고수를 자네가 처리했다지? 그자의 품에서 나온 것일세.”

청명은 명패를 받아 살폈다.

붉은색을 띠는 쇠로 된 명패, 천마(天魔)라는 글귀가 양각되어 있었다.

남궁가주가 설명을 붙였다.

“그 명패는 마교의 장로들이 가지고 다니는 것으로 알려져 있네. 색깔은 그들의 신분을 나타내지.”

“그들의 대화 중에 홍마 장로라는 말을 들었습니다.”

“역시 그렇군! 아마 자네가 처리한 그 사람이 홍마 장로일 걸세.”

청명은 명패를 한 번 더 바라본 후 품속에 넣었다. 별로 필요치 않은 것이었지만 그렇다고 버리거나 남을 주기도 그런 애물단지였다.

"그럼, 가게."

"안녕히 계십시오."

청명은 밖으로 향했다.

건물을 나오자 아직도 지워지지 않은 핏자국이 군데군데 눈에 들어왔다. 그리고 청진원 정문에 차가운 표정으로 서 있는 여인도…….

청명은 급히 몸을 돌렸다. 후문으로 나갈 생각이었다. 하지만 그를 부르는 목소리에 발길을 뗄 수가 없었다.

"나쁜 놈!"

청명의 이마에 식은땀이 맺혔다.

목소리의 주인은 점점 다가오고 있었다.

지척까지 다가와 다시 한 번 나직하지만 확실하게 말했다.

"매정한 사람!"

청명은 머리를 긁적이며 고개를 돌렸다. 만들어낸 웃음이 어색했지만 달리 다른 표정을 지을 수가 없었다.

"자, 잘 있었어?"

남궁진화의 눈빛에는 분노가 숨김없이 담겨 있었다.

그녀는 차가운 어조로 쏘아붙였다.

"왜 연락 안 했죠?"

"여러 가지 사정이 있어서…….."

“그렇게 도망치듯 사라질 거면 연락이라도 했어야죠. 그리고 무한에 왔으면서 왜 절 찾아오지 않았어요?”

“그, 그건…….”

청명은 말이 꼬이기 시작했다. 할 말이 없으니 당연했다.

사실, 남궁진화와 혼인을 한 사이도 아니고, 할 것이라 인정하지도 않았으니 이렇게까지 몰릴 이유는 없었다. 하지만 왠지 위축되는 그였다.

“얼마나 기다려야 하죠?”

“뭐, 뭐가?”

“혼인은 언제 하냐고요?”

“…….”

청명은 대답없이 난감한 표정만 지었다.

“지금 당장 할 일이 있어서…….”

“언제 끝나죠?”

“좀 오래 걸릴 것 같은데…….”

“설마 그녀와 관계된 일은 아니죠?”

“누구?”

“무조 소저.”

청명의 표정이 굳어졌다.

남궁진화는 잘 만났다는 듯 계속 쏘아붙였다.

“그녀와 무슨 짓을 했기에 색마라느니 이상한 소리를 한 거죠?”

“…….”

“왜 아무 말이 없어요? 정말 그녀와 특별한 일이 있었던 건가요?”

“무, 무슨 소릴!”

“그럼 도망친 이유가 뭐였어요?”

머리가 지끈지끈 아파오기 시작했다.

결국, 그녀의 입을 막기 위해 한마디 던졌다.

“바가지는 나중에 충분히 긁어!”

“……!”

순간 남궁진화의 얼굴이 시뻘게졌다.

그녀는 아무 말도 못한 채 멀어지는 청명을 바라보았다. 잠시 후, 그녀의 입가에 수줍은 미소가 서렸다.

‘나중에 충분히 긁으라구?’

그건 혼인을 하겠다는 말이나 다름없다고 해석한 그녀였다. 남자에게 바가지를 긁는 사람은 아내밖에 더 있을까!

지금까지 청명의 마음에 대한 확신이 없었던 그녀였기에 그간 마음 졸이며 기다렸던 불안함이 모두 가실 수밖에 없었다.

第二章
이름만 남은 맥주

눈송이 하나가 정산의 코끝으로 떨어져 내렸다.

정산은 하늘을 보았다. 구름 사이를 비집고 나온 밝은 달은 해맑은 웃음을 짓고 있었다. 날은 밝고 분위기는 심연한데 눈송이까지 떨어지니 갑자기 술 생각이 드는 것도 당연한 일이었다.

"쩝."

그는 입맛을 다시며 전방을 주시했다.

오늘 외곽 경계는 다른 날보다 더 시간이 더디게 가는 것만 같았다.

'오늘 같은 밤 송앵과 함께 뱃놀이를 갔어야 하는데……'

일 년 전부터 사모하던 청일문의 하녀 송앵의 야릇한 미소가 그의 머릿속을 간지럽게 했다. 하지만 그 간지러움은 잠시 후 그의 목을 뚫는 작은 암기에 의해 사라졌다.

"크윽!"

나직한 신음 소리를 신호로 청일문의 동쪽 담장에 수백의 검은 그림자가 모습을 드러냈다.

선두에 선 이가 외쳤다.

"최대한 요란하게 부숴라!"

그림자들은 대답도 않고 사방으로 비산했다. 곧이어 여기 저기에서 비명이 울리고, 병장기 부딪치는 소리가 뒤따랐다.

반 시진 후 멀리서 청일문의 혼란을 지켜보던 청명을 향해 이영회 대주가 다가왔다.

"대충 정리가 됐습니다."

"적의 피해는?"

"꽤 많은 사상자를 냈습니다만 문파의 존립에 큰 영향은 없을 겁니다. 명대로 무공을 익히지 않은 자들은 건드리지 않았으니 염려하지 마십시오."

"수고했어. 그럼, 난 안휘로 갈 테니 자네는 대원들을 정비한 후 다음 문파로 가게. 세가연맹의 기습이라는 증거는 확실히 남겨놓도록!"

"존명!"

이영회는 다시 청일문으로 몸을 날렸다.

그가 사라지는 것을 보며 청명은 씁쓸한 표정을 지었다.

'이렇게까지 해야 하나?'

강남의 문파를 하나둘씩 깨부수기 시작한 지도 벌써 열흘. 아무리 마교에 넘어간 문파라지만 어쩔 수 없이 힘에 굴복했던 그들의 대가치고는 꽤 크다는 생각이었다.

'어쩔 수 없지만 찝찝하긴 하군.'

생각과 함께 그는 안휘로 방향을 잡았다. 그곳에 포섭해야 할 사람이 있었다.

안휘성 남쪽 적계(績溪)에 위치한 태정문은 오랜 역사를 자랑하며 무림의 명문으로 이름 높았다. 몇 달 전에는 문주가 맹주로 추대되면서 그 위세를 더하게 되었다.

하지만 그것은 겉모습일 뿐, 속으로는 지독한 문제가 있어 요즘 태정문의 분위기는 어느 때보다 가라앉아 있었다. 특히 문주 요불위의 심기를 건드리지 않기 위해 문내의 사람들은 조심 또 조심 중이었다.

탁!

찻잔을 내려놓는 소리가 정적을 깼다.

요불위는 평소 즐겨 마시던 화차(花茶)도 입맛에 맞지 않은지 인상을 썼다. 요즘 화차가 왜 이리 쓴지 모를 일이었다.

사실 곰곰이 생각해 보면 답을 찾기란 쉬웠다. 무림맹이 무너지고, 유명무실의 맹주가 되면서부터였던 것이다. 더 직접

적인 원인은 맹이 무너진 후 태정문의 정예까지 투입한 마교와의 전투에서 다시 패배를 떠안은 탓이었다.

당시 모였던 대부분의 무림맹 고수들을 잃었고, 각 문파에서 파견 나왔던 고수들도 어두운 미래에 고개를 저으며 발길을 돌려 떠나 버렸다.

명색이 맹주인데 따르는 무림고수들이 없으니…….

결국 태정문으로 돌아온 그는 오늘처럼 집무실에 틀어박혀 찻잔이나 기울이고 있는 신세로 전락했다. 여기저기에서 마교도들의 악행이 들려왔지만 그는 신경도 쓰지 않았다.

'이렇게 끝나는 건가…….'

한탄과 함께 그를 지금 상태로 만든 괘씸한 마교에 대한 분노가 새삼 인 그였다.

그들만 생각하면 얼굴이 붉어지고 심장이 뛰었다. 그때 문밖에서 차분한 여인의 목소리가 들려왔다.

"들어가도 되겠어요?"

손녀 요원지(姚圓池)를 알아본 요불위가 되물었다.

"네가 어쩐 일이냐?"

"아침을 거르셨잖아요. 음식을 가져왔으니 들어갈게요."

말과 함께 집무실로 들어온 요원지의 손에는 작은 쟁반이 들려 있었다. 막 삶은 만두가 담겨져 있는 쟁반을 탁자 위에 올려놓은 그녀가 걱정스럽게 입을 열었다.

"이제 기운을 차리세요."

요불위가 인상을 썼다.

"내가 풀이라도 죽어 있어 보인다는 말이냐?"

"그런 건 아니지만… 문으로 돌아온 후부터 바깥출입이 없으셨잖아요."

"네가 걱정할 바 아니다. 무공 수련에나 신경 쓰거라."

평소 쌀쌀맞기로 유명했던 요불위였기에 그의 핀잔에도 손녀는 주눅들지 않았다.

"너무 걱정 마세요. 아무도 할아버지를 뭐라 하지 못해요. 어쩔 수 없는 일이었잖아요."

"놈! 음식을 가져왔으면 놓고 갈 일이지, 어디서 말도 안 되는 소리만 늘어놓느냐. 썩 물러가거라!"

"드시는 걸 보고……."

"그래도 이놈이!"

"아, 알겠어요."

더 고집을 부리다가는 손녀라도 봐주지 않을 것 같아 요원지는 급히 자리를 빠져나왔다. 하지만 방을 나와서도 걱정은 여전했다. 할아버지가 불같은 다혈질의 성격이기는 했지만 이런 식으로 자신을 대하지 않았었기에 더욱 그랬다. 조금만 건드려도 폭발할 것 같은 느낌이 들었던 것이다.

'충격이 얼마나 크셨으면 저럴까.'

생각과 함께 건물을 빠져나오자 나이가 지긋한 노인이 그녀를 반겼다. 총관 신학이었다.

“어떻더냐?”

“말도 못 꺼내봤어요.”

“허허! 너까지 그러면 어쩌느냐?”

“더 있다간 저라도 가만두지 않을 것 같은데 어쩌겠어요.”

총관은 한숨을 쉬었다.

“언제까지 문내의 일을 등한시하고 집무실에만 계실 건지……. 처리해야 할 일이 태산이거늘…….”

“그러지 말고 총관님이 직접 만나보시지 그래요? 총관님이라면 좀 싫은 소릴 하더라도 이성적으로 대해 주실 텐데요.”

“나라고 별수있겠느냐? 결국 문주님 없이 회의를 해야겠구나.”

그 말에 요원지가 고개를 갸웃거렸다.

최근 들어서는 문내의 회의라고 해봐야 별일이 없어 상층부 간부 몇몇이 결정을 내렸던 것이다.

“특별한 안건이라도 있나 봐요, 할아버지까지 참석했으면 하는?”

“이상한 자가 오늘 아침에 연락을 보내오지 않았겠느냐.”

“이상한 자?”

“보지는 못했다만 무림맹에 대한 일을 논의하자는데, 그 진의를 몰라 회의실로 그를 부를 생각이다. 그자가 보내온 서신에는 문주님께 직접 이야기한다고 했다만 어쩔 수 없지.”

“무림맹은 이제 사라졌지 않나요?”

"글쎄다… 사라졌다고 말해야 하는 건지 잠시 기능을 잃었다고 해야 하는 건지……. 아무튼 이만 가보거라. 나도 회의실로 가야겠구나."

말과 함께 신 총관이 먼저 회의실로 걸음을 옮겼다.

"누구요?"

태정문 정문을 지키던 위사가 위협적인 목소리로 묻자 청명이 대답했다.

"문주님과 약속이 잡혀 있어 왔습니다."

"혹시 청명이라는 분이시오?"

"그렇습니다."

위사는 청명의 아래위를 훑더니 못 미더운 표정으로 손짓했다.

"따라오시오."

청명은 위사의 안내를 받아 태정문 안으로 들어갔다. 내부는 명문답게 넓은 장원이 펼쳐져 있는 반면, 건물은 다른 문파와 달리 대부분 작고 허름했다. 굳이 느낌을 찾는다면 차가움이랄까.

"청명이라는 분이 도착했습니다."

삼층 건물의 꼭대기 층에 도착한 위사가 복도에서 외치자 실내에서 저음의 목소리가 답했다.

"안으로 모셔라."

“들어가시오.”

고개를 끄덕인 청명은 문을 열고 안으로 들어섰다. 넓은 실내에는 긴 탁자와 의자 이십여 개가 놓여져 있고, 십여 명의 노인과 중년인이 앉자 있었다.

그들은 청명을 바라보고는 모두 같은 표정을 지었다.

청명은 그들의 표정에 담긴 의미가 실망이라는 것을 확신했다. 무림맹이라는 거창한 문제를 들고 온 자가 이제 약관 정도나 될까 말까 한 사내였으니 의심이 가는 것도 당연했다.

청명은 굳이 그들의 반응에 신경 쓰지 않고 포권했다.

“제가 서신을 보낸 청명입니다.”

가장 상석에 앉아 있던 총관 신학이 자리를 가리켰다.

“우선 앉으시오. 그래, 무림맹의 문제를 상의하고 싶다 하셨는데 무슨 뜻인지 말해보시오.”

“맹을 살리고 싶은데 태정문의 문주님께서 맹주 직을 이어주셨으면 합니다.”

“……?”

모두가 이해를 못한 듯 멍한 얼굴이 되었다.

“맹을 살린다?”

“그렇습니다.”

“어떤 맹을 말하는 것이오?”

“정도 무림맹이죠.”

“실례가 안 된다면 그 주최가 어떤 문파들로 구성되어 있는지 물어봐도 되겠소?"

"아직 없습니다."

신학의 표정이 구겨졌다. 그뿐만 아니라 다른 간부들도 같은 표정이었다. 대표로 신격대의 대주 유장학이 약간 불쾌한 어조로 입을 열었다.

"도대체 하고 싶은 말이 뭔가? 젊은 사람이 노인들을 상대로 농을 하고 싶다는 건가?"

"그럴 리가 있겠습니까? 사실을 말했을 뿐, 달리 해석할 필요 없습니다."

"어이가 없을 뿐이네. 무림맹도 없어진 마당에 아무런 주최도 없이 맹주만 있는 맹을 만들겠다? 말이 된다고 생각하나?"

"황당하실지는 몰라도 맹주님만 나서주신다면 뒤는 제가 알아서 할 생각이니 염려하지 않으셔도 됩니다. 믿고 맡겨주십시오."

신 총관이 다시 나섰다.

"좋소. 그럼 그대의 소속과 위치가 어떻게 되오? 옛 무림맹 소속이오? 그리고 그 뜻은 누구의 것이오?"

"그전에 한 가지 여쭙겠습니다. 태정문의 문주님이 어떤 분이신지……."

"이 자리에 안 계시오."

순간 청명이 실망스런 표정을 지었다. 자리에 있지도 않은 문주를 설득하려 했으니 헛수고였던 것이다.

더 말해봤자 정보만 새어나갈 뿐, 득이 될 것이 없다고 판단한 그가 단호히 말했다.

"문주님을 만나게 해주십시오."

신 총관이 고개를 저었다.

"소협에게는 미안한 말이지만, 지금 문주님을 알현할 수는 없소. 우리에게 말을 하시오. 합당한 이야기라고 판단이 되면 그 후에야 문주님께 알릴 생각이오."

"그럼 더 이상의 대화는 무의미하겠군요."

청명은 자리를 털고 일어섰다. 마지막으로 한마디만 남기고 회의실을 떠났다.

"맹주의 위신을 되찾고 싶다면 절 찾아오시라 전해주십시오. 화화객잔에 머물고 있겠습니다."

청명이 가고 난 후 신 총관이 좌중을 향해 물었다.

"어떻게 생각하시오?"

유장학 대주가 말할 가치도 없다는 듯 대답했다.

"시간 낭비가 아니겠습니까? 저따위 어린놈이 무슨 맹을 살리겠습니까?"

파룡대의 대주 만조정도 동조했다.

"공명심에 눈이 먼 미친놈의 말은 신경 쓰실 필요없습니다."

하지만 신 총관은 청명의 당당한 표정이 조금 걸린 모양이었다.

“그래도 태정문을 직접 찾아온 것을 보면 아주 못 믿을 자는 아닌 듯한데……. 이대로 문주님께 함구해도 되겠소?”

그러자 집사 공우가 조심스럽게 제안했다.

“총관님의 말씀도 일리가 있군요. 정 내키지 않으신다면 그를 심문해 보는 것이 어떻겠습니까? 혹 마교의 첩자일 수도 있지 않겠습니까?”

마교라는 말이 나오자 간부들 전원에 굳은 표정을 드러냈다.

“마교가 왜 여길…….”

“우리 태정문의 동태를 살피러 온 것일 지도 모르지요.”

“흐음…….”

잠시 생각하던 신 총관이 유장학 대주를 향해 지시했다.

“유 대주가 수고 좀 해줘야겠소.”

“맡겨주십시오.”

말과 함께 그도 재빨리 회의실을 빠져나갔다.

마을로 내려와 화화객잔에 도착한 청명은 숙실로 들어가 창밖을 바라보았다.

“아무래도 밤에 찾아올 모양이군.”

그는 미소를 지었다. 올 때부터 누군가가 미행했다는 것쯤은 그도 눈치를 채고 있었다.

그의 예상은 그대로 맞아떨어졌다. 밤이 되고 방의 불이 꺼지자 최면으로 신경을 곤두세웠다. 잠시 후 창가 쪽으로 미세한 기척이 느껴졌다.

청명은 모른 척 침상에 돌아누웠다. 궁금한 것이 많을 테니 처음부터 손을 쓰지 않을 것이 분명하다고 생각했던 것이다. 생각대로 창문을 통해 세 명의 사내가 들어와 청명의 목에 검을 겨누며 으르렁거렸다.

"죽고 싶지 않다면 조용히 따라와라."

청명은 약간 겁먹은 표정으로 그들의 요구에 따랐다.

침상에 일어서자 양팔을 두 사내에게 내주고 그들을 따라 창가를 통해 밖으로 향했다.

그들은 청명을 으쓱한 숲길로 안내했다. 거기에는 이십여 명의 무사가 회의실에서 보았던 노인과 함께 살벌한 분위기를 만들어내고 있었다.

청명이 아는 척을 했다.

"태정문에서 으쓱한 밤에 저를 왜 끌고 온 겁니까?"

유장학은 처음부터 강하게 나왔다.

"닥쳐라! 감히 태정문을 능멸하려는 게냐? 바른 대로 말하라. 너는 누구냐?"

"태정문주님을 맹주로서 힘을 찾을 수 있게……."

"갈! 곱게 해서는 안 될 놈이구나!"

말과 함께 그가 눈짓을 주자 무사 한 명이 청명에게 다가갔다. 그는 청명의 팔에 검을 겨눴다.

유장학이 협박했다.

"바른 대로 말하지 않으면 팔 한 쪽을 자를 것이다."

청명의 입가에 비소가 걸렸다. 그는 차라리 잘됐다고 생각했다.

"마음 대로!"

말과 함께 그가 검을 겨눈 무사를 바라보았다. 그러자 무사가 움찍거리더니 뒷걸음질을 치기 시작했다.

놀란 유장학이 외쳤다.

"뭘 하는 거냐?"

무사는 대답하지 않았다, 갑자기 무릎을 꿇더니 손을 들어 빌기 시작할 뿐. 잠시 당황했던 유장학과 다른 무사들을 향해 청명은 기회를 놓치지 않고 달려들었다.

*　　　*　　　*

"총관님 계십니까?"

곤히 잠을 청하고 있는 신학은 밖에서 들리는 기척에 눈을 떴다.

"이 시간에 무슨 일이냐?"

"급히 나와 보셔야 할 것 같습니다. 유장학 대주의 급한 연락이 있습니다."

신학은 일이 잘못 되었음을 느끼고는 급히 겉옷을 걸쳤다.

마당으로 나오자 수행무사가 보고를 올렸다.

"유장학 대주께서 데려갔던 대원들이 돌아왔사온데 지금 청수림으로 문주님을 모셔 오시라는 유장학 대주의 당부가 있었답니다."

신학의 표정이 일그러졌다.

"갑자기 문주님은 왜?"

"그, 그것이… 지금 낮에 문을 찾은 사내와 함께 있다고만……."

인질이 되어 있다는 말을 슬쩍 돌려 말했지만 신학은 충분히 의미를 알아들었다.

어이가 없다고나 할까?

협박을 하러 갔던 자가 오히려 인질이 되었으니 당황할 수밖에 없었다.

"난감하게 됐군!"

어떤 함정을 파놓았을지 모르니 섣불리 찾아가는 것은 금물. 어쩔 수 없이 그는 문주가 기거하고 있는 내원으로 향했다. 독단으로 내린 결정으로 유장학을 구하려 했다가 잘못 되기라도 한다면 큰일인 것이다.

*　　　*　　　*

"이러고도 네놈이 무사할 것 같은가?"

유장학은 질리지도 않은지 끊임없이 청명을 협박했다.

청명은 대꾸도 없이 가만히 듣기만 했다. 일일이 답하다간 입이 아플 것 같아서였다. 다행히 무사들을 돌려보낸 지 반 시진 만에 누군가가 숲으로 다가와 그를 구해주었다.

대충 이십여 명은 되는 무리인데, 낮에 보았던 신학도 거기에 있었다.

청명은 신학 옆에 있는 중년인을 유심히 살폈다. 복장이 다른 무리와 달리 화려했던 탓이다.

낮에 보지 못한 인물이라 태정문주라 생각할 수밖에 없었다. 하지만 나이가 젊다는 것이 의외였다. 많이 봐도 사십대 초반 정도였던 것이다.

'비교적 젊은 나이에 화경의 고수가 되었다더니…….'

내공이 깊을수록 보통 사람보다 노화가 느려지니 젊은 나이에 화경의 경지를 뚫었다면 지금 보이는 외모가 그다지 이상할 것은 없었다.

"태정문주가 되십니까?"

정중하게 포권까지 한 청명을 향해 운룡신검 요불위가 살기 띤 시선을 던졌다.

"맹랑한 녀석! 그래, 나를 보자고 한 연유가 무엇인가? 맹을 살린다는 허황된 소리라면 용서없을 것이다!"

"따로 대화를 나눴으면 합니다."

무공에 자신있는 요불위였기에 그는 거절하지 않고 좀 더 으슥한 숲으로 걸어갔다.

“따라와라!”

둘만의 공간이 마련되자 요불위가 다시 물었다.

“무엇 때문에 보자고 한 거냐?”

“대충 들으셨으리라 생각합니다.”

“그럼, 할 말이 없군!”

요불위는 급한 성격을 증명이라도 하고 싶은 듯 검에 손을 가져갔다.

청명이 그를 자극했다.

“맹주의 권위를 다시 찾고 싶지 않습니까?”

“따르는 문파도 없는 맹주에게 권위는 무슨…….”

“따르게 만들면 되지요.”

요불위가 여전히 검을 잡은 채 이죽거렸다.

“그만한 능력이 네게 있다는 게냐?”

“맹주가 무엇입니까? 정도를 움직일 수 있는 명분을 가지고 있는 유일한 사람이 아니겠습니까?”

“과연, 이미 무너진 무림맹을 위해 강대한 마교와 싸우려는 정도 문파가 있을까? 구파일방도 이미 넘어간 판에?”

“명분만 제게 보태주십시오. 뒤는 제가 알아서 하죠. 물론 맹주의 권위까지 이자 쳐서 드리겠습니다.”

“크하하하하!”

광소와 함께 그가 검을 뽑았다.

스릉!

"미친놈! 무엇을 하고 싶어 안달이 났는지 모르겠다만, 꼬드길 사람을 잘못 찾았다."

"제 말을 더……."

"필요없다. 태정문도를 인질로 삼은 죗값을 치를 뿐이다."

청명은 뒤로 훌쩍 물러섰다.

더 설득해 보려 했지만 요불위의 눈빛을 보자 무리인 것 같았다.

'어쩔 수 없지!'

그는 힘으로 누를 생각을 가졌다.

도망이라도 쳤다면 그냥 놔줄 생각이었던 요불위는 청명이 오히려 검을 뽑자 인상을 구겼다.

'뭔가, 내가 운룡신검 요불위라는 것을 알고 있을 텐데?

그는 분노했다.

"이젠 어중이떠중이도 날 무시하는구나!"

화앙―!

요불위의 검이 타오르듯 불꽃을 내뿜었다. 그는 그대로 청명을 향해 검을 그었다. 그러자 반월형의 검강이 거대한 파도처럼 청명을 덮쳤다. 그의 별호를 증명하듯 검강은 특이하게도 연기 같은 느낌을 주고 있었다.

분노로 내공을 조절하지 못한 요불위는 순간 애송이를 상대로 너무 했다는 생각을 했다. 하지만 검강이 부서지며 그런 생각은 완전히 사라졌다.

쾅―!

굉음을 뒤로 하고 요불위의 눈이 경악으로 물들었다.

상대를 찢어놓았어도 모자랄 검강이 중단부터 부러지며 연기가 피어오르는데, 그 속을 비집고 검은 그림자가 튀어나왔던 것이다.

그림자는 이내 자색의 빛을 띠더니 지척까지 다가왔다.

놀란 요불위가 급히 검을 움직여 아래에서 위로 틀어 올렸다.

캉!

쇠와 쇠가 부딪치는 소리!

놀랍게도 상대는 그조차 막아내더니 그 반동으로 올라간 검을 아래로 떨어뜨렸다.

요불위는 옆으로 신법을 전개해 간단히 공격을 피하고는 다시 검을 놀렸다. 이후로는 쇳소리가 쉴 새 없이 숲을 울렸다.

폭음과 함께 병장기 부딪치는 소리가 연이어 들리자 신학과 태정문의 무사들은 급히 소리를 쫓았다.

"저, 저런……."

신학이 믿을 수 없다는 듯 요불위와 청명을 번갈아 바라보았다.

한데 엉켜 검을 놀리는데 막대한 내공과 파괴력을 무기로 하는 요불위를 상대로 청명이 전혀 밀리고 있지 않았다. 오히려 근접전에서는 요불위가 밀리고 있는 것처럼 보였다.

유장학 대주가 크게 외쳤다.

"조심하십시오, 저 녀석은 이상한 사술을 씁니다!"

옆에 있던 신학이 물었다.

"사, 사술이라니 무슨 소리요?"

"모르겠습니다. 저 녀석과 싸울 때 이상한 환상 같은 것이 자꾸 보여서 제 실력을 내지도 못했으니까요."

신학은 무슨 뚱딴지같은 소리를 하냐는 듯한 표정을 지었다. 하지만 유장학의 말은 직접 청명과 싸우고 있는 요불위에게는 직접적으로 다가왔다.

휘릭!

요불위는 왼쪽으로 몸을 틀었다.

인상이 팍 구겨졌다. 분명히 상대가 오른쪽으로 검을 찔렀는데, 헛것을 본 건지 그가 피한 왼쪽으로 검을 찌르고 있었다.

이런 경험이 청명과 싸우고 나서 몇 차례나 계속되고 있었다. 헛동작을 자꾸 보니 손발이 어지러워지기 시작한 지 오래. 누구에게도 지지 않을 거라 자신하던 그가 계속 밀리는 것도 그 때문이었다.

하지만 문제는 그것만이 아니었다. 간간이 그런 헛것에 신경이 집중되다 보면 갑자기 눈앞에서 괴상한 것이 아른거리기 일쑤였다.

언젠가 악몽에 나타났던 귀신이 보일 때도 있었고, 죽었던 그의 아버지가 혀를 빼문 모습이 보일 때도 있어 진땀을 뺐다.

쾅!

요불위가 몸을 숙이자 청운검이 그 위를 스치고 지나가 옆 나무를 때렸다.

청명은 청운검을 회수해 다시 요불위의 어깨를 노렸다.

요불위가 급히 검을 위로 올렸다.

캉!

마지막 쇳소리였다.

회심의 일격을 완전히 뿌리치지 못한 요불위의 검이 허공을 배회하다 바닥에 떨어졌던 것이다.

요불위는 멍한 표정으로 놓친 검을 바라보았다. 애송이에게 패배했다는 사실이 충격인 듯 눈에 힘이 풀려 있었다.

그를 지그시 바라보던 청명이 청운검을 검집에 넣으며 말했다.

"이제 이성적으로 대화를 해보죠."

순간 요불위의 눈빛에 힘이 들어갔다.

"닥쳐라!"

그는 급히 몸을 굴려 검이 있는 곳으로 움직였다.

청명이 난감한 표정을 지었다. 그나마 맹주의 위신을 살려 주기 위해 진원지기에 여유를 뒀던 것인데, 이렇게 악착같이

승부를 보려 한다면 둘 중 하나는 피해를 입을 수밖에 없었
다.

'이렇게까지는 하지 않으려고 했는데……'

생각과 함께 그 또한 요불위를 따라 몸을 날렸다.

막 검을 쥐려는 요불위의 팔을 향해 검을 휘두르고, 발로
검을 밟았다.

요불위가 청명의 발을 향해 장심을 뻗었다.

청명은 발을 들어올려 피하고는 다시 검을 밟았고, 그 동작
은 몇 차례나 이어졌다.

도저히 안 되겠는지 요불위가 검을 포기하곤 청명의 가슴
을 향해 장력을 발출했다. 그 막강한 내공을 증명하듯 거대한
원형의 강기가 청명을 노렸다. 하지만 청명이 마주 장심을 뻗
어 나왔다.

쾅!

근접전에서 마주친 강기와 강기의 마찰은 상당한 파괴력
을 과시했다. 주변 일대를 휘몰아치는 회오리가 멀리 떨어져
구경하고 있던 태정문의 고수들에게까지 영향을 줄 정도였던
것이다.

그들은 다시 한 번 경악했다.

울컥!

요불위의 몸이 삼 장이나 밀려나 있었고 입으로 피를 쏟아
냈다. 반면 청명도 폭발의 힘에 밀려나기는 했지만 그 외에

다른 변화가 전혀 없었다.

“저럴 수가!”

신학은 믿을 수 없다는 듯 청명을 바라보았다.

‘저런 젊은 고수가 무림에 있었던가! 문주께서 제 실력을 발휘하지도 못할 실력이라니……. 아니, 내공으로는 오히려 문주님을 압도하지 않은가!’

그때 청명이 요불위를 향해 다시 말했다.

“이제 제대로 된 대화를 할 수 있을까요?”

하지만 그 여유로운 태도가 요불위의 이성을 잃게 만들었다. 내공 대결로 인해 피를 쏟았다는 것은 그만한 내상을 입었다는 것인데, 무리하게 내력을 끌어올리고 있었다.

“네놈을 가만두지 않으리라!”

요불위는 자신의 몸도 돌보지 않고 청명을 향해 덮쳐 갔다. 하지만 청명이 그의 싸움을 받아주지 않았다. 그는 요불위의 무리한, 그래서 동작이 큰 공격을 피하기만 할 뿐이었다.

무엇이든 끝이 있듯이 막강한 내공의 소유자라도 한계가 있었다. 내상까지 입은 상태에서 전력을 다한 공격을 일각이나 쏟아내자 요불위도 그 이치를 벗어나지 못했다.

숨을 헐떡이며 동작이 현저하게 느려지기 시작했다.

그때를 기다려 청명이 눈을 번뜩였다.

순간 요불위의 동작이 뚝 멈췄다.

가장 두려운 것.

청명은 요불위에게서 그것을 만들어주고 있었다.

‘문주가 되어서 저런 애송이 하나 처리하지 못하니 태정문이 요 모양 요 꼴이 아닌가!’

갑자기 귓가에서 들리는 소곤거림이 요불위의 몸을 떨게 만들었다.

‘맹주? 말이 좋아 맹주지 맹주가 되어서 한 것이 뭐가 있나? 기껏해야 마교의 희생양으로 수많은 고수들을 죽인 죄만 있을 뿐이지!’

요불위가 발악하듯 외쳤다.

“닥쳐라!”

하지만 대화는 멈추지 않았다. 끊임없이 그를 비하하며 마음속 깊이 자리 잡고 있던, 자신에 대한 사람들의 시선과 생각이 이어지고 있었다.

동작을 멈춘 요불위가 갑자기 사방으로 장력을 발출한 것도 그때부터였다. 그 때문에 엄한 태정문의 고수들이 대피하는 상황까지 이르렀다.

신학이 말려보려 그를 불렀지만 요불위에게는 들리지 않았다.

미친 사람처럼 숲이 완전히 쑥대밭이 될 때까지 끊임없이 주변을 파괴해 나갔다.

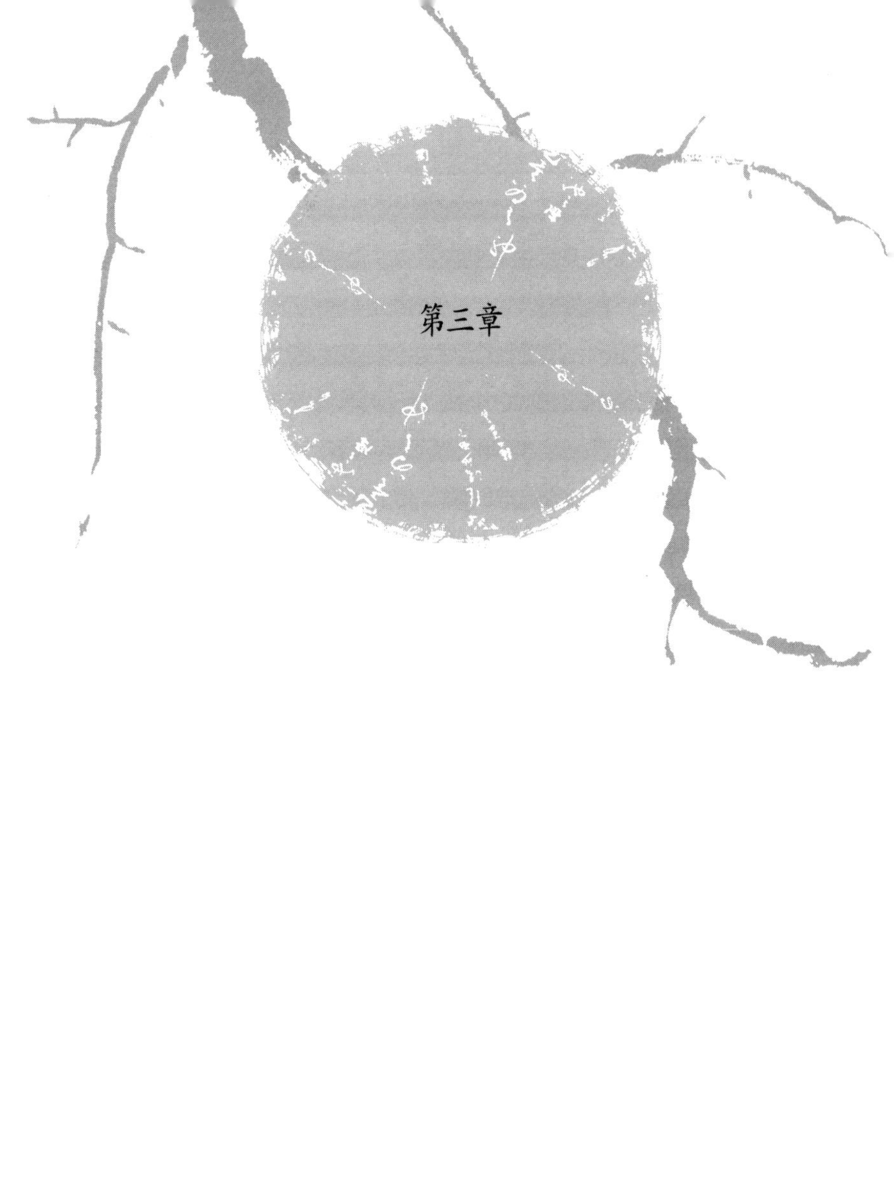

第三章

第三章
되살아난 무림맹

　지쳐 주저앉은 요불위를 향해 청명이 다가갔다. 그는 말없이 요불위를 내려다보았다.

　요불위가 먼저 입을 열었다.

　"지금까지 내가 들었던 것은 무엇인가?"

　"문주님의 마음속에 자리 잡은 두려움이죠."

　요불위는 씁쓸하게 웃었다.

　"자네의 실력을 보니 헛소리하기 위해 날 찾은 사람은 아닌 것 같군. 그래, 나에게 원하는 것이 무엇인가?"

　"당가와 강남의 소문은 들어보셨습니까?"

　"당가의 소문은 들어봤네만 강남에도 변고가 있었나?"

청명은 고개를 끄덕이며 강남의 일을 설명했다. 남궁세가의 배신과 제갈세가가 마교를 막은 일, 그리고 세가연맹이 결성되어 마교와 본격적으로 대항하기로 한 것까지였다.

"최근 마교에 넘어간 문파를 알아내 세가연맹의 이름으로 공격이 시작되었습니다. 그 선두에 제가 있습니다."

"돈 욕심만 많은 세가의 무사들이 꽤 분전을 하고 있군."

"하지만 아직도 완전하지 못합니다. 마교의 주력이 모인다면 버거운 것이 사실이죠."

"그래서 내가 필요하다?"

"정확히 말해서 명분이 필요합니다. 문주께서 다시 맹의 기치를 세우시고 무림이 마교에 대항할 것을 선포만 해주십시오."

"단지 그것뿐인가?"

"그것만이라도 큰 힘이 됩니다. 사조직일 수밖에 없는 세가연맹이 무림맹의 힘을 등에 업을 수 있게 되니까요."

요불위는 고개를 저었다.

"거절하겠네. 어차피 이름뿐인 맹주는 여전하잖은가!"

"아닙니다. 현재 세가연맹의 기세는 대단합니다. 그들과 무림맹이 합쳐졌다는 소문이 돌게 된다면 맹주라는 이름에 정도문파는 다시 모일 수밖에 없습니다. 그리고 조만간 사천의 연합도 맹으로 끌어들일 생각입니다. 그들도 독자적으로 움직이고 있어 불안한 상태. 하지만 맹이 힘을 되찾게 되고 맹주가 그들을 지원해 주기만 하면 명분으로 인해 더 많은 문파를 연합에 가담시킬 수 있습니다. 그들이 모두 무림맹의 기치 아래 움직이게 된다는 것인데 어찌 이름뿐인 맹주가 될 수 있겠습니까? 그리고 중요한 것 두 가지가 더 있습니다.”

“……?”

“차후 마교와 마지막 일전을 벌일 때 맹주께서 선두에 서주셔야 한다는 것. 그리고 구파일방을 설득할 수 있는 사람은 현 무림에 맹주밖에 없다는 겁니다. 문주께서 다시 맹주 직을 맡아주신다면 그들을 포섭할 수 있을 겁니다.”

“과연 그들이 내 말을 들을까? 들리는 소문으론 무림맹을 친 마교도들 중 그들이 섞여 있었다 들었네!”

“그것을 위해 지금 사천으로 갈 생각입니다. 청성과 아미의 사정을 알아보고 맹주님의 뜻을 전하려는 거죠. 제게 그들을 포섭할 수 있는 서신과 다른 구파일방의 것도 써주십시오.”

잠시 생각하던 요불위가 물었다.

“몇 가지 물어봐도 되겠나?”

“무엇입니까?”

“자네 정도의 고수가 있다는 소리는 들어보지 못했네. 어디 소속인가?”

“지금은 세가연맹 소속으로 활동하고 있지만 맹주께서 맹을 다시 세우신다면 무림맹 소속일 될 겁니다.”

“그런 걸 궁금해한 것이 아닐세. 돌려 말하는 건 딱 질색이야.”

“두 가지 약속만 해주시나면 가르쳐 드릴 수 있습니다.”

“뭔가?”

“하나는 제 제안을 수락하는 것이고, 두 번째는 비밀을 지켜주시는 겁니다.”

“다시 맹주의 권위만 찾을 수 있다면야 허락할 수는 있네.”

“확실한 약속을 드리지는 못합니다만, 최선을 다할 것은 약속할 수 있습니다. 그 증거로 제가 데리고 있는 대원들의 일부가 지금 강남에서 마교에 넘어간 문파를 공격하며 안휘 쪽으로 오고 있습니다. 수락만 해주신다면 그들을 문주님 휘하로 넣겠습니다. 맹의 대원으로 움직이시면 꽤 힘이 될 겁니다.”

“몇 명 정도인가?”

“일천 명이며, 그 능력은 마교도와 부딪쳐도 밀리지 않을 고수들이라 장담할 수 있습니다.”

“자신하는 걸 보니 마교도와 붙은 적이 있나 보군.”

“그 답변은 제 제안을 수락하시면 자연히 알 수 있을 겁니다. 어쩌시겠습니까?”

“그렇게까지 말한다면 생각할 필요도 없겠네.”

“현명하신 선택이십니다.”

말과 함께 청명은 황금대에 대한 이야기를 시작했다.

들고 있던 요불위가 인상을 구겼다. 세가야 관부와 꽤 밀접한 관계를 유지하고 있다지만 다른 무림인들의 경우는 그렇지 못했기 때문이다. 황실과 관부에 적의를 품고 있지는 않았지만 서로 관계를 가지며 공생하는 것에 대해서는 회의적인 그들이었다. 무림세가를 탐탁지 않게 생각하는 이유도 그 때문이었다. 자금을 불릴 수만 있다면 관과도 결탁하는 그들의 행동이 은근히 마음에 들지 않는 것이다.

"나와 맹이 황실의 부속품이 되란 말인가!"

"그럴 리가 있겠습니까? 우리는 마교의 배후 세력만 쫓을 뿐, 무림의 일에 관여하지는 않을 겁니다. 각자 목적이 다르지만 적이 같으니 서로 돕는 것으로 생각하시면 편할 겁니다. 그리고 황금대의 경우는 무림의 문파로 보셔도 무방합니다. 독자적으로 움직이고 있으니까요."

청명은 미소와 함께 마무리를 지었다.

"세부적인 것은 내일 제가 따로 찾아뵙고 말씀드리겠습니다."

*　　　*　　　*

쾅!

"크으윽!"

마기를 풍기는 흑의괴인 두 명이 일장에 쓰러졌다.

화산파의 원로 진산 진인(眞山眞人)의 전력이 담긴 창룡신장(蒼龍神掌) 덕분이었다. 하나 그것은 그의 마지막 기력까지 짜낸 절기일 뿐, 더 이상은 무리였다.

그는 힘없이 옆에 있던 태청 진인에게 말했다.

"어쩔 수 없네. 자네만이라도 기회를 봐서 본 파에 사실을 알리게."

태청은 단호하게 고개를 저었다.

"사숙! 어찌 제가……. 사숙이 가십시오, 제가 막겠습니다."

"내가 간들 얼마나 더 갈 수 있겠는가. 부디 원로들의 염원을 잊지 말고 장문인에게 전하시게. 더 이상 화산이 오명을 뒤집어써서는 안 되네."

"안 됩니다."

"가라고 하지 않는가! 자네 앞에서 노부가 자결을 해야 말을 듣겠는가!"

"사숙!"

"가시게!"

말과 함께 그는 쓰러진 복면인의 품속을 뒤졌다. 잠시 후 그가 꺼낸 것은 작은 부싯돌이었다.

태청은 눈을 감고 몸을 돌렸다. 진산 진인의 말대로 하는 것이 지금으로서는 그가 할 수 있는 전부였다.

"죄송합니다."

그는 신법을 전개해 빠르게 자리를 벗어났다. 이후 그 자리에 불길이 치솟았다.

"잡았나?"

가금후 도독의 물음에 복면인이 대답했다.

"그렇습니다만, 전원 생포는 어려웠습니다."

"사망자의 시신은?"

"도주자들 중 남산으로 향한 곳은 확인 불가했습니다. 일대가 불길에 휩싸인 데다 도중에 관군들이 출동하는 바람에……."

가금후의 대명사, 온화한 미소가 짙은 살기로 물들었다.

"뇌옥 경계의 소홀함도 살아남기 힘든 죄인데, 이후 추격 문제도 구멍이라……."

"죄, 죄송합니다."

"남산 쪽으로 도주한 자들은 누구인가?"

"화산파의 원로, 진산과 장문인의 사제인 태청입니다."

"무슨 수를 써서라도 그 둘의 생사를 확인해라. 그리고 화산 주위에 고수들을 깔아놓아라. 만약 그들이 살아 있다면 화산을 멸하리라!"

"존명!"

복면인이 나가자 가금후는 씁쓸한 미소를 머금었다.

"태인께 시간을 좀 더 앞당기라고 연락은 넣어야겠군!"

진산 진인을 생각한 태청은 다시 몸을 떨었다. 자신이 무사히 빠져나갈 시간을 벌기 위해 산에 불까지 질러 희생을 택한 그를 생각하면 마음이 무겁게 내려앉았다.

하지만 이미 벌어진 일을 되돌리긴 힘들었다. 그도 자신이 해야 할 일에 충실해야 한다는 걸 알고 있었다.

그러기 위한 희생이 아니었던가.

불길 때문에 시체도 알아볼 수 없을 것이고 관군까지 투입됐을 테니, 목적은 충분히 달성된 셈이었다.

당분간 태청이 살아 있다는 사실은 모를 것이다.

그는 빠르게 걸음을 옮겼다.

시간이 무한정 있는 것은 아니었다. 그가 살아 있다는 사실이 알려지면 적들은 정체를 은폐하기 위해 화산을 가만두지 않을 것이기 때문이다.

*　　　*　　　*

태정문주와 집무실에서 은밀한 밀담을 나눈 청명은 사천으로 향했다. 시간이 촉박했기에 장강을 타면서도 무한에 들르지 않고 곧장 사천 호주로 출발했는데, 목적지에 도착한 그는 배에서 내린 후 제이황금대주 탁일항에게 그간 있었던 일과 앞으로 할 일을 적어 서신을 보냈다.

그는 악산(樂山)에서 방향을 틀어 서쪽으로 향했다.

목적지는 아미산(峨嵋山)이었다.

"멈춰라!"

순박해 보이는 여승 다섯이 아미파 정문에서 청명의 진로를 가로막았다.

청명이 합장하자 나이가 제법 많아 보이는 여승이 앞으로 나와 마주 합장했다.

"시주께서는 본 파에 어쩐 일이십니까?"

"장문인을 만나뵙고 드릴 말씀이 있어 왔습니다."

여승의 아미가 조금 구겨졌다.

"지금 본 파에 사정이 있어 장문인을 만나실 수 없습니다. 아미를 찾는 많은 분들을 모두 돌려보낸 실정이니, 중요한 일이라면 제게 말씀하시지요."

"무림맹주께서 보내 왔습니다."

"무림맹주?"

여승의 눈빛이 잠깐 이채를 띠었다. 그녀는 청명을 유심히 관찰하더니 다시 합장했다.

"잠시만 기다리시지요."

여승은 곧장 아미파로 들어갔다.

쉬이이익—!

회색 가사를 펄럭이며 중앙전에서 여승 오십여 명이 건물을 뛰어넘고 있었다.

보름에 한 번 아미파 전체를 청소하는 날이라 숙실을 청소하고 있던 속가제자들이 고개를 갸웃거렸다.

"무슨 일이지?"

화단에 서서 건물 바깥 창틀을 닦고 있던 여인의 물음에 옆에 있던 여인이 고개를 저었다. 아무리 바쁜 일이 있어도 아미파 내에서 저렇게 지붕을 넘나드는 일은 드물기에 더욱 의아할 수밖에 없었다.

"정문 쪽으로 가는 것 같은데?"

"중요한 손님이라도 왔나?"

물을 길러오던 뚱뚱한 소녀가 끼어들었다.

"중요한 손님이 오는데 왜 검을 차고 저렇게 급히 가겠어요?"

"그럼, 적들이 온 거야?"

"설마 싸우는 것은 아니겠지?"

여기저기에서 자기들끼리 소곤거리기 시작했다.

뚱뚱한 소녀가 막 이불을 들고 나오는 여인을 불렀다.

"화 언니도 봤어요?"

옆에 있던 여인이 그녀의 머리를 쥐어박았다.

"이 녀석, 화 사저라고 불러야지! 들어온 지 얼마 안 됐다고 티내니?"

"아직 어색하단 말이에요."

그러자 화 언니라고 불린 묘령의 여인이 다가와 물었다.

"뭘 봤다는 거지?"

"네, 조금 전에 꽤 많은 무승들이 지붕을 넘어갔거든요. 급한 일이 있는 것 같은데 방향이 정문이라서요."

"지붕을?"

화 사저, 화진녀가 고개를 외로 꼬았다.

"아미를 찾아온 시주들이 난동을 피웠나?"

"에이, 시주들의 난동 때문에 화진승들이 갔단 말이에요?"

"화진승이었다고?"

화진녀가 경악했다.

아미파에는 많은 무승들이 있는데, 대부분 파 내에 틀어박혀 방어적인 입장을 취하고 있었다. 반면, 화진승들은 공격적인 성향을 띠어 속세를 자주 돌아다녔다.

밖으로 드러나는 그녀들이었기에 아미파를 대변하는 얼굴인 것은 당연한 일. 무공 수준도 남다를 수밖에 없었다.

"무슨 일일까요?"

화진녀도 고개를 저었다.

"글쎄다……."

뚱뚱한 소녀가 호기심을 드러냈다.

"우리 한 번 가봐요."

몰려 있던 몇몇 여인들이 동조하자 화진녀도 고개를 끄덕였다.

“마교의 첩자를 잡아라!”

나무 그늘에서 잠시 태양을 피하고 있는 청명을 향해 난데없는 일갈이 터져 나왔다.

‘마교의 첩자?

청명의 인상이 구겨졌다. 당가를 도와 마교도를 막아낸 후, 그 외 몇몇 문파들이 연합을 구축하면서 사천은 마교도들의 손에서 벗어나 있었다. 때문에 이미 아미파와 청성파는 독자적인 힘을 가진 상태라 마교에 대한 적의를 드러낸다 해도 이상할 것은 없었다. 하지만 앞뒤 살피지도 않고 자신을 마교도로 몰아붙이는 것은 이해할 수가 없었다.

눈빛이 맑고 또렷하여 정순함이 물씬 풍기는 여승 오십여 명이 갑자기 청명을 향해 달려들었다.

청명은 그녀들이 다가온 만큼 뒤로 물러서며 외쳤다.

“전 마교도가 아닙니다!”

“닥쳐라!”

“오해가 있는 것이니 손을 거두십시오.”

“오해라면 무기를 버리고 투항해라.”

청명은 어쩔 수 없이 청운검을 바닥에 버렸다.

그것을 본 나이 많은 여승이 팔을 들자 막 검을 날리려던 여승들이 멈췄다.

“포박해라.”

여승들이 달려들어 청명의 몸을 묶을 때, 나이 많은 여승이 합장하며 말했다.

"정말 마교도와 상관이 없다면 아무런 문제도 없을 것이니 걱정하지 마시오."

"알겠습니다."

"우선 짐부터 살펴봐도 되겠습니까?"

"그러시죠."

말을 하기 무섭게 여승 한 명이 청명의 등짐을 빼앗듯 가져가 바닥에서 풀었다. 그 때문에 청명의 생각과는 달리 엄청난 문제가 발생했다.

"사부님!"

여승이 놀란 듯하자 나이 많은 여승이 아래를 내려다보았다.

순간 그녀의 표정이 굳어졌다. 짐 속에 들어 있던 작은 명패 하나 때문이었다.

붉은 색을 띠는 명패, 천마라는 글귀가 거친 필체로 양각되어 있는 명패였다.

청명도 그것을 보고는 아차했다.

'이런!'

남궁가주에게 받았을 때 버리지 않았던 것을 후회할 수밖에 없었다.

"해, 해명을 하겠습니다."

이미 명백한 물증까지 있는 상황에서의 외침은 도둑이 재발 저리는 것처럼 보였다. 뿐만 아니라 며칠 전 놀라운 소식을 접한 아미파로서는 앞뒤 가릴 여유가 없었다.

"대담하구나! 쉽게 수색을 허락하면 짐을 검사하지 않을 줄 알았더냐?"

"해명을 할 테니……."

하지만 말과 달리 청명은 몸을 묶고 있는 여승을 밀쳐 내고 있었다. 나이 많은 여승의 눈빛에서 어떤 해명을 해도 믿을 것이란 느낌이 들지 않았기 때문이다.

채 묶지도 않은 줄이 풀리자 나이 많은 여승이 발검을 시도했다.

청명은 급히 소매를 떨쳐 각편검으로 막아낸 후, 신형을 뛰어올려 청운검이 있는 곳으로 떨어져 내렸다.

순식간에 일어난 일에 잠시 여승들이 주춤한 사이 청운검을 뽑은 청명이 미안함을 드러냈다.

"이대로는 결백을 증명하기 힘드니, 힘으로라도 장문인을 만나야겠습니다. 무례를 용서하시길!"

말이 끝나기 무섭게 청명은 아미파 정문으로 쏘아져 나갔다. 둘러치고 있던 여승들이 막았지만 제대로 검술을 펼치지도 못했다.

"잡아라!"

나이 많은 여승의 외침과 함께 오십여 명의 여승이 청명의 뒤를 따라 달렸고, 정문 옆에 걸린 종이 아미산을 울렸다.

때때때땡—!

아미파의 지리를 모르는지라 청명은 무조건 중앙으로만 경공술을 펼치고 있었다. 하지만 몇 개의 건물을 지나자 이백여 명의 아미파 고수가 진을 펼치고 기다리고 있었다.

청명은 급히 상대 최면을 걸었다. 사방으로 진기를 뿜어내며 비구니들의 상태를 조절했다.

순간 청명의 몸에서 수십 마리의 흑룡이 사방으로 뻗어 나왔다. 용틀임하듯 괴성을 지르는 흑룡에 놀란 아미파의 여승들이 경악성을 흘렸다.

단단하게 구성된 진이 흐트러지는 것은 당연한 일. 청명은 그 틈을 놓치지 않고 파고들었다.

여승 다섯의 혈도를 순식간에 제압해 버린 그는 그대로 앞으로 뛰쳐나갔다.

"젠장! 장문인은 어딨는 거지?"

아미파를 혼란 속으로 밀어 넣은 그는 경공술을 멈추지 않았다. 그때 담 하나를 넘어 다른 건물로 향하는데 앞서 검기 하나가 그의 목을 노렸다.

급히 몸을 틀어 피한 청명을 향해 노성이 들려왔다.

"감히, 마교도가 아미를 능멸하려는 것이냐!"

바닥에 내려선 청명은 소리를 좇아 시선을 던졌다. 거대한 대전 앞마당에 늙은 여승 이십여 명이 늘어서 있었다.

청명이 마주 외쳤다.

"누가 아미파의 장문인이오?!"

여승들 중 한 명이 앞으로 나섰다. 지긋한 나이에도 불구하고 위엄이 절로 흐르는 모습이었다.

"내가 아미의 장문인 잔영 사태다."

"전 마교도가 아니오."

그 말에 반박하는 사람이 있었다. 정문에서 보았던 여승이 청명을 뒤따라 담을 넘으며 말했다.

"마교도의 명패가 짐 속에 있었습니다."

순간 잔영 사태의 눈빛이 흉흉하게 빛났다.

"화산파를 쑥대밭으로 만들었다더니 이번엔 우리 아미파인가!"

"화산파?"

청명이 무슨 이야긴지 곱씹기도 전에 잔영 사태의 명이 떨어졌다.

"마교도를 처단하라!"

그러자 그녀의 옆에 있던 노고수들이 청명을 향해 달려들고 그간 청명을 따라왔던 여승들도 합세했다.

'별수없군!'

결백을 증명하기 위한 청명의 선택은 하나였다.

쿠아앙―!

그의 몸에서 강대한 기운이 뻗어 나와 그를 감쌌다. 막 그의 몸을 뚫으려던 검들이 그 기운에 밀려 주춤거렸고, 청명의 각편검이 회전하며 주위를 둘러쳤다.

따다다당!

각편검에 맞은 검이 튕겨 나갔다. 여파로 물러서던 여승들을 향해 청명이 청운검을 검집에 집어넣은 상태로 검법을 펼쳤다. 살생을 피하기 위함이었다.

퍼퍼펵!

둔탁한 소리와 함께 앞선 여승 세 명이 쓰러졌다. 청명은 그중 한 명을 밟고 뛰어올라 너머에 있던 노고수들을 덮쳐 갔다.

"어딜!"

장문인의 사제 진원 사태가 노한 듯 마주 검을 찔렀다. 청운검의 검집과 검이 부딪치자 굉음이 쏟아졌다.

승부는 청명의 승리로 끝났다. 한 번 부딪쳤을 뿐인데, 진원 사태가 십여 걸음을 뒤로 물러섰던 것이다. 여유를 주지 않고 청명이 그녀의 품으로 파고들려 하자 옆에 있던 다른 노고수들이 달려들었다.

상당한 수련을 쌓은 듯 청명의 행동을 교묘히 흐트러뜨리는 능력은 탁월했다. 실력뿐만 아니라 강호의 경험까지 잔뜩 쌓은 모양이었다. 하지만 청명은 지지 않았다.

오히려 진원지기를 더욱 검에 주입하여 들어오는 공격을

모두 쳐내기 시작했다.

타타타탕!

청운검과 부딪친 검은 어김없이 뒤로 밀려났다.

그는 급히 몸을 바닥에 눕히듯 숙이며 검을 회전시켰다. 그러자 검에 걸린 노고수들이 균형을 잃고 넘어가 버렸다.

청명은 각편검으로 뒤를 향해 달려드는 여승들을 향해 휘둘렀다. 채찍처럼 늘어진 각편검이 사방을 비산하자 감히 다가들 여승들은 없었다.

보기에서 번뜩이는 빛을 품고 있는 것이 상당한 내력이 주입됐음을 짐작했던 것이다.

잠시 여유가 생긴 청명은 그대로 몸을 날려 장문인에게 다가갔다.

"감히!"

잔영 사태가 마주 청명에게 다가가며 일 장을 뻗었다. 순식간에 손에 붉은빛이 걸리며 장력이 발출되었다.

청명은 청운검으로 장력을 쳐낸 후 더욱 다가가 각편검을 휘둘렀다. 잔영 사태의 다리를 제압하기 위한 속임수였다.

그의 생각대로 잔영 사태가 공중으로 뛰어오르더니 다시 손을 뻗었다. 오른손의 일장에서 왼손의 이장, 다시 오른손의 삼장에 거쳐 쉬지 않고 손을 펼치자 그녀의 앞은 붉은 빛으로 휩싸인 듯했다.

장력은 어김없이 청명의 전신을 노리고 쏟아져 나왔다.

잔영 사태의 입가에 조소가 걸렸다.

십여 개가 넘는, 그것도 상당한 내력을 담은 장력이 발출되었으니 스스로도 흡족했던 것이다. 하지만…….

스릉!

청운검의 검집이 빠져나왔다. 이어 청운검이 붉은 장력을 향해 움직이자 잔영 사태는 경악할 수밖에 없었다.

콰콰쾅!

검이 타오르더니 그 빛이 검에서 떨어져 나와 장력을 모두 쳐냈다. 그중 몇 개는 장력을 가르는 것을 넘어 잔영 사태의 몸을 가르기 위해 그녀와 거리를 좁혔다.

허공을 차듯 방향을 밑으로 튼 잔영 사태는 급히 바닥에 내려서 검을 뽑았다. 하지만 그녀는 다시 경악해야 했다.

막 검을 뽑아 상대를 겨눴는데 보이지 않았던 것이다. 망연히 멍한 빛을 드러내고 있는 수많은 아미파의 여승들만 시선에 걸렸을 뿐이다.

착!

차가운 이물질이 목뒤로 전해지자 잔영 사태는 그제야 어찌 된 일인지 짐작할 수 있었다.

상대는 이미 뒤에 있었다. 그것도 자신의 목에 검을 겨눈 채.

잔영 사태가 눈을 부릅뜨며 외쳤다.

"죽여라!"

청명이 미소를 지었다.

"아미파에 해를 끼치고자 했다면 벌써 했을 겁니다. 하지만 전 마교도가 아니니 그럴 수가 없죠."

말을 하며 검을 회수해 검집에 넣는 그였다. 각편검도 어느새 그의 소매 속으로 자취를 감춘 후였다.

슬며시 자리에서 일어난 잔영 사태는 여전히 경계의 빛을 늦추지 않으며 위협적인 목소리로 말했다.

"이런다고 믿을 수 있을 것이라 생각하는가?"

"어찌해야 믿어주시겠습니까?"

잔영 사태는 다시 검을 들어 자세를 잡았다. 섣불리 공격을 하지는 않았지만 그 자세만으로도 청명을 고이 돌려보내지 않겠다는 의지는 표하고 있었다.

그때 왼쪽 담장에서 청아한 여인의 목소리가 들려왔다.

"저분은 마교도가 아니에요."

모두 놀라 그곳을 바라보았다. 그러자 몇 명의 여인들이 고개를 숙여 급히 몸을 숨겼다. 그녀들은 속가제자들로 몰래 구경을 나왔다가 놀란 광경을 본 셈이었다.

젊은 사내 한 명이 구파일방의 하나, 아미파를 제집 드나들 듯 돌아다니는 것도 모자라 장문인까지 제압해 버리는 믿지 못할 광경인 것이다.

모두 숨었지만 한 여인은 그대로 고개를 내밀고 있었다.

그녀를 알아본 장문인이 물었다. 오래전부터 무림맹에 상당한 지원을 해왔던 문파가 있는데, 산동성 곡부의 청화문이었다. 고개를 내밀고 있는 여인은 청화문주의 손녀였기에 장문인도 모를 수 없었다.

"화진녀가 아니더냐!"

청명이 두 눈을 동그랗게 떴다.

'화진녀?

기억에 또렷이 남아 있었다. 오래전 화산에서 보았던 착하고 아름다웠던 소녀.

이해심 깊었던 그녀에게 당시 상당한 고마움을 느꼈던 그였다.

그는 유심히 화진녀를 바라보았다.

세월이 조금 지나 소녀에서 이제 성숙한 여인으로 성장해 있었지만 외모는 크게 변하지 않아 쉽게 알아볼 수 있었다.

"이자가 마교도가 아니라면 누구란 말이냐?"

"화산파의 제자예요. 오래전에 화산파를 찾아갔을 때 본 적이 있어요."

그러면서 청명을 바라보며 물었다.

"도호가 청명이라고 했었죠?"

청명은 웃으며 고개를 끄덕였다. 그녀의 차분한 미소는 예전이나 지금이나 다를 바 없었다.

그제야 장문인 잔영 사태가 검을 거두며 합장을 했다.

“아미타불. 빈도가 도장께 결례를 범했군요. 어찌 사과를 해야 할지……”

“사과라니 당치 않습니다. 아마 저라도 그렇게 대처했을 테니까요.”

“하면 마교도의 명패는 무엇입니까?”

아직 약간의 의심은 남아 있는 모양이었다.

청명은 간단하게 설명함으로 그녀의 의심을 풀어주었다.

“마교와 싸운 적이 있습니다. 명패는 그때 얻은 겁니다.”

“그럼, 화산파는 마교도를 막은 모양이군요.”

청명이 고개를 갸웃거렸다.

화산파 이야기는 하기 싫었지만 궁금한 것도 사실이었다. 그리고 싸우기 전에 진영 사태가 한 말이 걸렸던 그였다.

“무슨 말씀이십니까?”

“화산파가 마교의 공격을 받았다는 소식을 듣지 못하셨소?”

“마교도가 화산파를 왜 공격했다는 말입니까?”

잔영 사태가 고개를 절레절레 흔들었다.

“우리도 모릅니다. 그 일 때문에 아미뿐만 아니라 다른 구파일방도 마교에 대한 경계를 하기 시작했을 겁니다. 도장께 사정을 살피지도 않고 무례를 범한 이유도 그 때문이지요.”

청명은 어이가 없었다.

"따로 이야기할 수 있겠습니까? 제가 아미파에 온 이유도 설명하겠습니다."

잔영 사태가 고개를 끄덕였다.

第三章
돌변

“아미타불!”

마지막 말을 맺으며 구원불을 읊는 잔영 사태를 향해 청명은 놀란 표정을 지었다.

구파일방이 무림맹 공격에 가담했던 이유가 인질 때문이라는 말은 의외의 정보였다.

“원로들과 주요 인사들 대부분은 아미를 지탱하는 정신적인 힘이니 우리로서도 어쩔 수가 없었소. 뿐만 아니라 아미의 절기가 담겨 있는 비급까지 상당수 가져가는 바람에……”

찻잔을 들어 홀짝인 청명이 물었다.

“이후에 구파일방이 무림문파를 마교로 회유했던 이유도

그 때문입니까?”

“그렇소. 하지만 화산파가 불의의 기습을 당했다 했으니 어찌 된 일인지 혼란스러울 수밖에요.”

“무당이나 소림 등 다른 구파일방은 어떻습니까? 아미파를 보니 이젠 인질에 대해 신경 쓰지 않는 것 같은데요.”

“사천이야 이미 당가가 세운 연합 때문에 마교의 손 밖으로 벗어났으니 우리와 청성파는 마교에 적대적인 입장을 취할 수밖에 없었지요. 인질이 중요하다고는 하나 화산처럼 본파를 공격해 온다면 그냥 당할 수 없지 않겠소? 모두 마교에 대한 불의의 기습에 대비하고 있는 실정이오. 하지만 다른 구파일방은 어찌 대처할지 모르겠소.”

“화산이 공격받은 이유는 전혀 짐작이 가질 않습니까?”

“모르오.”

“흐음.”

잠시 생각에 잠겨 있는 청명을 향해 이젠 잔영 사태가 질문을 던졌다.

“어찌 된 일이오? 화진녀의 말이 사실이라면 도장께서는 화산파의 제자라는 말씀인데 화산파의 일을 왜 여기에서 묻는 것인지 물어봐도 되겠소?”

“사정이 있어 오래전에 화산파를 나왔습니다. 지금은 맹을 위해 일하고 있다고만 알아주십시오.”

“듣자 하니 무림맹주께서 보냈다고 하던데, 무엇 때문인지……?”

“무림맹이 무너진 후 맹주가 이끌고 있는 군웅들도 모두 흩어졌다는 것은 이미 알고 계실 겁니다. 이후 당가를 중심으로 사천이 마교도를 몰아냈고, 강남의 호북과 호남도 세가연맹이 결성되어 마교에 본격적으로 대항하고 있습니다. 제갈세가의 전투에서 마교에 큰 피해를 주고 승리를 거둔 바도 있죠. 그것을 계기로 맹주께서 다시 맹을 결성하고자 하십니다. 맹주가 나서서 세가연맹과 사천연합에 명분을 실어주실 생각인 거지요.”

“그럼, 우리를 찾아온 이유는…….”

“짐작대로 입니다. 구파일방이 맹의 재결성을 인정해 주시고 공표(公表)해 주시길 바랍니다. 이후 행보도 우리와 동참해 무림군웅들을 이끌어달라는 부탁을 하러 왔습니다.”

잔영 사태가 은근히 걱정스러운 표정을 지었다.

“마교가 공격해 온다면야 인질과 상관없이 대응하겠지만 또한 먼저 나서기도 어려운 것이 본 파의 입장이오.”

“제이의 화산파가 되실 생각입니까?”

“그것이 걱정이라 마교에 적대적인 입장을 고수할 생각이기는 하지만 섣부른 판단으로 인질이 된 원로들의 안위를 무시할 수도 없소. 이해해 주시오. 아미타불!”

청명은 실소를 흘렸다.

“아미파도 끝이군요.”

잔영 사태가 아미를 구겼다.

"무슨 말이오?"

"구파일방이 왜 많은 무림인들의 인정을 받아왔습니까? 자신을 돌보지 않고 무림을 위해 힘쓴 덕분이 아닙니까? 공명정대했던 구파일방이 마교에 넘어간 것도 모자라 무림의 앞길도 막고 있으니 어찌 끝이 아니겠습니까?"

분을 삭이 듯 잔영 사태가 숨을 몰아쉬었다.

"아미타불, 아미타불! 도장께서는 지금 본 파를 업신여기는 발언을 하고 계시오!"

하지만 청명은 멈추지 않았다.

"앞으로 어찌 얼굴을 들고 다닐 생각이십니까? 마교가 전 무림을 장악하면 다행이겠으나, 만약 무림이 그들을 막고 다시 예전의 상태로 되돌려 놓는다면 아미파는 무얼 할 수 있겠습니까? 그때 다시 무밀맹에 붙을 수 있다고 보십니까? 많은 무림인들 앞에 당당히 마교도를 처단하는데 앞장섰노라고 말할 수 있겠습니까?"

순간 잔영 사태의 얼굴이 붉어졌다.

청명은 기세를 잡았다고 판단하고 계속 몰아붙였다.

"일을 어렵게 만들지 않았으면 합니다. 지금도 무림은 구파일방에 대한 불신에 사로잡혀 있습니다. 아미파의 위신이 더 떨어지길 바라십니까?"

"그, 그만 하시오!"

청명은 입을 다물고는 잔영 사태를 찬찬히 살폈다. 심경의 변화가 있는지 그녀의 눈빛은 상당히 흔들리고 있었다.

청명은 품속에서 맹주의 서신을 꺼내 탁자 위에 올려놓았다.

"맹주께서 보내신 서찰입니다. 읽어보시고 답변을 주셨으면 합니다."

잔영 사태는 긴 한숨을 쏟아냈다.

"그럼, 잠시 기다려 주시겠소? 장로들과 회의를 한 후에 결론을 알려주겠소."

"알겠습니다."

청명은 방을 빠져나와 건물 정원에 자리를 잡았다. 잠시 후 그를 향한 목소리가 있었다.

"오랜만이네요."

고개를 돌리자 화진녀가 미소를 지으며 다가왔다. 그 뒤로 그녀만 한 또래의 여인과 어려 보이는 소녀들 몇몇이 따라왔는데, 그녀들은 청명의 눈치를 살피며 자기들끼리 소곤거렸다.

청명이 화진녀를 반기며 말했다.

"아미파에서 보게 될 줄은 몰랐습니다. 그간 잘 지내셨습니까?"

"덕분에요. 하지만 도복을 입고 있지 않아 조금 놀랐어요. 그런데 화산파는 무사한가요?"

"아쉽게도 화산파를 나온 지 꽤 오랜 시간이 흘러 그들에 대해서는 알지 못합니다.”

“화산파를 나오셨다고요?”

“그렇게 되었습니다.”

“안 좋은 일이 있었던 건 아니겠죠?”

걱정을 담은 물음에 청명은 미소로 답했다. 더 이상 화산파에 대한 이야기가 싫은 그였기에 슬며시 화제를 돌렸다.

“아미파의 속가제자였습니까?”

“네. 예전에 화산파에서 보았던 분이 제 사부님이신데 그분도 아미파의 속가제자셨어요. 사부님 소개로 삼 년 전에 아미파로 오게 되었죠.”

그때 화진녀 뒤에 있던 여인이 화진녀의 옆구리를 쿡 찔렀다. 그러자 화진녀가 알았다는 듯 말했다.

“아, 소개해 드릴게요. 여기는 제 입문 동기고 나머지는 사매들이에요. 청명 도장을 소개시켜 달라고 해서 데리고 왔어요.”

말이 끝나기 무섭게 화진녀를 찌른 여인이 급히 말했다.

“소소라고 해요.”

뒤이어 사매들의 소개도 끝나자 소소라고 이름을 밝힌 여인이 동경 어린 시선으로 청명을 극찬했다.

“대단해요. 장문인을 그렇게 쉽게 제압할 수 있는 사람이 있을 줄은 몰랐어요. 어떤 무공을 익히셨죠?”

“검법을 주로 익혔습니다.”

“화산파의 무공인가요?”

“기본은 그렇지만 사실 쓰는 무공의 원류는 따질 수 없습니다. 화산을 나온 이후로 여러 가지 무공을 익히게 되었고, 실전에서는 특별히 초식을 따지지 않으니까요.”

“나이가 어떻게 되세요? 화산파를 나왔다면 도인이 아니니 혼인도 가능하겠네요?”

쏟아지는 질문 속에 청명은 난감한 미소를 지었다. 그때 옆을 지나가던 여승이 그를 구해주었다.

“여기서 뭘 하는 게냐? 어서 가서 객당을 청소하거라.”

속가제자들이 찔끔한 표정으로 슬며시 발걸음을 돌렸다.

홀로된 청명은 한 시진 후에야 다시 장문인의 부름을 받았다.

실내로 들어서자 나이 많은 여승 네 명이 장문인과 이야기를 주고받다가 멈췄다.

“결정하셨습니까?”

“맹주의 뜻은 이해했소. 그리고 그 뜻에 동참할 생각이오.”

“잘 생각하셨습니다.”

“단, 조건이 있소.”

“무엇입니까?”

“본 파의 원로들의 안전에 최대한 신경 써줘야 한다는 것과 만약 그들의 신변에 위험이 닥칠 일이라면 우리는 빠질 수도 있다는 것이오. 그것을 약속한다면 맹주의 뜻에 동참하리다."

"알겠습니다. 그럼, 맹주께 서신을 보내 알리겠습니다. 차후 무림맹이 아미파가 무림맹 협조한다는 사실을 선포할 때 협조해 주십시오."

"알겠소."

*　　　*　　　*

"이럴 수가!"

화산파로 향하던 태청은 몸을 떨었다. 화산파가 공격당했다는 소문을 들었던 것이다.

마교가 벌써 자신이 살아 있다는 사실을 알아냈다는 것이 놀라웠고 그들의 발 빠른 대처, 그리고 화산파를 공격한 거침없는 행동에 경악할 수밖에 없었다.

하지만 그가 알고 있는 화산파라면 분명히 손 놓고 당할 문파가 아니었다.

'살아 있는 동문들이 있을 거다.'

하지만 어디로 가야 그들을 만날 수 있을지 의문이었다. 그리고 자신의 도주 사실을 은폐하기 위해 화산파를 공격할 정도라면 이후로도 끝까지 추격할 것이 불을 보듯 뻔했다.

갈 곳을 잃었다는 것도 그에게는 불행이었다.

‘우선 무림의 사정을 파악하는 것이 먼저다.’

생각과 함께 그는 다시 방향을 틀었다. 목적지가 정해지지 않아 막막했지만 지금 당장은 무림을 떠돌며 소문에 귀를 기울이는 수밖에 없었다.

*   *   *

“어찌 되었더냐?”

화산파 장문인 태영의 물음에 삼십대 중반의 제자가 어두운 표정으로 대답했다.

“화산파 건물 절반이 불에 탔습니다.”

태영의 눈빛이 흔들렸다. 그뿐만 아니라 모여 있던 모든 도인들이 암담한 표정으로 하늘을 주시했다.

장문인과 후학들은 화산의 뒤를 이어야 한다며 태화 진인과 많은 제자들이 목숨을 바쳐 그들의 도주를 도왔었다. 남겨진 화산파의 이백여 명의 도인은 할 말을 잃은 채 숨겨간 동문의 사형제들을 떠올릴 뿐이었다.

“도대체 왜!”

무엇 때문에 마교가 갑자기 화산파를 공격했는지 알 수 없었다.

태영은 분노에 휩싸여 이를 갈았다. 하지만 달리 분노를 삭일 방법이 없었다. 그리고 앞으로 어디서 화산파를 이끌어야 할지도 모를 일이었다.

마교가 언제 공격해 올지 모르니 화산으로 돌아갈 수도 없지 않은가.

마교의 행동으로 보아 화산파의 씨를 말릴 생각이었음을 알 수 있는데, 드러내 놓고 돌아다니기도 어려웠다.

"내 대에서 화산이 끝이 나는 것인가!"

태영은 탄식하며 고개를 절레절레 흔들었다. 그러다 문득 도인들을 돌아보았다.

화산을 빠져나와 녕강(寧强)까지 산길로만 이동했던 제자들의 행색은 말이 아니었다. 제대로 먹지도 못해 모두 수척해 보였고, 앞날에 대한 걱정 때문인지 얼굴에 드리워진 흑운으로 인해 불쌍해 보일 지경이었다.

태영은 목이 메여왔다.

'앞으로 어떡해야 하나.'

이젠 평소 힘이 되어준 사형제들도 곁에 없어 더욱 암담했다. 대부분 마흔이 안 된 경험없는 제자들만 남았으니…….

모두 자신만 바라볼 텐데 어찌할 바를 몰라 태영은 난감했다.

결국 그가 모두에게 물었다.

"이제 어찌했으면 좋겠느냐?"

"……."

대답이 없었다.

태영도 예상했던 바다.

어릴 때부터 속세와 연을 끊고 화산파에서 지낸 그들이 아닌가.

갈 곳도 없을뿐더러 친분이 있는 문파가 있다 하더라도 만약 그들이 마교와 연관되어 있다면 범의 아가리로 찾아가는 격이나 다름없었다.

그때 우연히 도주에 합류해 목숨을 건졌던 청속이 산 아래에서 젊은 도인들을 데리고 올라오고 있었다.

이른 아침부터 음식을 조달하기 위해 내려 보냈던 것인데, 오후가 훌쩍 넘어서야 올라온 것이다.

그는 장문인의 먹을 것을 따로 챙겨주었다.

"장문 사백님, 시장하시죠?"

태영은 한심스럽다는 표정으로 청속을 보았다.

이 상황에서 음식을 구해왔다는 것이 자랑스럽다는 얼굴을 하고 있는 그가 얄미운 것은 왜일까?

"제자들에게나 주거라!"

"그러지 말고 드셔보십시오. 제가……."

태영이 그의 말을 끊었다.

"그보다 별다른 소문은 없더냐?"

"아! 있습니다. 강남에서 제갈세가가 마교를 막은 후에 세가연맹이 결성되었답니다."

"그건 이미 아는 사실이다."

보경당에 틀어박혀 있던 청속에 비해 무림의 소문에 귀를 기울이고 있는 장문인은 당연히 알고 있는 일이었다.

청속은 서운한 표정을 지으며 다시 말을 이었다.

"그럼, 무림맹이 다시 살아나고 있다는 사실도 알고 계십니까?"

순간 태영의 얼굴에 약간의 화색이 돌았다.

"무림맹이?"

"네. 그리고 세가연맹과 사천연합이 무림맹의 이름으로 움직일 거라는 소문도 있었습니다."

"사천연합도 무림맹으로?"

불행 중 다행이랄까?

사실 화산파와 당가는 사이가 좋지 못했다. 세가와 명문정파의 입장인 것도 있지만 오래전 불미스런 일로 인해 크게 다퉜던 적이 있었기 때문이다.

사천 가까이 있으면서도 선뜻 그곳으로 가지 못하는 이유도 그 때문이었다. 하지만 사천연합이 무림맹 아래에서 움직인다면 얘기가 달리질 수밖에 없었다.

개인이 움직이는 사조직이 아니라 무림맹의 부분이었으니 화산파가 잠시 의탁을 한다 해도 상관이 없을 것 같았다. 그러나 한 가지의 문제가 생겼다.

무림맹을 무너뜨리는데 구파일방도 한몫을 담당했다는 것이다. 비밀리에 움직였던 것이지만 무림이 모를 리 없었다.

태영은 다시 한숨을 몰아쉬었다.

‘어쩔 수 없는 일이지.’

그는 제자의 어두운 얼굴을 바라보며 표정을 굳혔다. 체면과 명예로 살아온 그라지만 제자들을 위해서라면 당가에 고개를 숙이는 것도 아무런 문제가 되지 않았다.

그가 결심한 듯 말했다.

“내일 아침에 당가로 갈 것이니 그리 알거라.”

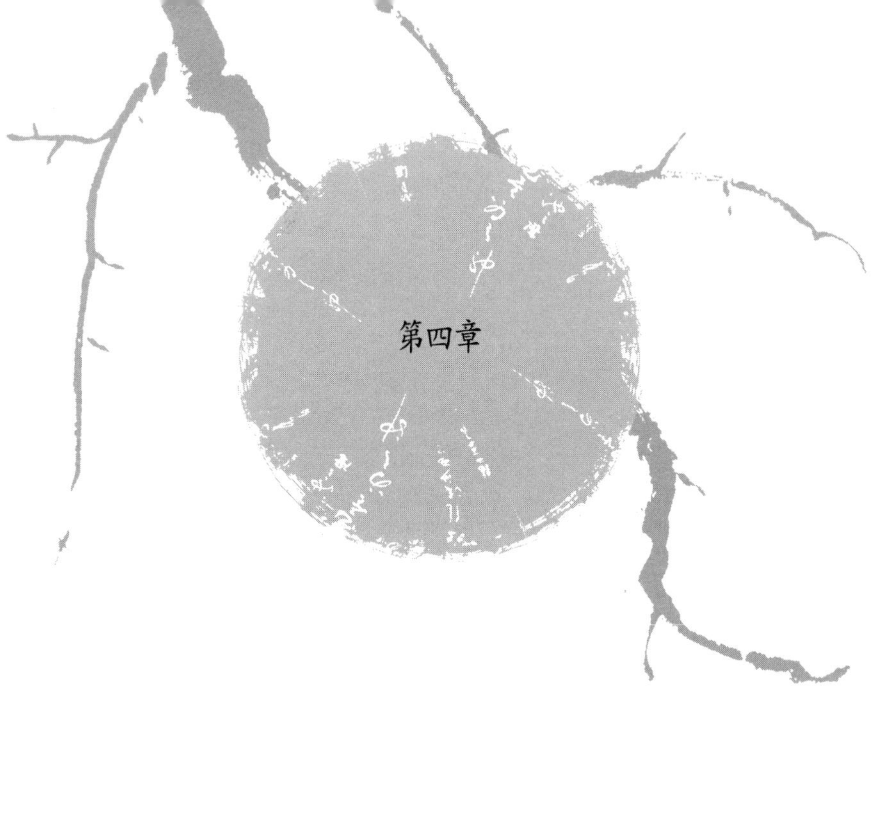

第四章

第四章
세상 물정 모르는 문주

"어서 오십시오."

아미파에 이어 청성파까지 포섭한 청명은 사천 성도에 도착하자 마중 나온 탁일항과 호위 몇 명을 볼 수 있었다.

고개를 끄덕인 청명이 물었다.

"별일없었나?"

"당가를 중심으로 몇몇 문파를 포섭하는데 약간 애는 먹었습니다만, 그 외에는 특별한 문제가 없었습니다."

"마교의 움직임은?"

"아직까지는 조용합니다. 확실히 총대주님의 예상대로 사천까지 신경을 쓸 여력이 없는 모양입니다."

“다행이군. 그리고 당가에서 받기로 했던 암기는 어찌 됐나?”

“약속대로 오백 개 모두 받았습니다. 당가주께서 직접 사용 방법까지 전수해 주시더군요.”

청명은 피식 미소를 지었다.

“황금문의 자금 사정은 어떻지?”

“거의 바닥을 드러냈습니다만 도독께서 자금을 지원해 주신 덕분에 무사히 넘겼습니다. 그리고 당가의 도움으로 분타의 사업이 자리 잡히기 시작했습니다. 그 외 자세한 보고는 분타에 돌아가서 보고서를 보여 드리겠습니다.”

분타는 당가의 도움으로 성도로 옮겨와 있었다. 제법 근사하게 꾸며진 장원으로 들어선 청명은 못 보던 복장의 무리를 보며 물었다.

“저들은 누구인가?”

“타 문파의 고수들입니다. 연합이 구성된 후 당가를 거점으로 여러 문파의 고수들이 성도로 파견됐사온데, 그 일부가 황금표국에 머물고 있습니다.”

“보안은 확실히 했겠지?”

“염려 마십시오. 우리를 최근 성장한 황금문의 고수들로만 알고 있습니다.”

“그래도 타 문파의 사람들과 함께 지내다 보면 문제가 제법 생길 텐데?”

그 말에 탁일항이 피식 웃었다.

“지금 분타에는 다섯 개의 연합문파 고수들이 지내고 있는데, 그중 철문의 무사들이 조금 거친 면이 있기는 합니다.”

“철문이라면 사천에서 다섯 손가락 안에 드는 대문파가 아닌가?”

“그렇습니다. 다른 문파를 깔보는 경향이 짙어서 가끔 시비가 붙고는 합니다. 하지만 아직 큰 문제는 일어나지 않았으니 총대주께서는 신경 쓰지 않으셔도 됩니다. 그보다 보고서부터 보시겠습니까?”

“아니, 우선 짐부터 풀고 옷을 좀 갈아입고 싶은데…….”

“그럼, 숙실부터 안내해 드리겠습니다.”

탁일항과 대화를 주고받으며 정문의 공터를 가로지르자 한쪽에 몰려 잡담을 주고받던 황색 무복의 무사들이 힐끔힐끔 시선을 주고 있었다.

청명은 그들의 대화가 궁금했기에 탁일항을 따라가면서도 청력을 끌어올려 잠시 엿들었다. 하지만 별 내용이 없어 금세 관심을 끊어버렸다.

황금문의 문주가 드디어 왔는데, 소문보단 훨씬 젊다는 둥, 재수 좋게 이런 큰 문파를 거저 얻었다는 둥, 시답지 않은 이야기뿐이었기 때문이다.

탁일항의 안내를 받아 숙소에 짐을 푼 청명은 오랜만에 목욕을 한 후에 집무실로 향했다.

문주답게 보여야 한다며 화려한 옷을 준비해 준 탁일항의 배려에 맞지 않은 비단 옷을 입은 그는 탁일항이 준 서류 뭉치를 바라보았다.

일부는 자금 사정에 관련된 것이었고, 일부는 연합의 구성에 대한 것, 그리고 나머지는 연합이 결성된 후에 벌어진 크고 작은 전투에 관한 서류였다.

처음부터 찬찬히 읽어 내려간 청명이 고개를 갸웃거렸다.

"꽤 많은 전투를 벌였네?"

"마교가 당가에 패했다고는 하지만 언제 다시 사천으로 넘어올지 모르기 때문입니다. 그간 마교에 넘어갔던 문파들이 강경한 입장을 취하는 것은 당연한 일이죠. 그들을 설득하려 했지만 말이 통하지 않을 때는 연합의 이름으로 실력 행사를 할 수밖에 없었습니다."

"그래도 꽤 많은 문파를 설득했군."

"당가를 중심으로 철문과 형학문 등 사천의 대문파들이 연합을 구성하고 있으니 힘으로 밀어붙이는 데야 방도가 있겠습니까? 이젠 사천에서 마교의 동조자를 찾을 수는 없을 겁니다."

"그런데 이건 뭔가?"

말과 함께 청명이 마지막 서류를 내밀었다. 몇 개의 문파가 기록되어 있는 서류였다.

"이번 기회에 처리할 문파 목록입니다."

“마교의 잔재가 사라졌다면 불필요한 전투는 피하는 것이
좋지 않나?”

“제 생각도 그렇지만 연합에 소속된 문파의 입장이 강경합
니다.”

“어떤 문판데 그러지?”

“마교 아래서 세력 확장을 했던 문파입니다. 마교가 사라
진 후 대부분 연합의 눈치를 보기 시작했으나 거기에 적힌 문
파는 오히려 더 활발히 움직여 주변 문파에 피해를 주고 있습
니다. 이젠 사천이 안정되었으니 마지막으로 그들을 처리할
준비를 시작한 거죠.”

“굳이 그럴 필요가 있을까? 연합의 이름으로 협박하는 정
도로 그치는 것이 좋을 텐데.”

“연합의 뜻이 그러니 어쩔 수 없죠.”

“당가주의 생각도 그런가?”

“가주님의 생각은 총대주님과 다르지 않습니다. 하지만 연
합에 들어와 힘써준 문파들이 그간 당했던 한을 풀 생각을 가
지고 있어 무시하지 못했습니다.”

청명은 고개를 절레절레 저었다.

마교를 정리하자마자 집안 싸움을 하기 위해 정신이 팔려
있는 무림인들이 한심하게 느껴졌던 것이다. 하지만 연합의
뜻이 그렇다면 무작정 반대할 수도 없는 입장이 청명이었다.

“어쩔 수 없군. 그나마 최대한 피해를 줄이면서 끝내는 수

밖에. 그런데 어디부터 시작할 생각인가?"

"정형방입니다. 사천 북부에 위치한 문파인데, 마교의 통첩을 받은 이후에 주변 문파를 흡수해 지금은 송반(松潘) 일대의 삼 할에 달하는 세력을 장악하고 있습니다. 마교가 사라지고 이어 연합이 움직이자 최근에는 잠잠해졌지만 송반 쪽에 있는 문파들의 원성이 자자합니다."

"언제 시작할 계획인가?"

"이틀 후에 연합 대표인 당가주님을 축으로 회의를 할 겁니다."

"당가주께 내가 왔다는 사실을 알렸나?"

"서신을 받고 나서 그 내용과 함께 알렸습니다. 총대주님이 오시면 한번 만났으면 한다고 하셨습니다."

"회의 당일 날 일찍 찾아가는 것이 좋겠군."

"그럼, 그리 전하죠. 한데 아미와 청성의 일은 잘 마무리지었습니까?"

"다행히 그들의 마음을 움직일 수 있었지. 그런데 놀라운 사실이 있더군."

"……?"

"구파일방이 마교를 도운 이유가 인질 때문이라는 거야. 자넨 알고 있었나?"

"정말입니까?"

탁일항은 실소를 머금었다.

“마교도 치졸한 방법을 선택했군요. 하지만 다른 곳도 아닌 구파일방이 인질 때문에 마교를 도왔다는 것은 의외인데요.”

“원로 고수들과 주요 간부들을 데려간 모양이야. 게다가 각파의 보물인 비급도 상당수 가져갔다고 하더군.”

“그런데 어떻게 아미파와 청성파를 다시 맹으로 끌어들일 수 있었습니까?”

청명은 아미파와 청성파에서의 대화를 설명했다. 듣고 있던 탁일항이 고개를 끄덕였다.

이틀 후 회의가 있는 날 아침부터 당가를 찾은 청명은 가주의 집무실로 안내되었다. 탁일항이 전해준 서신 덕분에 강남의 사정을 대충 파악하고 있던 가주가 물었다.

“맹주를 설득해 다시 무림맹을 내세운 것은 상당히 좋은 계획이었소. 그런데 앞으로 어쩔 생각이오?”

“사천과 강남뿐만 아니라, 다른 성에도 조금씩 영향을 주어 마교를 압박할 생각입니다. 맹이 다시 세워졌으니 지금보다 훨씬 문파를 설득하는 것이 쉬울 겁니다.”

“그럼, 바로 다른 성으로 갈 생각이오?”

“아닙니다. 잠시 시간을 두려고 합니다. 맹이 세워졌다는 소문이 어느 정도 돌고 나서 움직이는 것이 유리할 테니까요.”

“내 생각으로는 이제부터 마교가 더욱 조바심을 드러낼 텐데 그들이 사천과 강남을 가만두려 하겠소?”

“만약 그들이 먼저 도발해 온다면 그보다 더 좋은 일이 없을 겁니다. 오히려 제가 바라는 바죠.”

가주가 의아함을 드러냈다.

“어째서 그렇게 생각하시오?”

“숨어서 활동하는 그들을 물리치기보다는 단 한 번의 전투로 뿌리를 뽑는 것이 좋지 않겠습니까? 사천과 강남에 있는 우리 세력이 약하지 않으니 적들도 전력을 나누지는 못할 터. 그들은 숨겨진 힘까지 끌어낼 것이 분명합니다.”

“흐음……!”

잠시 생각에 빠진 가주가 고개를 끄덕였다.

“그것도 괜찮은 방법이기는 하겠군. 아, 이번에 아미파와 청성파를 무림맹으로 다시 끌어들였다던데 사실이오?”

“그렇습니다.”

말과 함께 청명은 탁일항에게 했던 말을 가주에게도 설명했다. 듣고 있던 가주가 놀라며 말했다.

“그런 사정이 있을 줄이야…….”

“우선 아미파와 청성파가 사천에 있는 만큼 그들을 보호하는데 힘을 써주십시오. 힘들게 포섭한 그들이 마교의 보복을 당했다는 소문이 나면 전체적인 계획에 차질이 생길 수 있습니다.”

“알겠소. 따로 논의해서 대책을 마련하도록 하겠소.”

대충 이야기가 끝나자 청명이 연합의 일로 화제를 돌렸다.

“그런데 이번에 정형방으로 고수들을 투입할 거란 소리를 들었습니다.”

“그렇소. 그리 탐탁지는 않으나 철문에서 워낙 강력하게 주장하는 바람에 어쩔 수 없이 허락하는 쪽으로 계획을 잡았소.”

“철문과 정형방이 따로 은원 관계가 있습니까?”

“오래전부터 사이가 안 좋기는 했지만, 속을 살펴보면 그 때문은 아니오.”

“무슨 뜻인지…….”

“철문이 뿌리를 두고 있는 곳은 흑수(黑水)요. 정형방이 있는 송반에서 그리 멀지 않은 곳이지요. 최근 정형방이 갑자기 세력을 팽창하는 바람에 그 힘이 상당해졌소. 사천 북부에서 가장 강한 문파로 인정받던 철문이 정형방 때문에 밀려나게 생겼으니 걱정일 수밖에.”

“결국 허울 좋은 명예 욕심을 버리지 못하겠다는 뜻이군요.”

가주가 너털웃음을 흘렸다.

“허허, 허울이 좋다라……. 무림에 그것을 빼면 무엇이 남겠소?’

하긴 맞는 말이었다.

“하지만 맹이 결성된 상태에서 정형방과 그 외 문파들을 공격하는 것은 모양세가 좋지 않습니다.”

“나도 그것이 걱정이오. 마교도 없는 마당에 우리끼리 다투는 것은 바람직하지 않지. 하나, 철문 때문이 아니더라도 그냥 놔두기도 뭣하긴 하오. 마교를 등에 업고 세력을 확장시켰으니 세력을 빼앗긴 문파의 원한도 생각은 해야 할 거요.”

“그럼, 피해만이라도 최소화해야 합니다. 또한 누가 보더라도 명분이 설 수 있는 합당한 방법으로 처리를 해야죠.”

“방법이 있소?”

“우선 맹이 생긴 만큼 사천연합이 맹의 연장선에 있다는 것을 널리 알리는 것이 중요합니다. 그리고 정형방 등을 처리할 때 무력보다는 말로서 타이르는 것이 좋을 것 같습니다.”

“그들이 과연 말을 들을지…….”

“생각이 있는 자들이라면 압도적인 연합에 정면으로 대항하는 짓은 못하겠죠. 대신 그들의 체면도 세워주면서 마무리 지어야 합니다.”

“보아하니 생각한 바가 있는 듯한데……. 어떻소, 이번 일을 황금문주께서 맡아보는 것이? 어차피 잠시 여유를 가진다고 했으니 그동안 정형방의 일을 해결해 주면 고맙겠소만.”

청명은 흔쾌히 허락했다. 처음부터 그럴 생각이었던 것이다.

“알겠습니다.”

사천연합이 구성되어 성도로 파견 나왔던 철문의 당주 요진(搖臻)은 회의실을 나오면서 불쾌한 표정을 숨기지 못했다. 당가주의 결정이 마음에 들지 않았기 때문이다.

이번 정형방의 일에 투입될 문파는 총 네 개. 철문과 황금문, 그리고 적웅문(赤雄門)과 회화문(會話門)이었다. 각각 오백여 명씩 파견하기로 했는데 문제는 황금문주가 직접 참여한다는 것이었다.

요진으로서는 당초 예상했던 지휘권에 차질이 생길 수밖에 없었다.

철문의 위세가 대단하기는 했지만 일개 당주가 문주를 제치고 선두에 설 수는 없는 일이 아닌가. 당연히 지휘권은 황금문으로 넘어갈 수밖에 없었다.

"어이가 없군!"

당가를 나오며 하는 말에 기다렸던 수하가 물었다.

"왜 그러십니까?"

"지휘권을 황금문이 가진다는데, 이럴 수가 있나?"

"황금문이라니요?"

수하도 기가 막히다는 표정을 지었다.

"황금문 따위가 어찌 우리 철문을 제치고 지휘권을 가진단 말입니까?"

"문주가 직접 참여한다고 하니 어쩌겠나? 그렇다고 문주를 제치고 내가 지휘권을 가지겠다고 할 수도 없잖은가.”

하지만 그것 때문에 기분이 나쁜 것만은 아니었다.

“그리고 그게 문제가 아니야.”

“……?”

“황금문주의 말을 들어보니 정형방을 토벌하기보다는 좋게 끝내려는 것 같단 말이지.”

“정형방을 어떻게 그냥 놔둔다는 말입니까? 지금까지 그들이 확보한 세력권만 해도 우리 철문을 능가하고 있습니다.”

“그러니 짜증이 나는 일이 아닌가! 누구는 마교에 대항하며 힘을 허비하고 있는데 기회를 타서 세력 확장을 한 녀석들은 그냥 놔둔다니, 말이 될 법한가!”

“방법을 모색해야 합니다. 문주께서 아시면 일 처리의 책임을 물으실 수도 있습니다.”

“우선 확실히 어떻게 하겠다는 말은 없었으니 내일 떠나기 전 우리 철문의 의지를 말해놔야지.”

그러면서 실소를 흘렸다.

“굴러온 돌이 박힌 돌을 뺀다더니… 지금이 딱 그 짝이군!”

그때 수하가 제안을 했다.

“차라리 오늘 저녁에 그를 따로 만나심이 어떻겠습니까?”

“만나다니?”

“조용히 술을 대접하면서 철문의 입장을 알리는 한편 차후에 황금문이 성장하는데 돕겠다는 달콤한 말 몇 마디를 해주면 쉽게 해결될 수도 있지 않을까 해서요."

"흐음!"

생각해 보니 그것도 괜찮은 방법 같아 요진이 음침한 미소를 지으며 말했다.

"세상 물정 모르는 젊은 놈이니… 자네 생각이 나을 것 같군. 조금 후에 황금문주가 나올 테니 기다렸다가 오늘 저녁 홍진루에서 내가 기다리고 있겠다고 전하게."

"알겠습니다."

"다른 사람들은 모르게 전해야 하네."

"염려 마십시오."

"어딜 가십니까?"

갑작스럽게 외출을 하겠다는 청명을 향해 탁일항이 물었다.

청명이 웃으며 말했다.

"철문의 당주가 홍진루에서 보자더군."

"철문의 당주라면 요진이라는 자가 아닙니까? 무슨 이유로 총대주님을 보자고 하는 겁니까?"

"뻔한 것 아니겠어? 그런데 그에 대해서 알고 있나?"

"네. 소림의 속가제자인데 철문주가 아끼는 둘째 첩의 동생입니다."

"능력은?"

“능력은 있는 것 같지만, 그보다 누이 덕분에 요직을 차지했다고 봐야죠.”

“나처럼 횡재(橫財)한 부류군.”

“어딜 비교하십니까! 총대주와는 질적으로 다른 놈이죠.”

청명은 다시 웃으며 걸음을 옮겼다.

“아무튼 다녀올 테니 자넨 정형방으로 갈 황금대 오백 명을 선별해 두게.”

“혼자 가실 생각입니까?”

“군이 호위를 데려갈 필요가 있을까?”

“그래도 모르니 두 명을 붙여 드리겠습니다. 잠시만 기다리십시오.”

청명은 그것까지 뿌리치지 못했다.

해가 뉘엿뉘엿 저물어갈 때쯤 홍진루에 도착한 청명은 기다리고 있던 철문의 무사를 따라 삼층으로 올라갔다. 괜스레 상대를 경계한다는 의심을 사기 싫어 호위는 일층에 머물도록 했다.

문을 열고 전망 좋은 방으로 들어서자 요진과 그를 수행하는 중년 무사가 청명을 맞이했다.

“어서 오십시오, 문주님.”

“낮에 보았는데 또 보게 되는군요.”

“우선 앉으십시오. 좋은 술과 안주를 마련해 놨습니다.”

청명은 고개 숙여 답례한 후 자리에 앉았다. 그러자 몇 번에 거쳐 술잔에 술을 따른 요진이 은근한 어조로 말했다.

"이번 정형방의 일을 어찌 생각하십니까?"

"그들의 악행을 들어 알고 있습니다. 적절한 처리를 해야죠."

"적절한 처리라 하심은 어떤 방법을 말씀하시는지……?"

"철문의 입장을 충분히 생각할 겁니다."

의외의 말이라 요진이 표정을 숨기며 다시 물었다.

"철문의 입장이라니요?"

"정형방 때문에 입장이 난처한 것으로 알고 있습니다."

요진은 난색을 표했다.

"결코 그렇지 않습니다. 정형방 따위가 어찌 우리 철문과 비교되겠습니까! 우리는 다만 그들 때문에 피해를 본 여러 문파들의 입장을 고려해 그에 합당한 응징을 했으면 하는 바람뿐입니다."

"그렇다면 다행이군요. 말씀드렸지만 저도 합당한 처벌을 할 생각입니다."

요진의 목소리가 다시 은근해졌다.

"그래서 그 방법을 묻는 것이 아닙니까?"

"두고 보시면 압니다."

"혹시 앞으로 그러지 말라는 단순한 협박으로 그칠 생각은 아니겠지요?"

"글쎄요……. 우선 그들의 말을 들어본 후에 확실한 결정이 설 것 같습니다만."

"그들과 대화를 하겠다는 말입니까?"

"문제가 있습니까?"

요진은 잠시간 몇 번이나 표정의 변화를 주고 있었다.

그는 말도 안 된다는 강경한 입장을 내세웠다.

"그런 돼먹지 못한 놈들과 대화라니 무슨 말씀입니까? 말이 통하는 자들이었다면 생각이 있을 것이고, 생각이 있는 놈들이었다면 지금껏 마교를 등에 업고 다른 문파를 공격하지는 않았겠죠."

"그럼 당주께서는 어떻게 하시는 것이 좋다고 보십니까?"

"선수를 쳐야죠. 만약 시간을 준다면 충분한 준비를 할 겁니다. 그러기 전에 예고없이 기습하는 것이 가장 좋은 방책인 줄 압니다."

"그렇게 해서 얻고자 하시는 바가 무엇입니까?"

"강호의 도의를 바로 세우고자 함이오."

뻔뻔스런 말도 청명은 여전히 미소로 일관했다.

"저도 그렇습니다."

"그럼 제 뜻대로 하시는 겁니까?"

"우선 송반에 도착해서 제 입장을 밝히겠습니다."

"그보다 이 자리에서 먼저……."

하지만 청명은 몸을 일으켰다. 황금문의 발전에 철문이 적극 협조하겠다는 말도 꺼내지 못했으니 요진으로서는 기분이

나쁠 수밖에 없었다.

"제가 술을 별로 좋아하지 않아 이만 가보겠습니다."

뚜렷한 확답도 없이 밖으로 나가 버린 청명을 향해 요진의 인상이 구겨졌다.

"이대로 보낼 생각입니까?"

수하의 말에 요진이 소리쳤다.

"그럼 어쩌란 말이냐?"

"그래도 이렇게 보내시면……."

"상관없다. 이렇게 되면 나에게도 수가 있지."

요진은 생각해 둔 바가 있는지 이를 갈면서도 조소를 머금었다.

다음날 밤 해시(亥時), 각 문파에서 뽑은 연합 무사들은 성도를 떠나 송반으로 향했다. 사람들의 시선 때문에 열 부대로 나누어 이동한 그들은 닷새 만에 송반 근처에 도착할 수 있었다.

집결지에 도착한 청명은 문파의 대표를 불러 자신의 계획을 밝혔다.

"우선 정형방에 사신을 보내어 제가 직접 정형방주를 만날 생각입니다."

요진이 반대를 했다.

"지금 기습하는 것이 좋습니다. 사신을 보내서 무엇을 하려합니까?”

다른 문파의 대표들도 마찬가지 입장이었다. 하지만 청명은 고개를 저었다.

“그대들이 원하는 것이 무엇입니까? 정형방의 멸망입니까? 이번 일이 정형방 하나로 끝난다면 모르겠으나 그들과 비슷한 입장을 취하고 있는 문파도 여럿 있습니다. 정형방을 궁지까지 몰아넣는다면 남은 문파들 또한 끝까지 저항할 것인데, 마교라는 우환덩어리를 가진 상태에서 그렇게까지 집안 다툼을 해야 합니까?”

요진이 반박했다.

“우리 철문도 그걸 바라는 것이 아니오. 하지만 그간 정형방이 키워낸 세력을 모두 빼앗고, 그들 때문에 피해를 입은 문파에 충분한 보상은 받아야 하지 않습니까?”

“저도 그럴 생각입니다.”

요진과 다른 대표들이 표정을 구겼다.

그들에게는 청명의 대답이 앞뒤가 맞지 않는 말로 들릴 수밖에 없었다.

“그렇다면 대화로 풀 이유가 없습니다.”

“대화로 받아낼 수 있다면 그것이 상책이 아니겠습니까?”

“그것이 통하지 않는다면 어쩌실 겁니까? 그때 그들과 전투를 벌인다면 기습하는 것보다 훨씬 많은 피해가 생길 텐데, 그 피해를 어찌 감당한단 말입니까? 문주께서 끝내 고집을 피

우시겠다면 좋습니다. 우리 철문은 이번 일에 빠지겠습니다. 또한 연합에도 탈퇴를 할 것이니 그리 아십시오.”

협박으로 나오는 그를 보면서도 청명은 감정의 동요를 보이지 않았다. 오히려 타이르듯 말했다.

“그렇게까지 말씀하실 필요는 없습니다. 우선 제 말대로 하시고 만약 정형방이 듣지 않는다면 제가 책임을 지겠습니다.”

“어떻게 책임진다는 말입니까?

“이번 일로 일어나는 모든 피해를 황금문이 보상하면 어떻겠습니까?”

요진의 눈이 가늘어졌다.

“그 말씀을 믿어도 되겠습니까?”

“물론입니다.”

요진은 표정과 달리 내심 쾌재를 불렀다.

그의 생각으론 정형방주가 바보가 아닌 이상 선뜻 확보한 세력을 내놓을 리 없었다. 또한 그간 다른 문파가 입은 피해까지 보상을 해야 하니 더더욱 완강하게 거부할 것이 분명했다.

결국 연합과 정형방의 전투는 불가피한 것. 소기 목적인 정형방의 처리와 함께 그로 인해 얻을 피해까지 보상받을 테니 철문으로서는 손해 볼 일이 없었다.

다른 대표들도 같은 생각인 모양이었다.

“좋습니다. 문주님을 믿어보죠.”

요진의 말에 이어 다른 대표들도 고개를 끄덕이며 우선 청명의 의견을 따르기로 마음먹었다.

회의가 끝나고 청명이 황금대 무리로 사라지자 요진은 조롱하듯 다른 대표들에게 말했다.

“문주가 세상 물정을 너무 모르는 것 같소.”

적웅문의 대표로 온 향주 조진환이 고개를 끄덕였다.

“소문으론 재수 좋게 문주 직을 이어받았다고 들었소. 고생을 안 해봤을 테니 그럴 수밖에요. 세상일이 모두 자신을 중심으로 돈다고 믿을 때죠.”

그러자 회화문의 대표 천자영이 손을 저었다.

“내일이면 강호의 비정함이 어떤 건지 알게 될 테니 지켜봅시다. 정형방주에게 웃음거리나 당하지 않았으면 좋겠소.”

第四章

창금문주

'정말 머릿속에 뭐가 들었는지 궁금하군!'

요진은 달랑 호위 셋만 데리고 가려는 청명을 한심한 듯 바라보았다. 아무리 대화에 응하겠다는 방주의 대답이 있었다지만 그 장소가 정형방이라면 만반의 준비를 해야 할 것이 아닌가.

적웅문과 회화문의 대표인 조진환과 천자영의 생각도 그와 별반 다르지 않았다.

그들은 청명과 달리 자신들이 믿고 있는 무사 삼십여 명씩 데리고 청명의 뒤를 따랐다.

정형방에 도착하자 삼엄한 경계가 정문과 담장을 둘러치

고 있었다. 정문을 지키는 위사들의 수도 상당했고, 그들의 눈빛에 드러나는 경계심도 눈에 보일 정도였다.

"연합에서 오셨습니까?"

위사의 물음에 청명을 대신해 갈원이라는 황금대 조장이 대답했다.

"그렇소. 방주님과 약속이 되어 있습니다만……."

"알고 있습니다. 들어오십시오."

말과 함께 그는 연합 고수들을 안내해 장원 안 대연무장으로 향했다.

연무장에는 연합과의 만남 때문인지 햇빛을 가린 큰 천막 하나가 지어져 있고, 고수인 듯한 무사 백여 명이 그 주변을 지키고 있었다.

청명 등을 안내한 위사가 천막 안을 향해 외쳤다.

"연합에서 손님이 오셨습니다!"

그러자 천막에서 다양한 나이의 사람들이 나왔다. 삼십대 초반 정도의 사내도 있었고, 예순이 훌쩍 넘어 보이는 노인도 있었다.

모두 일곱 명, 그중 오십대 중반 정도의 사내가 앞으로 나오며 포권했다. 날카롭게 생긴 얼굴과 옷을 입었음에도 숨겨지지 않는 근육질의 몸이 상대를 압도하는 힘이 느껴졌다.

"내가 정형방의 방주요."

청명이 마주 포권했다.

“제가 대화를 신청한 연합의 대표입니다.”

무리들 중 가장 젊은 사람이 대표라고 밝히자 정형방주가 꽤 놀란 눈이 되었다. 그는 약간 의심스런 투로 물었다.

“정말 그대가 대표란 말이오?”

“황금문의 문주 청명이라고 합니다.”

“황금문이라면 사천성도에 분타를 두었다던…….”

“그렇습니다.”

“이렇게 젊은 분인 줄 몰랐소. 우선 안으로 들어가십시다.”

호위를 밖에 대기시켜 놓은 연합의 대표들은 방주를 따라 안으로 들어섰다.

천막 중앙에 자리 잡은 원형 탁자에 양편이 나뉘어 앉길 기다려 방주가 물었다.

“만나자고 한 용건이 무엇이오?”

“원래 가지고 있던 정형방의 세력권만 놔두고, 나머지는 모두 포기하셔야겠습니다. 그리고 정형방으로 인해 그간 피해를 입었던 문파에게 공식적인 사과를 한 후 합당한 보상을 해주시면 서로 체면을 살릴 수 있다고 보는데, 어떻습니까?”

정형방주가 조소를 흘렸다.

“체면? 연합의 체면일 뿐 정형방이 무슨 체면이 산단 말이오? 말 그대로 다 내놓고 빠지라는 소리가 아니오?”

“대신 제 제안을 받아드리시면 전투로 인한 피해는 없을 겁니다.”

정형방주는 선뜻 입을 열지 못했다. 그들만으로 연합 전부를 상대할 수는 없다는 것은 이미 예상한 바였던 것이다.

사실 청명이 대화를 먼저 요구해 왔을 때 좋아했던 그였다. 협상의 여지가 남아 있다는 것이었으니 말이다. 하지만 지금 제시한 요구 조건은 절대 불가였다.

“좋소. 그럼 본 방이 한발 물러서는 것으로 하겠소. 원래 가지고 있던 세력권의 절반을 포기하고 공식적인 사과를 하지.”

그러자 요진이 으르렁거렸다.

“절반? 말이 된다고 생각하시오?”

“마교 때문에 벌어진 일이기도 하지만, 분명한 건 정당한 방법으로 세력권을 확보한 우리들이오. 어차피 강호가 강자존의 법칙이 통용되는 곳이니까.”

“말도 안 되는 소리.”

요진의 발악 같은 말에 정형방주도 마주 소리쳤다.

“그럼 철문은 지금 세력이 본래의 것이란 말이오? 어차피 그대들이 지금처럼 성장한 것도 다른 세력을 뺏었기 때문이 아니오. 철문은 괜찮고 우리는 왜 안 된다는 말이오!”

그러면서 비소를 머금었다.

“사천 북부의 강자라는 명성이 우리에게로 넘어올까 무서워서 그런 것은 아니오?”

"감히 철문을 업신여기다니, 그러고도 무사할 것 같으냐!"

벽력같은 고함 뒤로 그가 검을 뽑으며 자리에서 일어섰다. 동시에 정형방주도, 그리고 그를 수행하던 무사들도 각자 무기를 뽑았다. 그러니 조진환과 천자영도 움직일 수밖에.

모두 살기를 드러내자 천막 안은 팽팽한 긴장감으로 가득 찼다. 다만 청명만 자리에 앉아 있을 뿐이다. 여차하면 상대에게 달려들 기세로 경계를 하고 있는 사람들 틈에서 그가 말했다.

"그만 하고 앉으십시오. 싸우기 위해 온 것이 아니잖습니까?"

"허무맹랑한 소리로 본 문의 명예에 먹칠을 하는데 가만히 있으란 말이오?"

정형방주도 지지 않았다.

"허무맹랑한 소리라니? 다른 사람들이야 철문의 위세에 눌려 바른 소리도 못하겠지만 우리 정형방은 다르오."

"이놈!"

결국 참지 못한 요진이 탁자를 밟고 정형방주를 향해 뛰어올랐다.

정형방주라고 가만히 있을 리 없었다. 무공 실력으로는 오히려 요진을 압도하는 그가, 그것도 정형방 내에서 싸움을 걸어오니 마다할 이유가 없었던 것이다. 하지만 그들은 검을 부딪치지도 못하고 물러날 수밖에 없었다.

휘릭!

경미한 바람 한줄기가 탁자 위로 쏟아지더니 그림자 하나가 나타났다.

그림자가 청명이라는 사실을 알 리 없는 요진이었지만 지금 중요한 것은 뒤로 물러서야 한다는 것이었다.

정형방과 요진이 멀어지자 청명이 외쳤다.

"그만두십시오!"

요진이 외쳤다.

"비키시오, 문주! 이건 정형방과 우리 철문의 문제일 뿐, 연합이라고 사적인 은원 관계에 관섭할 수는 없소!"

"연합이 사적인 일에 간섭할 수 없다면, 정형방이 주변 문파의 세력을 얻은 것도 간섭할 수 없는 일. 한데 요진 당주께서는 왜 연합의 이름으로 정형방 일을 해결하자고 주장하신 겁니까?"

"그, 그건……."

잠시 할 말을 잃었지만 여전히 자존심을 지키고 싶은 모양이었다.

요진은 적반하장 격으로 딴소리를 하며 목소리를 높였다.

"아무튼 철문은 마교의 앞잡이를 처리할 것이오!"

그러면서 그가 청명 옆을 스쳐 지나갔다.

청명은 내심 미소를 지었다. 나름대로의 계획은 세워져 있었지만 언제 그 계획을 실행할지 몰라 기회만 엿보고 있던 차에 요진이 빌미를 제공해 주었던 것이다. 하지만 한편으론 요진이 한심스러웠다. 적의 중심부에서 자존심 내세우는 모습은 이해하기 힘들었다. 그것도 먼저 시비를 걸다가 말이 막혀 화를 내는 것은 더더욱.

청명은 급히 자의최면으로 진원지기를 일으켜 요진의 뒤를 잡았다. 막 정형방주에게 일검을 선물하려던 그의 뒷덜미를 잡을 수 있었다.

"엇!"

요진은 자세가 뒤로 기울자 두 눈을 부릅떴다. 그가 달려든 만큼 정형방주도 마주 검을 찔러오고 있었던 것이다. 균형을 잃어 막을 방도가 없었다. 하지만 다행스럽게도 청명이 그를 대신해 막아주었다.

팡!

빠른 정형방주의 검이 북 치는 소리와 함께 옆으로 튕겨 나갔다. 청명이 검이 옆면을 가격했던 것이다.

부르르 떨리는 검을 부여잡은 정형방주가 놀란 토끼 눈으로 청명을 바라보았다. 검을 잡은 손이 아직도 찢어지는 듯 아팠다.

하마터면 검을 놓치는 꼴사나운 모습을 보일 뻔한 그가 몇 걸음 뒤로 물러서 청명을 경계했다. 그때 요진이 청명을 뿌리치며 짜증을 부렸다.

"무슨 짓이오?"

“그만 하십시오. 정형방 일의 책임자가 저라는 것을 잊었습니까?”

“본 문이 무시를 당했는데 그런 것을 따지게 생겼소?”

“그럼 연합의 일은 안중에 없다는 말씀입니까?”

“이렇게 된 마당에……. 이번 일은 연합과 상관없이 철문은 독자적으로 행동할 것이오, 비키시오!”

도대체 무엇이 그를 저리 당당하게 하는지 청명은 알 수 없었다.

‘뭐, 상관없지!’

생각과 함께 청명이 차갑게 말했다.

“그럼 더더욱 싸움이 벌어지는 것을 구경할 수 없습니다. 이곳은 연합과 정형방을 위한 장소. 철문이 독자적으로 움직일 거라면 나가주십시오.”

“뭐, 뭐라 하셨소?”

요진은 어이없다는 표정을 지었다.

“철문을 무시하고도 연합이 제대로 돌아갈 것이라 생각하시오?”

청명은 때를 놓치지 않았다.

순간 천막 안이 굉음과 함께 요동쳤다.

쾅—!

청명이 탁자를 발로 찍는 소리인데, 놀랍게도 탁자는 산산이 부서져 사방으로 흩어졌다.

탁자 위에 올라서 있던 요진은 그 때문에 바닥에 엉덩방아를 찧는 창피를 당해야 했다.

그가 벌떡 일어서며 청명을 향해 위협적인 자세를 취했다. 하지만 곧이어 불어 닥친 막강한 기운에 꼬리를 말 수밖에 없었다.

자색으로 불든 빛은 청명의 전신을 휘감기 시작했고, 그로 인해 천막 안이 숨도 쉴 수 없을 정도의 열기로 가득 메워졌던 것이다.

청명이 평소와 달리 비소를 머금었다. 하지만 비소 속엔 강한 살기가 담겨 있었다.

"철문 따위는 안중에도 없소."

말을 끝으로 요진은 괴상한 기분을 느꼈다. 온몸이 보이지 않는 무언가로 인해 조여드는 느낌이랄까?

그리고 이어지는 환영.

순간 천막이 한 치 앞도 가늠할 수 없는 캄캄한 어둠으로 휩싸였다. 요진은 경악하며 주위를 두리번거렸다. 하지만 보이는 것이라고는 아득한 어둠 속에 자색으로 빛나는 청명뿐.

요진은 그것이 헛것이라도 생각했다. 하지만 청명의 전음 같은 음성이 또렷이 그의 귀를 찢을 듯 떨쳐 울렸다.

[감히 일개 당주 따위가 어딜 나서나? 너 같은 놈이 당주로 있는 철문이라면 연합에 있을 가치도 없다.]

윙윙거리면서 울리는 목소리가 끝나자 어둠도 거짓말처럼

사라졌다.

요진은 멍하니 청명만 바라보았다.

'뭐, 뭐였지?

잠깐 꿈이라도 꿨다고 생각하기에는 너무 생생했다. 청명의 말이 꿈이 아니라는 것을 증명했다.

"더 이상 경거망동하면 그만한 처벌을 할 것이오. 만약 연합에서 탈퇴하겠다면 조용히 나가시오."

요진은 말없이 검을 검집에 집어넣었다. 창피한지 얼굴을 붉힌 그는 뒤로 물러나 시선을 돌려 버렸다. 그제야 숨 막힐 것 같은 기운이 씻은 듯이 걷히며 다시 처음의 분위기로 돌아왔다.

장내는 무거운 침묵이 이어졌다.

한참 후 청명이 미소를 지으며 정형방주에게 말했다.

"마교와는 무관하다고 하나 정형방이 세력을 확장할 수 있는 빌미를 제공한 것은 부정할 수 없는 사실. 지금 확장한 세력을 내놓지 않으면 마교의 끄나풀로 간주하고 연합은 정형방과 전쟁에 들어갈 겁니다. 참고로 맹주께서 무림맹을 다시 만들었고 사천연합은 그 후속 부대로 인정하셨습니다. 따르지 않겠다면 정형방은 무림맹을 정면으로 부정하는 것으로 받아들이겠습니다."

좀 전에 보여주었던 청명의 놀라운 기운에 정형방주는 차마 쉽게 입을 떼지 못했다. 잠깐 숨을 고른 그가 처음의 강경한 입장을 버리고 떠듬거렸다.

“저, 정확히 무엇을 원하시오?”

“확장한 세력을 모두 내놓고 그간 공격했던 문파를 상대로 공개적인 사과를 하십시오. 그리고 무림이 원래 강자가 약자를 공격하는 곳이니, 피해 보상에 대한 문제는 없던 것으로 하겠습니다. 마지막으로 연합에 가입하여 마교를 처단하는 데 적극 참여해 주시길 바랍니다.”

“반대를 하면 무림맹과의 전쟁이라는 뜻은 변함없는 것이오?”

“그렇습니다. 그래도 제안을 받아드리기 싫다면 마교가 무림일통을 하길 기도하십시오.”

“……!”

“언제까지 시간을 주면 답변해 주실 수 있겠습니까?”

정형방주는 고개를 저으며 무겁게 대답했다.

“그럴 필요 없소. 문주의 제안을 받아드리겠소이다.”

“잘 생각하셨습니다. 피해없이 일이 마무리되었으니 연합을 이끌고 계신 당가주님과 맹주께서도 좋아하실 겁니다.”

정형방주는 씁쓸한 표정으로 고개를 끄덕였다.

“그럼, 우리는 이만 물러가겠습니다. 정형방의 처리 문제는 차후 사람을 보내어 따로 해결하도록 할 생각입니다. 최대한 정형방의 사정을 봐줄 것이니 염려하지 마십시오.”

그러면서 대표들을 향해 말했다.

“이만 가도록 하죠.”

요진과 두 명의 대표는 아무런 대꾸 없이 천막을 나섰다.

그들이 사라지자 정형방주와 간부들이 깊은 한숨을 몰아쉬었다.

정형방주가 가장 먼저 입을 열었다.

“난다 긴다는 고수들을 꽤 만나봤지만 저 황금문주는 보통 무인의 상식을 벗어난 자로세.”

옆에 있던 사십대 중반의 사내가 그 말을 받았다.

“도대체 무림에 어떻게 저런 고수가 갑자기 튀어나온 걸까요?”

“난들 알겠나! 여하튼 저런 고수가 있는 연합이라면 괜히 신경 다툼을 할 필요는 없지. 내일부터 무사들을 정비하고 연합에서 사람이 올 때까지 모든 방의 활동을 중단시키게.”

“알겠습니다.”

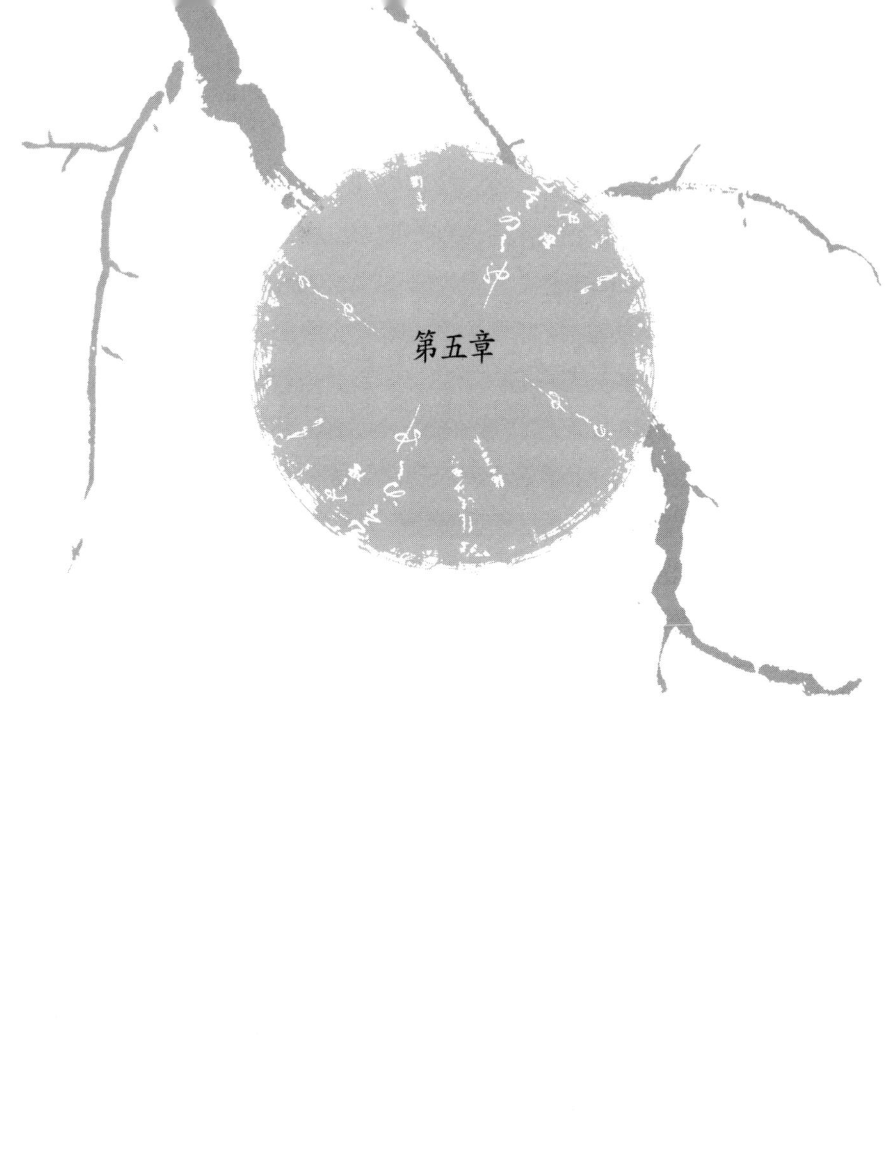

第五章

第五章

악연

정형방의 일을 해결한 후 성도에 도착한 청명은 당가주의
부름을 받았다. 급한 일이라는 탁일하의 말에 그는 곧장 가주
를 만났다.

가주는 먼저 청명의 노고를 치하했다.

"정형방 일을 피해없이 잘 해결했다는 보고를 받았소. 수
고하셨소."

"크게 힘든 일은 아니었습니다. 그런데 저를 급히 보자고
한 이유가 무엇입니까?"

"화산파의 도인들에게 연락이 왔소."

청명의 얼굴이 희미하게 흔들렸다.

가주가 눈치 채지 못하게 급히 표정 관리를 한 그가 물었다.

"마교의 공격을 당했다고 들었습니다만."

"피해가 엄청났던 모양이지만 다행히 빠져나온 자들이 있었던 것 같소. 그리고 그중에 장문인도 있는 모양이오."

"무슨 연락입니까?"

"이곳으로 이동 중인데 잠시 의탁할 곳이 필요하니 만나서 대화를 나눴으면 하더군. 공식적으론 사천연합이 아니라 무림맹에 도움을 요청한 셈이오. 그래서 그대의 생각을 물어보고 싶어 불렀소."

"굳이 제 생각이 필요합니까?"

"무림맹에 도움을 요청했으니 내 임의대로 결정을 내리지는 못하지 않겠소?"

"가주님의 생각은 어떻습니까?"

"사실 우리 당가는 화산파와 그리 좋은 관계가 아니오. 개인적인 내 판단에 맡긴다면 뿌리치고 싶소. 하지만 문주께서 화산파의 속가제자라는 소리를 예전에 탁일항 대주에게 들은 듯해서……. 그것이 사실이라면 문주의 의견이 가장 중요하다고 판단했소. 게다가 문주께서는 맹주의 대리 자격으로 사천에 온 것이 아니오."

청명의 대답은 가주가 의외라고 생각할 정도로 간단했다.

"당가의 입장이 그러시다면 거절하십시오."

가주가 놀란 듯 말했다.

"지금 무림맹은 구파일방의 입김이 필요하지 않소? 그래서 아미와 청성을 포섭한 것으로 알고 있는데……."

"그것이야 어느 정도 힘과 명분이 남아 있을 때의 이야기죠. 화산파는 이제 끝이 아닙니까?"

"화, 화산파의 속가제자가……."

청명이 그의 말을 끊었다.

"화산은 이미 오래전 명분을 잃었습니다. 처음부터 구파일방 중 화산은 제외시켰으니 신경 쓰지 마십시오."

가주는 지금껏 볼 수 없었던 청명의 표정을 보았다. 분명히 자신이 알지 못하는 사정이 있으리란 생각이었다.

가주가 내색하지 않고 말했다.

"그럼, 우선 만나기로 했으니 맹주의 대리인인 문주께서도 동행해 주셨으면 하오."

"굳이 제가 화산의 도인들을 만날 필요가 있겠습니까?"

"내가 가서 거절하면 옛 은원 관계를 따지는 것이라 오해할 수도 있으니 수고 좀 해주시오."

당가주가 간곡히 부탁하자 청명도 어쩔 수 없었다. 그리고 그가 화산파를 피할 이유도 없지 않은가.

불유쾌한 만남이 되겠지만 그것은 화산도 마찬가지일 것이 분명했다.

"알겠습니다."

"어떻게 되었는가?"

초췌해진 화산의 장문인을 향해 정숙이 공손히 대답했다.

"당가주께서 시간과 장소를 정해달라고 하셨습니다."

"내일 아침 내가 직접 당가로 찾아갈 것이라 전하거라."

"알겠습니다."

정숙은 왔던 길을 되밟아 성도로 향했다.

다음날 아침 죽립으로 얼굴을 가린 태영은 당가주를 만나기 위해 당가로 향했다. 도인 셋만 데리고 간 그가 정문을 지키는 위사에게 말했다.

"가주님과 약속이 되어 있소만……."

이미 들은 바가 있던 위사가 급히 문을 열어 그들을 안내했다.

태영은 위사를 따라 정원이 아름다운 작은 건물로 안내되었다. 정원엔 당가의 가주가 이미 나와 있었다.

"어서 오시오."

"그간 안녕하셨소이까?"

"그럭저럭……. 우선 안으로 들어가십시다."

가주는 그리 반갑지 않은 투로 말하고는 몸을 돌렸다. 태영도 마찬가지였다. 상대의 시큰둥한 대접에 신경도 쓰지 않고 당당하게 뒤를 따랐다.

태영은 안으로 들어가서야 죽립을 벗었다. 남은 세 명의 도인도 죽립을 벗고 자리에 앉았는데, 가주가 말했다.

"우선 화산파가 공격받은 일에 대해서는 들었소. 그래도 장문인께서 이렇게 무사하시니 그나마 다행이라 생각하오."

"별말씀을. 그보다 서신으로 빈도의 사정과 원하는 바를 대충 전했던 바, 맹에서 어찌 도움을 주실지 알고자 찾아왔소."

"흐음……!"

가주는 대답없이 침음만 흘렸다.

한참이 지나도 말이 없는 가주를 향해 태영이 재차 물었다.

"왜 대답이 없으시오? 본의 아니게 화산파의 사정이 힘들어졌으니 맹주께 아뢰어 도움을 주신다면 모든 도인들이 감사할 것이오."

그제야 가주가 입을 열었다.

대답이 아니라 뜬금없는 소리였다.

"사천연합이 무림맹의 승인을 받아 맹의 일부 세력으로 움직인다는 사실은 알고 계시리라 믿소. 하나 말씀드린 바와 같이 사천연합은 무림맹의 사천 지부일 뿐 중대사를 결정함에 있어 신중을 기할 수밖에 없소."

"무슨 말씀인지……. 지금 우리는 하루하루가 힘겹소이다. 그래도 굳이 다른 곳에 의탁하지 않고 이곳으로 온 것은 맹을 믿기 때문인데, 잠시 머물 곳도 주지 못한단 말이오? 그 정도 결정은 연합장인 가주님의 권한으로도 충분하지 않소."

"미안한 말이지만 연합을 책임지고 있기에 더더욱 내 마음대로 할 수가 없다는 뜻이오. 대신 맹에서 파견 나온 맹주의 대리인을 불렀으니 그와 함께 상의해 보는 것이 좋을 것 같소만?"

"맹주께서 대리인을 사천에 파견하셨소이까?"

"중대한 일을 맡아 사천에 들른 것이오. 때마침 그가 성도에 머물고 있기에 사람을 보냈으니 잠시만 기다리시오."

태영은 가주의 말이 아니꼬웠지만 고개를 끄덕일 수밖에 없었다. 게다가 조금 생각해 보면 오히려 태영에게는 잘된 일이었다.

맹주의 대리인이라면 무림맹의 요직에 있는 인물임이 분명한데, 껄끄러운 당가주에게 손을 벌리는 형식보다는 정식으로 맹의 허가를 받아 도움을 얻는 편이 편했기 때문이다.

차후에 당가의 도움을 받았다는 소리도 듣지 않을 수 있었다. 하지만 그런 생각은 이각 후 도착한 젊은 사내를 보고 싹 가실 수밖에 없었다.

막 방 안으로 들어서는 사내를 확인한 태영의 얼굴에 경악이 스쳐 지나갔다.

그는 놀란 듯 입을 열었지만 소리조차 나오지 않았다. 사내가 포권을 하고 자리에 앉을 때까지…….

"처, 청명?"

결국 쏟아낸 태영의 목소리.

청명은 무심한 표정으로 대답없이 가주를 바라보았다.

“내일 천소문으로 떠나는 일행에 황금문은 빠지기로 했습니다.”

“알겠소. 그리고 이쪽은 화산파의 장문인인 태영 진인이라고 하오. 화산파의 도인이었다면 알고 있겠군.”

청명은 고개를 끄덕이고 태영을 직시했다.

“네, 네가 어떻게…….”

태영은 여전히 뛰는 심장을 가라앉히지 못하고 떠듬거렸다.

청명은 여전히 무표정했다.

“그간 잘 지내셨습니까?”

“……!”

“어쩐 일로 이곳에 오셨습니까?”

이미 알고 있는 청명이었지만 그는 모른 척 물었다.

태영의 얼굴이 순식간에 붉어졌다. 차마 청명에게 화산파의 사정을 말하지 못하고 오히려 격양된 목소리로 말했다.

“네가 여긴 어쩐 일이냐?”

“제가 못 있을 곳이 어딨겠습니까?”

“놈! 감히 마도에 물들어 화산을 뛰쳐나간 녀석이 어디서 함부로 주둥이를 놀리느냐!”

청명의 표정이 굳어졌다.

그는 낮게 하지만 힘이 실린 목소리로 대꾸했다.

“함부로 판단하고 생각없이 쏟아내시는 버릇은 여전하시
군요.”

쾅!

태영이 탁자를 내려쳤다.

사정을 모르는 가주는 그들의 모습을 말없이 지켜만 보았
다. 뭔가 사정이 있다는 생각이 들었고, 꽤 궁금하던 차였다.

청명의 말이 이어졌다. 그는 다시 냉정을 찾은 모습이었
다.

“제가 맹주의 대리인입니다. 그럼 화산파의 장문인께서는
말씀해 보시지요. 무엇 때문에 이곳에 오셨습니까? 듣기론
부탁이 있다고 하셨다던데?”

“감히 날 능멸하려는 게냐?”

“체통을 지키십시오. 그리고 전 맹주의 대리인이자 일문의
문주입니다. 다시 한 번 저에게 하대를 하시면 참지 않습니
다.”

“저, 저……!”

말을 잇지 못한 태영은 벌떡 자리를 떨치고 일어섰다.

“네놈 따위에게 존대를 할 것 같은가! 어떤 요망한 짓거리
로 무림맹의 소속이 되었는지는 모르나 네놈이 연관되어 있
다면 맹도 이젠 끝장이다!”

“필요한 도움은 받지 않아도 되겠습니까?”

“……!”

"옛정을 생각해 신경 써드릴 생각이었지만 태영 진인께서 싫다고 하시니 굳이 권하지는 못하겠군요. 살펴 가십시오."

태영은 한참 동안 청명을 쏘아보고는 휙 몸을 돌렸다.

"가자!"

세 명의 젊은 도인도 당가주에게 목례를 한 후 태영을 따라 걸음을 옮겼다. 그중 정숙이 청명을 힐끔 바라보았고 청명의 비소를 확인할 수 있었다.

막 그가 방을 빠져나가려 할 때 청명의 목소리가 그의 뒷등을 때렸다.

"볼품없어졌구나, 정숙."

"……."

정숙은 대답없이 방문을 닫았다.

"정말 이렇게 보내도 괜찮겠소?"

처음부터 도와줄 마음이 없었던 가주였지만 그냥 넘기기에는 분위기가 심상치 않아 청명에게 확인했다.

청명은 미소를 지었다.

"동료를 파는 자들은 필요없습니다."

"……?"

가주가 의아한 시선을 던졌다.

'동료를 판다?'

그것이 무림맹을 공격했던 일을 뜻하는지 아니면 또 다른 일이 있었는지 알 길이 없는 가주였다.

하지만 청명은 대답할 마음이 없는 모양이었다.

그는 말없이 일어났다.

"이만 가보겠습니다. 나오지 마십시오."

말과 함께 청명까지 사라지자 가주는 수하를 불러들였다.

"부르셨습니까?"

"지금 즉시 손님을 따라가게."

"손님이라면 누구를 말씀하시는지……."

"처음 왔던 네 사람. 화산파의 도인들이니 몰래 따라가 어디에서 지내는지, 또 어디로 가는지 알아보고 당분간 자네는 그 일에만 신경 쓰게. 사람이 필요하면 더 데리고 가게."

"알겠습니다."

"아, 그리고 도인들 중 장문인이 있으니 들키지 않게 조심하게. 무공이 뛰어난 만큼 미행에 민감할 게야."

"알겠습니다."

“큰일 났습니다!”

갑자기 방 안으로 뛰어든 탁일항을 향해 청명이 의아한 시선을 던졌다.

“무슨 일이지?”

“하남에 이름있는 문파들이 마교의 공격을 받아 넘어갔답니다.”

청명이 자리에서 벌떡 일어섰다.

“뭐?”

“요 이틀 사이에 마교도들이 몰아 닥쳐 한꺼번에 공격했던 모양입니다.”

“언제?”

“들기론 엿새 전쯤이랍니다. 그 이후로도 마교가 활동했다면 생각보다 더 많은 문파가 넘어갔을 겁니다.”

청명은 실소를 머금었다. 한동안 마교 활동이 잠잠하다 했더니, 병력들이 모두 하남에 집결하느라 그랬던 모양이었다.

이건 생각보다 심각한 문제였다.

무림맹을 다시 부활시켜 무림의 안정화를 꽤하고 있는 마당에 마교의 힘이 건재하다는 소문이 다시 퍼질 것이니, 많은 무림인들이 불안해할 수도 있었다.

“마교의 병력은 얼마라던가?”

“아직 정확한 정보는 알 수 없습니다만 하남 전체를 상대로 움직이는 것으로 보아 상당한 부대가 모여 있는 것으로 사료됩니다.”

청명은 급히 옷을 갈아입으며 명했다.

“지금 즉시 당가주에게 내가 만나뵙고자 한다고 알리게.”

“알겠습니다.”

당가주도 소문을 들었던 모양이다. 청명을 만나자 그가 먼저 하남의 소식을 꺼내 들었다. 심각한 대화 끝에 그가 물었다.

“어쩔 생각이오?”

“하남으로 가려 합니다.”

예상했다는 듯 가주가 다시 물었다.

"고수는 얼마나 데려갈 생각이시오? 지원은 필요없겠소?"

"우선 섣불리 움직일 수 없으니 선발대로 황금문의 고수만 이끌고 가겠습니다. 가주님께서는 연합의 모든 문파에 사정을 알리고 실력있는 고수들을 뽑아 이십여 일쯤 후에 서협(西峽)으로 출발해 주십시오. 그동안 저는 하남의 사정을 좀 더 정확히 파악해 놓겠습니다."

"무림맹에도 알려야 하지 않겠소?"

"당연합니다. 맹주께 알리고 세가연맹에도 지원 고수들을 호남 남쪽으로 부를 생각입니다. 만약 짐작대로 마교의 전 주력이 하남에 있다면 이번이 마지막 전투가 될 수도 있을 겁니다."

"빨리 끝난다면야 좋겠지만, 그 피해가 얼마나 될지……."

가주의 걱정 섞인 중얼거림이 방 안을 맴돌았다.

청명은 계획대로 하남으로 향했다.

우선 무림 사정을 파악하는 것이 중요했기에 약속 시간과 장소를 정해놓고, 황금대 일천 명을 따로 행동하게 했다. 하남 전 지역에 걸쳐 최대한 많은 정보를 알아내야 했기 때문이다.

황금대가 삼삼오오 무리를 지어 떠나는 것과 함께 청명도 탁일항과 열 명의 호위를 데리고 이동하기 시작했다. 목적지는 숭산의 소림사였다. 구파일방의 하나였으니 무림맹으로 포섭할 겸해서였다.

＊　　　＊　　　＊

은밀한 밀실에 다섯 명의 사내가 앉아 있었다.

상석에는 오십 줄에 놓인 사내가 비단 장포를 입고 있는데, 당당한 모습에서 절로 위엄이 풍겨 나왔다. 남은 네 명에게도 비상한 기운이 느껴지는 것은 마찬가지.

놀랍게도 그들은 모두 갑주를 걸치고 투구까지 쓰고 있었다.

흡사 전장에라도 나가는 모습이랄까?

탁자 위에는 중원의 지리가 세밀하게 그려진 지도가 있었고, 운남과 귀주 근처에는 손가락만 한 붉은 깃발이 빼곡히 자리를 차지했다.

상석의 인물이 말했다.

"마교에서의 연락은?"

"후속 부대로 고수 삼천 명을 지원하겠답니다."

"그들의 능력을 모르는바 아니나, 삼천은 너무 적은 숫자가 아닌가."

"속하도 그리 말했으나 계획을 실행하기 위해선 그 이상 빼는 것은 위험하다 하더이다."

"어쩔 수 없군. 언제 시작한다더냐?"

"거사가 벌어진 후 도성의 군부가 움직이면 그때 시행할 것이라 했습니다."

고개를 끄덕인 비단사내가 다시 물었다.

"호광 쪽의 연락은?"

"도지휘사사(都指揮使司)께서 허락하셨습니다. 최대한 시간을 지연시킬 것이니 약간의 군사로 길목만 막으시랍니다. 그러면 그 이상 진군을 하지 않겠답니다."

"어려운 결단을 내렸군."

"대세를 짚으신 거겠죠."

"하나 군사를 일으켜 본좌를 돕지 않는다는 것은 아쉬운 일이지."

"영악한 자이기도 합니다. 그럴 리야 없겠지만 혹, 실패할 시 군사를 일으켜 반도를 막았다는 핑곗거리만 가지겠다는 뜻이 아니겠습니까."

비단사내가 비소를 흘렸다.

"그것만으로도 우리에게는 큰 도움이다. 하지만 성공 후 본좌가 천하를 가지게 된다면 그에게 미래는 없을 것이다."

"……."

*　　　　*　　　　*

하남에 도착한 청명은 여양(汝陽)을 거쳐 등봉(登封)으로 방향을 잡았다. 숭산에 있는 소림으로 가기 위해서인데, 도중에 천원(泉原)에서 잠시 속도를 늦췄다.

숲길을 지날 때 들려오는 병장기 소리 때문이었다.

채채채챙―!

말고삐를 당겨 멈춰선 청명이 탁일항을 돌아보았다.

"무슨 일이지?"

탁일항은 대답없이 수하 두 명을 지목했다. 그러자 말 위를 뛰어오른 그들이 쾌속하게 소리의 출처를 좇아 사라졌다.

잠시 후 돌아온 대원이 보고했다.

"동쪽으로 삼 리 정도 떨어진 곳에 전투가 벌어지고 있습니다.

탁일항이 물었다.

"누구냐?"

"마교입니다. 마교와 교전을 벌이는 자들은 누구인지 정확히 알 수 없었습니다."

"마교의 숫자는?"

"오십여 명 정도인데, 그들과 싸우고 있는 고수들의 수가 배는 많습니다만 실력은 별 볼일 없어 보였습니다. 조만간 제압될지도……."

"어떻게 할까요, 총대주님?"

"마교와 싸우고 있다면 어차피 우리 편이라 봐야겠지."

탁일항이 고개를 끄덕이고는 호위를 향해 명했다.

"안내해라!"

“존명!”

말에서 내린 청명 일행은 경공술을 펼쳐 전투가 벌어지는 곳으로 달려갔다. 보고대로 마교도 오십여 명이 청색 무복의 고수들을 몰아붙이고 있는데, 숫자가 형편없이 줄어 있었다. 대충 봐도 삼십여 명 정도일까?

청명은 별다른 지시 없이 그대로 마교도를 향해 몸을 날렸다. 탁일항과 대원들도 약속이나 한 듯 청명의 뒤를 따르자 일시에 마교의 대열이 흐트러졌다.

갑작스런 도움에 얼떨떨했던 무사들이지만 뛰어난 실력으로 마교를 몰아붙이는 그들을 보고는 다시 힘을 더했다.

청명이 쉴 새 없이 몰아붙인 덕분에 마교도들이 퇴로를 확보하며 물러나기 시작했다. 청명은 수가 적었기에 그들을 추격하지 않고 전투를 중단했다.

“고맙습니다.”

마교가 완전히 시야에서 사라지자 무사들 중 나이가 꽤 들어 보이는 노인이 포권을 해왔다.

청명이 마주 포권하며 말했다.

“사해가 동도라 하지 않습니까. 하물며 마교와 싸우고 있다면 당연히 도와야죠.”

“어느 문파이신지 물어봐도 되겠습니까? 저는 대형문의 문주 정학이라고 하오.”

“저는 청명이라고 합니다. 황금문의 문주입니다.”

대형문주가 약간 놀란 표정을 지었다. 황금문에 대해서는 자세히 알지 못하지만 일문의 문주가 상당히 젊다는 것은 의외였기 때문이다.

“젊은 소협께서 황금문의 문주시라니 놀랍군요. 다시 한 번 감사드립니다.”

“별말씀을……. 그럼 이만 가보겠습니다.”

대형문주가 깜짝 놀라 청명의 소매를 잡았다.

“이렇게 가시면 제가 너무 부끄럽지 않습니까! 잠시나마 우리 문으로 들어가 쉬었다 가십시오.”

청명은 다시 거절했다. 하지만 간곡한 부탁을 끝내 뿌리치지 못했다. 또한 탁일항의 의견 때문이기도 했다. 하남성의 사정을 대형문을 통해 알아보는 것도 좋겠다는 말을 했던 것이다.

청명 일행은 대형문주를 따라 마을로 들어갔다. 이백여 호가 옹기종기 모인 중간 크기의 마을인데, 대형문은 마을의 뒤편, 천원 쪽으로 가는 길목에 위치해 있었다.

마을을 지나 대형문으로 가던 청명이 물었다.

“어쩌다 마교의 무리들과 싸우게 되었습니까?”

대형문주의 표정이 어두워졌다.

“사실 저희 대형문은 그리 큰 문파가 아닙니다. 보름 전부터 마교가 하남성에 들어와 대문파 몇 개를 일시에 쓰러뜨렸다는 소식이 접해지자 불안했지요. 하지만 설마 작은 문파까지 손을 뻗칠까 싶어 눈치만 보고 있었는데, 작은 문파까지도 마교가 공격한다는 말이 돌기 시작한 겁니다. 그리고 삼 일 전쯤 마교에서 사람이 찾아왔더군요. 내용은 아마 아실 겁니다."

"거절하셨습니까?"

"무공을 익힌 고수라고 해봐야 삼백 명도 되지 않는 우리 문파가 어찌 거절하겠습니까? 겉으로나마 마교와 함께하겠다고 허락을 했지요. 그런데 그것으로 끝날 줄 알았던 마교의 고수가 집안 가솔들을 당분간 자신들이 보호하겠다지 뭡니까? 말이 보호지 인질이나 다름없지 않습니까?"

청명은 고개를 끄덕였다. 이후는 듣지 않아도 알 수 있었다. 가솔들을 몰래 대피시키려고 했을 것이고, 그러다 덜미를 잡혀 마교와 싸웠을 것이다.

대형문주의 이어지는 말은 그가 생각한 바를 크게 벗어나지 않았다.

청명이 고개를 갸웃거리며 물었다.

"한데 가솔들은 어딨습니까?"

"숲에 숨어 있습니다. 가솔들을 빼내어 도망치는 듯했지만 사실은 다른 곳에 숨겼던 것이죠. 마교의 눈을 속이기 위해 어쩔 수 없었습니다."

그러면서 한숨을 쉬었다.

"다음에 또 마교에서 사람을 보내올 텐데 그때는 어찌할지……."

들는 사람까지 절로 우울해지는 말 때문에 대형문주가 갑자기 표정을 풀며 사과했다.

"제가 실수를 했군요. 아무튼 들어가시지요."

괜스레 미안한 마음이 생긴 청명은 문주의 안내를 받아 대형문으로 들어갔다.

대형문은 들던바대로 작은 규모의 장원으로 꾸며져 있었다, 무림의 문파라고 보기에도 초라할 정도. 하지만 건물은 깔끔하고 남궁세가처럼 불필요한 공간이 없어 보여 오히려 좋았다.

숙소를 안내받아 짐을 푼 청명은 문주의 초대를 받아 중앙 건물로 향했다. 탁일항과 대원들도 모두 초대받았는데, 건물 안에는 신경 써서 차린 음식과 술이 마련되어 있었다.

청명 일행이 도착하자 문주가 환대하며 밖을 지키던 무사에게 명했다.

"가솔들을 데려오너라."

청명이 의아함을 드러냈다.

"문으로 다시 불러들였습니까?"

"네, 어차피 문을 떠나야 할 것 같아 다시 불러들였습니다."

"언제 떠날 생각이십니까?"

"청명 문주께서 떠나시는 대로 저희도 곧 떠나야지요."

“갈 곳은 있으십니까?”

“다행히 하북에 있는 진성문주와 친분이 있으니 마교도가 잠잠해질 때까지 그에게 잠시 의탁할 생각입니다. 그보다 황금문은 처음 들어보았는데 다른 성에 있는 문파입니까?”

“섬서에 있습니다.”

“섬서에서 하남까지 어찌 오셨는지…….”

“볼일이 있어 문내 고수들을 데리고 왔습니다.”

그때 문밖에서 무사의 목소리가 들려왔다.

“모셔왔습니다.”

“들여보내게.”

그러자 문이 열리며, 문주의 아내와 첩으로 보이는 중년 부인 둘과 자식으로 보이는 젊은 남녀 다섯 명이 방 안으로 들어왔다.

그들을 보며 문주가 일어나 청명 등을 설명했다.

“오늘 내 목숨을 구해주신 분이다. 황금문의 무사 분들과 청명 문주님이시니 모두 인사드려라.”

“은혜에 감사드립니다.”

공손하게 고개를 숙이자 청명과 대원들도 급히 자리에서 일어나 마주 인사했다. 그러자 대형문주가 가족들을 일일이 소개했다.

식사가 시작되자 대형문주가 물었다.

“하남의 볼일이 무엇인지 물어보아도 되겠습니까?”

“왜 그러십니까?”

“혹 가는 방향이 같으면 동행했으면 해서…….”

문내의 고수들도 오늘 전투로 상당수 죽었으니 대형문주로서는 불안해할 만도 했다. 하지만 불행히도 청명과 방향이 달랐다.

“안타깝지만 안 되겠군요. 저희는 숭산에 있는 소림사에 볼일이 있습니다.”

대형문주는 아쉬운 표정을 드러내며 물었다.

“소림사에는 왜 가십니까?”

“개인적인 일이라 말씀드리기가 곤란합니다.”

“그렇군요.”

분위기가 어색해지자 문주가 청명에게 술을 따르며 화제를 돌렸다. 술자리는 그리 길지 않았다. 하남성의 사정을 묻기 위해 왔다지만 별다른 정보가 없어 청명이 일찍 돌아가길 청했기 때문이다.

“내일 새벽에 떠날 생각입니다. 인사없이 가더라도 놀라지 마십시오.”

대형문주가 고개를 끄덕였다.

“저희도 지금부터 짐을 정리해 새벽에 떠날 생각입니다. 그럼 편히 쉬십시오.”

“감사합니다.”

미리 작별을 고하고 숙소로 돌아온 청명과 대원들은 각자

방에 들어갔다. 그렇게 시간이 흘러 밤이 깊어갈 때쯤이었다.

왠지 스산한 기분에 눈을 뜬 청명은 침상을 벗어나 정원으로 나왔다.

휘릭!

순간 눈앞으로 무언가가 스쳐 지나가는 것을 볼 수 있었다.

청명은 급히 자의최면을 일으켜 사방을 주시했다. 하지만 굳이 그럴 필요도 없었다.

청명이 건물을 나오기 무섭게 담을 넘어 들어오는 수를 알 수 없는 복면인들을 볼 수 있었기 때문이다.

청명은 황금대원들을 깨우기 위해 의도적으로 진기가 실린 목소리로 외쳤다.

"누구냐!"

복면인들에게는 대답이 없었다.

청명이 갑자기 나온 것이 돌발적인 것인지 잠시 주춤거리기는 했지만 이십여 명이 그대로 달려들었다.

청명의 입가가 뒤틀렸다.

굳이 물어보지 않아도 가까이 다가올수록 느껴지는 상대의 막강한 마기로 짐작할 수 있었다.

상대는 마교도의 인물이었다.

'벌써 보복을 위해 왔나?'

청명은 청운검을 뽑아 들면서 조금 이상한 기분을 느꼈다. 낮에 숲에서 도망쳤던 마교도들은 십여 명 남짓. 지금 담을 넘어 들어오는 복면인들은 눈에 보이는 수만도 백여 명은 족히 되는 것 같았다. 건물 뒤쪽에서도 담을 넘고 있다면 이백 명은 될 것이란 생각이었다.

몇 시진 사이에 연락을 주고받고 다른 곳에서 대형문으로까지 지원을 왔다고 하기에는 시간이 맞지 않았다.

청명은 가장 선두에 달려드는 복면인의 공격을 막으면서 확신했다.

상당히 신중하게 공격해 오는 것이 흡사 자신을 잘 알고 있는 듯했던 것이다.

공격이 막히자 급히 뒤로 물러서는 복면인을 넘어 세 명의 복면인이 허공으로 뛰어올라 암기를 날렸다.

청명은 왼손을 떨쳐 각편검을 뽑아낸 후 암기를 쳐내고 회전을 이용하여 앞으로 뻗어냈다.

채찍처럼 꿈틀대는 각편검이 사선을 그으며 한 복면인의 목을 노렸다.

캉!

빠른 속도임에도 쉽게 검으로 팅겨낸 복면인이 훌쩍 뒤로 물러섰다. 동시에 다른 복면인들이 청명의 양옆을 공격해 왔다.

'함정이었군!'

마음속으로 불쾌감이 모락모락 피어올랐다. 대형문주라는 자와 그 가솔들 모두 급조된 배우들이란 생각이 들자 그들에게 속은 자신에 대한 묘한 짜증이 생겼던 것이다.

순간 청명의 몸에 어느 때보다 강한 힘이 들어갔다.

팟!

땅을 차고 뛰어오른 청명은 청운검을 아래로 휘둘렀다. 그러자 자색으로 타오르던 청운검이 빛을 뿜어냈고 그것은 복면인들을 덮쳤다.

콰콰쾅!

굉음과 함께 땅이 패고, 파편이 튀고, 강기에 말려든 복면인 십여 명이 그대로 바닥에 쓰러졌다.

때마침 건물 안에 탁일항과 황금대원 열 명이 튀어나왔다.

그들은 잠시 장내를 보더니 사정을 파악했다는 듯 대열을 갖췄다. 섣불리 수적인 우세를 자랑하는 마교도와 부딪치는 것보단 적과 아를 확실히 구분 지어 청명에게 자유롭게 적을 공격할 수 있게 하기 위함이었다.

강기를 발출하면서 그 반동으로 건물 지붕으로 올라선 청명은 탁일항의 의도를 파악하고는 다시 검강을 쏟아냈다.

콰쾅!

두 번째, 세 번째 공격까지 쏟아지자 복면인들이 우왕좌왕하기 시작했다. 때를 놓치지 않은 청명이 그들 틈으로 끼어들었고, 탁일항과 대원들이 그 뒤를 받쳤다.

"휴!"

청명은 피곤한 근육을 이완시키며 한숨을 쥐어짰다. 그간 황금대원들과 처리한 마교도는 백오십여 명, 다행히 대원 중 세 명이 부상을 입은 것을 제외하면 다른 피해는 없었다.

최대한 그들이 다치는 것을 막기 위해 청명이 그만큼 활약한 덕분이었다.

"어떻게 생각하지?"

청명의 물음에 호조에 묻은 피를 닦아내고 있던 탁일항이 대답했다. 청명만큼이나 활약한 그는 온몸이 피투성이였다.

"지금 대형문이 마교의 함정이었다면, 우리가 어디로 올지 수일 전부터 정확히 알고 있었다는 이야기가 아니겠습니까?"

"그것은 우리를 미행하는 자가 있다는 뜻이겠지?"

"그럴 가능성이 가장 큽니다. 지금 일도 아마 누군가 지켜보고 있을지도 모릅니다. 어쩌시겠습니까? 미행을 따돌릴까요?"

청명은 고개를 저었다.

"어차피 소림으로 가는 것은 정해진 일. 대형문주가 마교의 인물이라면 이미 마교의 상부에 보고가 들어갔겠지. 미행을 따돌려도 어차피 상대가 목적지를 알고 있다면, 헛수고가 아닌가?"

"어쩌면 우리가 소림으로 가지 않을 거라 생각할 수도 있습니다."

“상관없어. 일각 후 소림으로 출발할 테니 부상자는 대원 셋을 남겨 서협으로 가게 해라.”
“알겠습니다.”

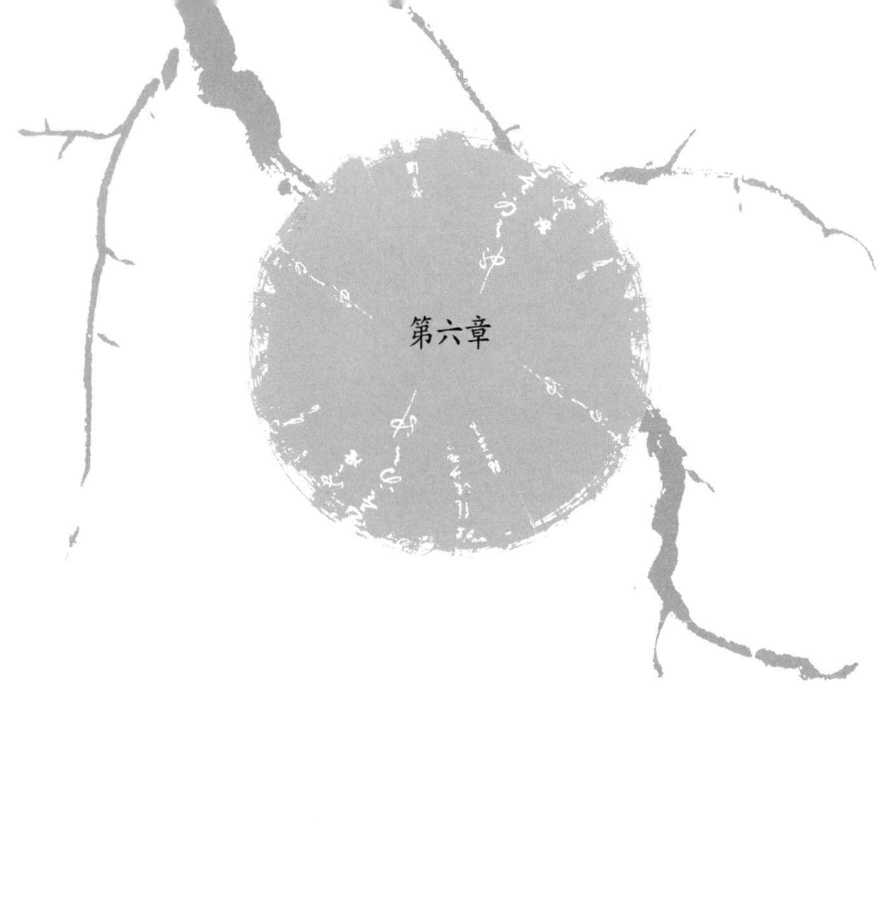

第六章

第六章
마교의 거점

소림사는 무림의 태산북두로 불렸지만 이백여 년 전부터 다른 팔파일방이 기세를 떨치자 그 위세가 조금 떨어지고 있었다. 하지만 아직도 무림의 정도의 중심에 서 있는 것은 분명한데, 그런 소림사에 여섯 명의 사내가 찾았다.

"소림 방장께 무림맹에서 왔다고 전해주십시오."

앞을 가로막는 무승을 향해 청명이 합장했다.

삼십대 중반 정도 되어 보이는 무승이 경계의 빛을 띠며 청명과 일행을 훑어보더니 고개를 갸웃거렸다.

"무림맹이라 하셨습니까?"

"그렇습니다. 맹주님을 대신하여 제가 찾아왔습니다."

하지만 소림도 아미와 청성이 그랬던 것처럼 선뜻 청명을 받아드리지 않았다.

“혹시 신분을 증명할 만한 것이 있습니까?”

청명은 품속에서 맹주가 써준 서신을 꺼냈다.

그는 서신 겉에 찍혀 있는 맹주의 인장만 보여주었다. 서신은 방장에게 직접 전할 생각이기 때문이다.

맹주의 인장을 확인한 무승이 합장했다.

“아미타불, 잠시만 기다려 주십시오.”

그의 말대로 잠시 후에 노승과 기도가 남달라 보이는 무승 이십여 명이 소림에서 나왔다.

노승이 청명을 살피며 말했다.

“우선 무기를 모두 빈도에게 맡겨주시겠소?”

“그렇게 하지요.”

청명은 청운검과 각편검까지 풀어 노승 앞에 놓았다. 남은 대원들도 마찬가지로 무기를 모두 놓고, 몸수색까지 거쳐야 했다. 그제야 노승이 미안한 표정으로 사과했다.

“아미타불. 무례를 범하여 죄송하오만 이해해 주시리라 믿소.”

“괜찮습니다.”

고개를 끄덕인 노승이 손짓했다.

“따라오시지요.”

청명과 대원들은 노승을 따라 소림사로 들어섰다. 한참을

걸어 몇 개의 건물을 지나자 작은 건물 앞에서 노승이 말했
다.

"방장 사숙, 무림맹에서 온 시주께서 뵙기를 청합니다."

"들라 이르게."

노승이 청명을 향해 손짓했다.

"들어가십시오."

청명은 탁일항 등을 기다리게 하고는 건물에 들어갔다.

건물에는 여러 개의 방이 있었지만 방장이 있는 곳은 찾기
쉬웠다. 맞은편 방문이 열려 있고, 그 안에 노승이 불경을 읽
고 있었기 때문이다.

방장으로 보이는 노승에게 다가간 청명이 포권하며 물었
다.

"방장 스님이 되십니까?"

수염뿐만 아니라 눈썹까지 백색으로 물든 노승이 미소를
지으며 고개를 끄덕였다.

"아미타불. 빈도가 방장이라는 중책을 맡고는 있소만, 무
림맹에서 오셨다고?"

"그렇습니다."

"우선 앉으시오."

그러면서 방장은 일어나 차를 직접 청명에게 끓여주었다.

은은한 향이 도는 차를 한 모금 마신 청명이 말했다.

"제가 왜 왔는지 궁금하지 않으십니까?"

"마교 때문이 아니겠소."

"맞습니다. 하지만 정확한 의중을 모르시리라 생각됩니다."

"맹주께서 다시 무림맹을 세웠다고 들었소. 우리에게 명분을 빌려주었으면 해서 온 것이 아니시오?"

방장의 기분 좋은 웃음에 보답하듯 청명도 미소를 지었다.

"맞습니다. 맹주께서 직접 소림사에 전해줄 서신을 제게 주셨는데, 보시겠습니까?"

"허허, 군이 손을 놀릴 수고를 왜 하셨는지……. 본 것으로 할 터이니 됐소이다."

"그럼, 묻겠습니다. 무림맹을 다시 도와 마도를 물리치는 데 힘을 보태주시겠습니까?"

방장은 오히려 되물었다.

"이미 무림맹에 씻을 수 없는 죄를 지은 소림이오. 마교를 도와 무림맹을 공격했던 일은 모르지 않을 터인데, 이런 소림이라도 믿을 수 있겠소?"

"믿습니다."

"그럼 마교가 소림의 원로 노승들을 인질로 삼고 상당수의 비급을 가져갔다는 사실은 알고 있소?"

"청성파와 아미파에 들러 이미 사정을 들었습니다."

"그런데도 소림을 믿을 수 있소?"

"방장 대사를 만나니 더욱 믿음이 가는군요."

방장은 그제야 미소를 거두고 쓸쓸한 표정을 지었다.

"이미 잡혀간 노승들을 잊은 지 오래요. 그들의 목숨 때문에 소림의 명예가 두 번이나 먹칠되는 것은 그들도 원치 않으리라 생각하오. 아미타불, 아미타불."

구원불과 함께 방장의 눈이 형형하게 빛났다.

"어떤 고초와 어려움이 있어도 무림의 기강을 바로 세우는 데 이 한목숨 바치리라 이 자리에서 맹세하겠소."

"감사합니다."

청명은 깊이 고개를 숙였다. 그러자 방장이 은근한 투로 말했다.

"이건 비밀로 지켜주셨으면 하오."

청명이 귀를 기울였다.

"무엇입니까?"

"화산파가 마교의 공격을 받았다는 사실은 알고 있으리라 생각하오."

"그렇습니다."

"그들이 지금 달마동에 있소."

"……!"

청명이 놀란 듯 입을 벌렸다. 사천연합에서 받아주지 않자 소림에 의탁하러 온 모양이었다.

"얼마간 이곳에서 마교의 눈을 피한 후 강남으로 내려갈 것이라 하오."

청명은 대답을 하지 못했다.

그는 왠지 가슴속에 불어 닥친 찜찜한 기분을 풀기 위해 화제를 바꾸었다.

"하남에 마교가 몰려 있다는 소리를 들었습니다."

방장의 얼굴에 어둠이 짙게 깔렸다.

"마교에 대한 정보가 있으면 가르쳐 주십시오."

"소림사도 지금까지는 그들의 눈치를 보아왔기에 정확한 정보는 알 수가 없소. 다만, 그들의 거점은 알고 있소."

"거점이라고 하셨습니까?"

방장은 고개를 끄덕였다.

청명의 얼굴에 화색이 돌았다. 꼭꼭 숨어 활동하는 마교 때문에 그 뿌리를 자르지 못하고 있었는데 마교가 거점을 삼고 있는 곳을 알고 있다면 오히려 다행이었다.

"어딥니까?"

방장이 놀라운 말을 했다.

"옛 무림맹!"

청명은 소림사를 나오면서도 실소를 머금었다. 탁일항 등에게 말해주자 그들 또한 황당한 표정을 지었다.

"무림맹이 마교의 총단이 되었다니…… 충격입니다."

탁일항의 말에 청명이 웃으며 말했다.

"어차피 그들이 무너뜨린 곳이니 그들의 차지가 되어도 상관은 없겠지."

"어쩌실 생각입니까?"

"지금쯤 사천연합과 무림맹, 그리고 세가연맹이 하남으로 출발했을 테니 그들과 합류한 다음 마교의 총단을 쳐야겠지."

"거점으로 삼은 만큼 마교의 고수들이 밀집되어 있을 겁니다. 피해가 상당할 수도 있습니다. 거점을 드러냈다는 것은 그만큼 자신이 있다는 뜻도 될 테니까요. 그리고 하남에 꽤 많은 문파가 마교에 넘어갔으니 그들을 앞세운다면 더욱 힘겨울 수밖에 없습니다."

"어차피 마지막은 이렇게 되리라 생각했으니 잘된 일이지. 오래 끄는 것보다는 이번 기회에 끝을 보는 것도 나쁘지는 않을 거야."

말과 함께 청명은 급히 서협으로 향했다.

서협에 도착한 청명은 마중 나와 있던 사천연합의 고수를 따라 북쪽으로 삼십 리 떨어진 산속으로 향했다. 거기엔 이미 하남 전역을 돌아다니며 정보를 입수했던 황금대 대원들이 돌아와 있었다.

청명은 우선 그들을 모아 정보를 조합한 후 당가주를 찾아갔다.

"어서 오시오."

“오시느라 수고하셨습니다.”

“수고라고 할 것이 뭐가 있겠소. 한데 마교의 동태는 살펴보셨소?”

“수하들의 보고를 들어 대략적인 것은 파악했습니다. 그리고 놀라운 사실 하나가 있었습니다.”

가주가 목소리를 낮춰 물었다.

“무엇이오?”

“마교의 거점을 찾았습니다.”

“마, 마교의?”

가주는 경악한 표정으로 청명에게 답을 요구했다.

“그렇습니다.”

“어디에 있소?”

“옛 무림맹 총단입니다. 거기가 현재 마교가 거점으로 삼고 있는 곳이고, 상당한 고수들이 있다는 정보는 수하들을 통해 확인했습니다.”

“그럴 수가!”

말을 잇지 못하던 가주가 한참 후에야 걱정스럽게 물었다.

“어쩌실 생각이오?”

“공격을 해야죠. 우선 세가연맹과 맹주가 이끄는 무램맹의 고수들이 하남에 도착해 있을 겁니다. 그들과 연락하여 한날 한시에 공격한다면 마교도 어쩔 수 없으리라 생각합니다.”

“거점을 드러내 놨다는 말은 그만큼 자신이 있다는 것일 텐데……."

"기회는 지금밖에 없습니다."

"흐음."

잠시 생각하던 가주가 고개를 끄덕였다.

"그럼 연합의 대표들을 부르겠소. 그들에게 설명한 후 마교를 어떻게 공격할지 의논해 봅시다."

"알겠습니다."

회의는 지극히 단순히 끝났다. 적이 단순하게 거점을 드러내 놓고 하남을 공략하고 있으니 별다른 계책이 있을 리 없었다. 우선 은밀히 이동하여 하남 개봉으로 보름 후에 도착, 그리고 새벽에 마교의 거점을 공격해 들어가기로 했다. 사천연합은 북쪽을 맡고, 무림맹은 남쪽을 맡기로 했다. 그리고 세가연맹은 혹시 밖에서 활동 중인 마교도들이 지원을 올지 몰라 길목마다 매복을 하기로 계획을 잡았다.

회의가 끝나자 계획의 상세한 내용을 적은 종이는 곧바로 전서구에 달려 세가연맹과 맹주에게 보내졌다. 그리고 나흘 후 맹주에게 다시 연락이 왔다. 계획을 그대로 이행할 것을 허락한다는 내용이었다.

*   *   *

199

“이동을 시작했습니다.”

“생각보다 빠르군.”

“지루하게 끄는 것을 그들은 바라지 않을 테니까요.”

청마는 비소를 머금었다.

“계획대로 삼 개 대만 남겨놓고 나머지는 이동한다. 최후
에는 그 삼 개 대도……..”

사내가 알았다는 듯 고개를 끄덕였다.

“한 치의 어긋남도 없이 실행하겠습니다.

第六章
바람만 부는 곳

달도 가려진 음침한 밤.

하남성 중모(中牟)를 거쳐 개봉으로 향하는 십여 개의 무리들이 있었다. 적개는 삼백에서, 많게는 칠백여 명에 달하는 그들은 쉬지 않고 산길로 이동 중에 있었다.

목적지는 개봉에서 떨어진 옛 무림맹 총단.

"십 리 앞에 목표지가 있습니다."

척후조로 갔던 대원 한 명이 돌아와 청명에게 보고를 올렸다.

청명은 이동을 멈춘 후 대원들을 숲 속에 숨기고는 줄줄이 도착할 사천연합의 고수를 기다렸다.

일각 정도를 두고 오백여 명의 당가 고수들이 도착하자 청명은 가주를 찾아 낮게 속삭였다.

"무림맹에서 반대편을 확보하는 즉시 공격할 수 있게 일러 주십시오."

"알겠소."

가주는 수하 몇을 불러 청명의 말을 전한 후 다른 문파에게 지시를 전달하기 위해 보냈다.

한 시진 후 밤은 더욱 어둠 속으로 빠져들었다. 마교의 총단에서 북쪽으로 십여 리 떨어진 숲에는 수천에 달하는 사천연합의 정예들이 두 눈을 번뜩이며 무기를 손질하기 시작했다.

그때 저 멀리서 불화살 몇 개가 하늘을 수놓았다.

맹주가 이끄는 무림맹의 본대가 준비를 마쳤다는 신호였다.

당가주가 소리쳤다.

"산개(散開)!"

순간 사천연합의 고수들이 숲을 뛰쳐나가 대로를 가득히 메웠다. 언뜻 보면 질서없는 움직임이었지만, 실제론 대로를 따라 달리며 각 문파마다 정해진 위치로 대열을 갖추고 있었다. 아마 남쪽에서 오고 있는 무림맹 본대도 마찬가지로 이동하고 있을 것이다.

맹주 요불위는 마교의 총단으로 일천 명의 황금대를 이끌고 달려가고 있었다. 그 뒤로 그간 지원받았던 여러 문파의 고수들 수천이 뒤를 따르고 있었다.

하지만 반 각 정도를 가자 더 이상 전진할 수가 없었다. 맞은편에서 상당수의 무사들이 달려오고 있었기 때문이다.

맹주는 마교도이거나 그간 마교에 넘어간 하남성의 무인들이라 판단하고 공격 명령을 내렸다.

상당수의 두 무리가 대로를 끼고 드넓게 펼쳐진 벌판을 무대로 부딪치자 먼지구름이 일대를 덮었다. 이어 쏟아져 나오는 병장기 부딪치는 소리와 비명은 치열한 접전을 증명했다.

채채챙!

청명은 무기와 함께 적을 베어 넘기며 선두에서 활약을 보였다. 무림맹의 고수들이 남쪽에서 적들과 교전을 벌이고 있다면, 청명을 비롯한 사천연합은 북쪽에서 적과 만났다.

"크윽!"

신음과 함께 바닥에 나뒹구는 적을 밟고 몸을 띄운 청명이 허공에서 각편검을 뿌렸다.

소매 속에서 떨쳐 나온 각편검은 파편 하나하나가 채찍처럼 요동치며 사방을 갈랐다. 적의 중심부로 뛰어든 그는 바닥에 내려서자 청운검으로 원을 그리듯 주변을 둘렀고, 다시 뛰어올라 검강을 휘날렸다.

그렇게 반 시진 동안 정신없이 싸웠을 때였다. 약간의 여유가 생긴 청명은 주위를 둘러보았다.

아직도 어두운 밤인데 구름이 걷혀 어느 정도 시야를 확보할 수 있었다.

승패는 명백했다. 마교 쪽도 수가 많기는 했지만 사천연합이 그 두 배는 넘었고 사기는 하늘을 찌를 듯했던 것이다. 적들의 표정에는 하나같이 전의를 상실한 패자의 얼굴이었다.

사실 처음부터 그들은 전력을 다하지 않았음을 알 수 있었다. 마교의 힘에 눌려 어쩔 수 없이 전투에 참가한 느낌이랄까?

문득 청명은 저 멀리 보이는 마교의 총단을 바라보았다.

의아함이 생길 수밖에 없었다. 사천연합이 압도적인 힘을 보여주기는 했지만 역시 사상자가 꽤 생겼다. 이쯤해서, 아니, 오히려 처음부터 마교의 고수들이 전투에 관여했다면 승부는 점칠 수 없었다. 그런데 마교의 총단에서는 어떤 움직임도 보이지 않지 않은가.

'먼저 우리 힘을 빼놓고 시작하겠다는 건가?'

그럴 수도 있겠지만 지금쯤은 모습을 드러냈어야 정상이었다.

그때 누군가가 옆으로 일검을 내지르고 있어 그는 생각을 접었다. 당장은 눈앞을 막고 있는 적을 쓰러뜨리는 것이 중요했다.

퍼퍽!

검을 흘려 피한 후 상대의 복부를 발로 걸어찬 그는 그 반동을 이용하여 반대쪽으로 몸을 날렸다.

거기에는 또 다른 적이 당가주를 공격하고 있었는데, 청명은 적의 어깨를 발로 찍어버렸다.

상대가 쓰러지자 당가주가 물었다.

"두 패로 나누어 한쪽은 총단을 공격하는 게 좋지 않겠소?"

청명이 고개를 끄덕였다.

조만간 쏟아져 나올 마교도들을 맞이하는 것보단 먼저 공격해 어떤 방비를 하고 있는지 알아보는 것이 좋다고 생각했던 것이다.

"제가 황금문만 이끌고 적의 동태를 살피겠습니다."

"수고해 주시오."

청명이 내공이 실린 목소리로 외쳤다.

"황금문의 고수들은 나를 따라라라!"

말을 끝으로 그는 마교의 총단을 바라보며 달리기 시작했다.

"옵니다."

마교의 총단, 즉 옛 무림맹의 총단 담장 위에서 수백 명의 고수들이 몰려오는 것을 바라보고 있던 사내가 아래를 향해 외쳤다.

검은 무복을 입고 있던 사내가 비소를 머금었다.

"숫자는?"

"정확하지는 않지만 칠팔백 명은 되는 것 같습니다."

"생각보다 바보들은 아니구나. 모두 몰려왔으면 좋았을 것을……."

사내는 아쉬운 표정을 남기며 몸을 돌렸다.

"어쩔 수 없다. 건물만 파괴한다."

고개를 끄덕인 담장 위의 사내가 휘파람을 불었다. 그러자 총단 내에 퍼져 있던 마교도들이 어딘가로 연결된 긴 줄에 불을 붙였다. 그후 그들은 총단 중앙에 만들어진 암굴로 달려가기 시작했다.

콰콰콰콰쾅―!

청명은 달리던 속도를 급히 줄여 몸을 틀었다. 그것은 뒤따르던 황금대원들도 마찬가지였다. 귀를 찢을 것 같은 거대한 폭음이 뒤를 이었기 때문이다.

이어 몰려오는 충격파가 그들의 전신을 흔들리게 만들었고, 그 다음으로는 거대한 흙먼지 구름이 그들을 덮쳤다. 마교의 총단과 불과 십여 장 정도 떨어진 곳에서 벌어진 일이었다.

"젠장! 무슨 일이지?"

연기가 가라앉자 청명은 숙였던 상체를 들어 총단을 바라보았다.

순간 그는 멍한 표정이 되었다.

"이런!"

그 성대하던 무림맹의 건물이 폐허가 되어 있었다. 건물은 반 넘게 무너졌고, 내부를 두르고 있는 담장도 여기저기 허물어져 속이 다 들여다보였다.

청명이 급히 외쳤다.

"진입해 입구를 찾아! 분명히 벽력탄을 터뜨린 마교도의 일부가 있을 거다."

명이 떨어지기 무섭게 황금대원들이 총단으로 쏟아져 들어갔다.

한참 후 탁일항이 나와 보고했다.

"없습니다. 중앙에 땅을 파서 만든 비밀 통로가 있어서 살폈지만 이미 폭발 때문에 허물어져 진입이 어렵습니다."

청명은 실소를 흘렸다.

"한 방 먹었군!"

그는 뒤를 돌아보았다. 아직도 사천연합과 마교 쪽에 붙은 문파들이 싸우고 있는데 승리는 이미 정해져 있는 듯했다.

그의 예상대로 승부는 사천연합의 것으로 돌아갔다. 총단이 부서지고 마교도들도 도와주러 나오지 않자 모두 항복해 버렸기 때문이다. 남쪽으로 짓쳐 오던 무림맹도 승리를 거둔 끝에 부서진 총단으로 진입했다.

남은 병력으로 주변을 정리시킨 간부들은 맹주를 초청해 그나마 온전해 보이는 건물에서 회의를 시작했다.

맹주 요불위가 우선 좌중을 둘러보며 물었다.

"총단이 부서진 것은 어찌 된 일이오?"

당가주가 대표로 대답했다.

"마교도가 우리를 끌어들여 폭파시킬 목적으로 벽력탄을 설치했던 모양입니다. 다행히 선발대를 조금 뽑아 총단으로 보냈기에 그들이 미리 터뜨린 것 같습니다."

"마교도들은 붙잡았소?"

"청명 문주가 도착했을 때는 이미 비밀 통로로 모두 도주한 상태였습니다. 비밀 통로가 어디로 연결되어 있는지 몰라 수색을 보내기는 했지만 아직 소식이 없습니다."

"흐음!"

맹주가 잠시 침음을 흘리더니 물었다.

"마교의 목적이 무엇이라 생각하시오? 이렇게 쉽게 도주할 거라면 대놓고 거점을 드러내지는 않았을 터."

장내에 잠시 침묵이 감돌았다.

잠시 후 청성문의 장로가 말했다.

"아직도 하남 요소요소에는 마교도들이 소규모로 여러 문 파를 공격하고 있는 것으로 알고 있습니다. 그 말은 그들을 이곳으로 다 불러 모으지 못한 상태에서 갑작스럽게 우리가 공격해 왔기에 어쩔 수 없이 도주한 것이라 생각됩니다.”

“우리의 대처가 너무 빨랐다는 말이오?”

“그렇습니다.”

그러자 당가주가 고개를 저었다.

“저들도 정보력은 우리 못지않을 겁니다. 우리가 이동하는 것을 알고자 했다면 벌써 모든 마교도들을 모아 준비를 해놨겠지요. 제 생각에는 아직 다른 계획이 있는 것 같습니다.”

“혹시 우리가 이곳에 이동한 틈을 타 뒤를 치려는 수작은 아니겠습니까?”

순간 모두가 인상을 구겼다. 이대로 마교가 당가 등 이번 전투에 참가했던 문파로 돌아가 공격한다면 결과는 뻔했다. 상당수 정예고수들을 빠져 버린 그들이 제대로 마교를 막을 리 없었던 것이다.

맹주가 말했다.

“그럼, 사천과 강남, 그리고 안휘에서 무림맹과 연합 세력이 강하게 저항하자 그것을 무너뜨리기 위해 미끼를 썼다는 뜻이오?”

“그럴 가능성이 있다는 말이지요.”

전혀 신빙성없는 말이 아니었기에 모두 걱정을 드러냈다. 문파가 걱정이 되니 돌아가기는 해야 할 것 같은데, 막상 아무것도 얻지 못한 상태로 돌아가자니 힘 빠지는 일이 아닐 수 없었다.

한참 후에 맹주가 조심스럽게 말했다.

"우선 각 문파마다 연락을 띄워 마교의 공격에 대비할 수 있게 하시오. 그리고 이곳을 정비한 후, 총단으로 삼고 일부는 문파로 돌려보낼 생각이오."

모두 고개를 끄덕였다.

회의가 끝난 후 밖으로 나온 청명은 어디선가 불어오는 삭풍을 맞으며 허탈한 한숨을 쉬었다.

'결국 지루한 마교와의 싸움은 계속 되는 건가!'

이번 일을 끝으로 모든 것을 마무리 지으려고 했던 청명으로서는 아쉬울 수밖에 없었다. 하지만 다음날 날아온 성도에서의 소식으로 그 마음을 깨끗이 씻을 수 있었다.

기회는 다시 찾아왔던 것이다.

단지 생각지도 못한 쪽으로 찾아왔다는 문제였지만……. 여하튼 마교의 계획이 무엇인지, 왜 그들이 거점을 그리 쉽게 버리고 도주했는지 그 내막을 알 수 있었다.

이후 무림맹은 무림이라는 한정된 틀 밖으로 움직이게 되었다.

반란이라는 이름하에 황실이 공동 작전을 펼쳐야 하는 상황이 불어 닥쳤기 때문이었다.

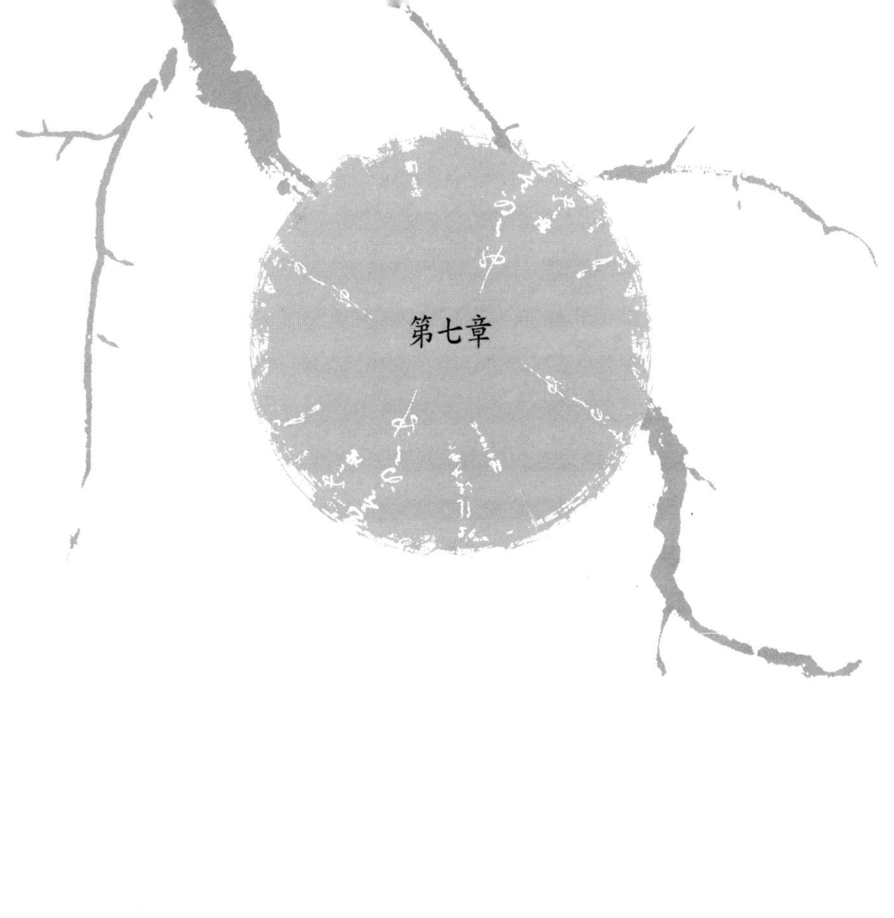

第七章

第七章

거병(擧兵)

“계십니까?”

임시로 천막을 지어놓은 천막 밖에서 탁일항의 급한 목소리가 들려왔다. 청명은 서류를 정리하다 고개를 돌렸다.

“무슨 일이지?”

“상부에서 도독의 서신이 도착했습니다.”

“상부에서?”

“네!”

탁일항은 떨리는 목소리로 말했다.

“서신을 전달하러 온 사내가 말하길, 마교의 배후를 밝혀냈답니다.”

청명이 두 눈을 번뜩였다.

"들어와라!"

탁일항은 들어와서 곧바로 서신을 청명에게 건네주었다. 청명도 급히 서신을 뜯어 내용을 살폈다.

순간 그가 황당한 표정을 드러냈다.

궁금했던 탁일항이 물었다.

"무슨 내용입니까?"

"어이가 없군!"

"……!"

청명은 설명 대신 서신을 넘겼다.

거기에는 영민왕이 운남의 도지휘사 장막원과 귀주의 도지휘사 마정찬을 앞세워 두 성의 병권을 상당수 장악했다는 것과 그 일부에 마교의 수천 고수가 섞여 있다는 내용이 적혀 있었다.

명령서도 같이 들어 있었는데, 우선 무림맹의 고수들을 설득하여 사천의 도지휘사 오천찬에게 가서 그의 명에 따르라는 내용과 함께, 황실의 금의군을 지원할 것이며, 각 요충지에 주둔 중인 군사들 또한 사천으로 보낼 것이라 했다.

그 외에도 여러 가지가 있었지만 탁일항이 관여할 바가 아니었기에 더 이상 보지 않았다.

그는 서신을 내려놓으며 실소를 흘렸다.

영민왕은 황제의 숙부가 되는데 황실 내에서 그의 입김이

강해지자 이십여 년 전 황제에 의해 운남으로 보내진 불운의
사내였다.

"과연 마교를 도울 능력이 있는 사람이 있었군요."

"영민왕이면 누구인가?"

"폐하의 숙부가 되는 사람인데 나이는 폐하와 그리 많은
차이가 나지 않습니다. 전전대 황제께서 뒤늦게 현빈을 얻어
왕자를 생산하셨는데 그가 바로 영민왕입니다. 어릴 적부터
다방면으로 비상한 능력을 가지고 있어 대신 관료들이 그를
상당히 따랐다고 알고 있습니다. 도독이 보낸 서신이 거짓일
리 없으니……. 역모의 무리가 관여했으리라 짐작은 예전부
터 했었지만 영민왕이 그 축이라니 정말 충격이로군요."

하지만 청명은 다른 문제를 짚어냈다.

"결국 그들이 전면으로 드러날 때까지 황실은 알아내지 못
했다는 거네."

"……?"

"여기 적힌 내용을 보면 운남과 귀주의 정예군을 빼고도
상당한 사병을 몰래 키운 것 같은데 그 많은 군사에게는 무기
가 필요하지. 내가 알기론 그 많은 무기를 구하려 했다면 아
무리 조심스러워도 동창의 정보망을 벗어나기 힘들었을 텐
데……."

"영민왕은 치밀한 자입니다."

"그렇다고 하더라도 그들이 전면에 드러나서야 알 수 있었

다는 것은 아직도 이해하기 힘들군. 중원의 모든 자금 이동까지 조사한다는 동창의 정보망에 그만한 큰 구멍이 있었던 걸까?"

탁일항에게서 대답이 없자 청명은 곧이어 관심을 돌렸다. 사실 그가 걱정할 바는 아니었다. 그는 명대로 빠른 시간 내로 무림의 힘을 황실의 것으로 바꿔놓고 그들과 함께 사천으로 가면 되는 것이다.

청명이 자리에서 일어났다.

"우선 맹주께 사실을 알리고 도움을 요청해야겠군."

"과연 그가 황실을 도우려 할까요?"

"처음부터 약속을 했으니 뿌리치지는 못할 거야. 이때를 위해서 그를 맹주로 올린 것이니까."

말과 함께 그는 천막을 나섰다.

맹주가 기거하고 있는 천막 안은 침묵이 감돌았다.

맹주는 당황하는 빛을 역력히 드러냈다.

청명이 다시 말했다.

"처음 약속대로 반란 진압에 투입되는 것이 아닙니다. 반란군에 관여되어 있는 마교도의 완전한 처리를 위해 움직인다 생각하시고 병력을 돌려 운남으로 가주십시오."

"알고 있네. 하지만 생각했던 이상으로 일이 크게 번졌다는 것이 걱정이지."

“큰 피해는 없을 겁니다. 이미 황실에서 금군을 투입시킬 계획을 가지고 있고, 각 성을 지키고 있는 병력을 사천으로 보낼 것이라 했습니다. 무림은 그저 마교의 고수만 상대해 아군의 피해를 줄여주시기만 하면 됩니다.”

맹주가 고개를 끄덕였다.

“하지만 다른 문파의 대표들이 꽤 반발을 할 걸세, 그들은 자네와 나의 약조를 모를 테니까.”

“황실과 무림이 힘을 합치는 것이 아니라는 것만 명확히 해주시고, 맹주의 권한을 앞세운다면 그들도 어쩔 수 없을 겁니다. 그리고 이번 기회가 아니면 마교를 완전히 뿌리 뽑기 힘들다는 걸 다 알고 있을 겁니다.”

“알겠네. 하지만 지금 병력을 바로 사천으로 투입시킬 수는 없네. 각자 소속된 문파로 돌려보내고 따로 지원 고수들을 사천으로 보내야 할 테니까.”

“시간이 중요합니다. 언제 반란군이 북상할지 모르니 그 점을 확실히 각인시켜 주십시오. 아, 그리고 이번에 반란군 진압에 도움을 준 문파에 한해서 황실이 상당한 보상을 할 것이라 약속했습니다. 각종 사업권에 대한 우선권과 금전적인 보상이 있을 것이니 그것도 알려주십시오.”

“알겠네.”

*   *   *

확일동은 바짝 긴장하며 전방을 바라보았다.

운남 쌍강에서 서(西)로 수십 리 떨어져 있는 오지, 그곳에 위치한 군사 방어진을 통괄하는 지휘동지(指揮同知)인 그로서는 남만에서 호시탐탐 약탈을 노리고 들어오려는 노족들보다 오히려 뒤가 무서웠던 것이다.

뒤.

그것은 바로 역모를 꽤하려는 의도가 분명해 보이는 반란도의 무리였다.

불안의 시작은 수일 전부터였다.

수일 전에 그에게 서신 한 통이 전해졌던 것이다.

보낸 이는 옛 대신 관료로 막강한 권력을 행사했다던, 소문으로만 들었던 영민왕 주장영이었다. 오래전 권세에 밀려나 쫓겨나다시피 이곳으로 들어왔지만 그의 위세는 운남에서 만큼은 여전히 막강했다.

처음 서신을 받았을 때는 무슨 일인가 했다. 하지만 서신을 뜯어 내용을 살핀 후부터는 살이 떨리고 피가 말랐다.

직접적인 내용, 굳이 숨기려 하지 않은 그 내용은 그만한 가치와 그 가치만큼의 위험을 예고하고 있었던 것이다.

새로운 세상을 만들겠다던가.

그 행보에 힘을 보태라는 내용이었다.

확일동은 고민 끝에 다음날 서신 하나를 썼다. 급히 도성으로 보낼 생각이었는데 서신은 그의 서랍 속에 잠들어야 했다. 절반이 묘족으로 구성된 운남성 내의 군사가 급조되어 각 요충지를 장악해 버렸다는 소식이 그의 귀로 들어왔기 때문이다.

그는 다시 환민에게 보낼 서신을 썼다. 오랜 동료이면서 동문수학한 친우. 그리고 같이 운남으로 발령 나와 그 또한 같은 직책으로 보청산에 주둔 중인 군사를 책임지고 있었기 때문이다. 하지만 서신을 보내고 며칠이 지나도 연락이 없었다.

오히려 바라지 않던 영민왕에게서 다시 의사를 물어보는 서신이 왔을 뿐이다.

그는 대답하지 않았다.

그것은 무언의 거부였다. 반란도와 섞여 역모를 꽤하는 일은 바라지 않았던 것이다. 하지만 싫다고 뚜렷이 말하지 않은 것은 마음 한편에 자리 잡은 무서움 때문이었다.

두두두두두!

고민에 휩싸여 동쪽으로 뻗은 대로를 바라보고 있는데 말 한 필이 빠르게 달려왔다.

갑주를 차고 있는 병사는 진영으로 들어오더니 곧바로 확일동에게 다가와 무릎을 꿇었다.

"적들이 삼십 리 밖까지 접근해 진채를 세웠습니다."

"몇이나 되더냐?"

"족히 이만은 되는 듯했습니다. 그중 묘족들이 상당수를 차지하고 있었습니다.”

“후!”

깊은 한숨과 함께 확일동이 다시 물었다.

“별다른 낌새는 없더냐? 단지 진채만 세우는 정도냐는 말이다.”

“그렇습니다.”

그나마 다행이었지만 이곳까지 이만의 군사를 보내어 진채를 세웠다면 결론은 뻔했다. 힘을 보여주고 협박을 하겠다는 심산이 아니고 무슨 이유가 있을까.

아마 그처럼 결정을 내리지 못한 군장들에게는 모두 같은 일을 자행하고 있으리란 생각이었다.

‘결국 운남은 영민왕의 손에 떨어진 건가?’

운남의 끄트머리에 틀어박혀 있어 그런 것이겠지만 귀주 또한 이미 영민왕의 손에 거의 들어갔다는 사실을 모르고 있는 그였다.

그는 뒤에 도열해 있는 군관들을 바라보았다. 역시 자신 못지않게 불안한 표정을 짓고 있었다. 확일동, 그의 결정 여부에 따라 그들의 생사가 달린 것이니…….

그러나 확일동은 마음을 다잡았다.

굴복하더라도 저항은 한 번 해봐야 훗날 할 말이 있을 것이 아닌가.

그의 수하들이야 명에 죽고 사는 위치에 있으니, 어느 쪽이

이기든 핑곗거리가 있지만 확일동에게는 그런 것이 없었다.

그의 결정에 따라 역당에 합류한 반도로 몰릴 수도 있는 것이다.

"모두 전투준비를 해라."

군관들의 표정이 어둡게 가라앉았다.

오천의 군사로 이만의 적과 싸운다는 부담은 누구에게나 무거운 짐으로 다가올 수밖에 없었다.

*   *   *

"태청 진인이 아니시오?"

소림 방장은 놀란 눈으로 그를 확인했다. 무거운 짐을 잠시나마 벗어던질까 해서 소림사를 나와 산책을 하고 있는데, 갑자기 태청 진인이 모습을 드러냈던 것이다.

태청은 고개를 끄덕이며 불안한 듯 주위를 살폈다.

말없는 그를 향해 방장이 물었다.

"어찌 된 일이시오?"

화산파에서 살아남은 도인은 잠시 숭산에 머물고 있는 장문인과 젊은 제자들, 그리고 마교에 인질로 잡혀간 자들밖에 없었다.

태청의 행색을 보니 그간 많은 고초를 겪었음을 짐작한 방장이 다시 물었다.

“화산파에서 살아남으셨던 게요?”

“아닙니다. 그보다 혼자 계십니까?”

“보는 바와 같소.”

태청은 뭐가 그리 불안한지 다시 주위를 세심히 살피며 말했다.

“도와주십시오. 마땅히 갈 곳이 없어 소림으로 왔습니다. 소림이라면 도와주시리라 믿습니다.”

“무슨 소리요?”

“저는 마교에서 도망쳤습니다.”

순간 방장의 표정이 경악으로 물들었다.

그는, 당연한 말이지만 태청의 사정에 관심을 두기보단 소림부터 걱정했다.

“소림의 원로승들은 무사하오? 어찌 되었소? 살아 있소?”

“우선 여기서 이야기하기가 그렇습니다. 조용한 곳을 말씀해 주시면 제가 찾아가겠습니다. 방장께서는 깊은 밤에 그곳으로 오십시오. 마교의 첩자가 어디에 숨어 있을지 모를 일입니다.”

방장은 고개를 저었다. 오히려 잘됐다는 듯 말했다.

“태청 진인께 행운이 따랐나 보오. 지금 소림에 화산파의 도인들이 숨어 지내고 있소.”

“정말입니까?”

“장문인께서 화산파가 공격당하는 날 젊은 제자들을 데리고 나왔던 모양이오. 그 후, 이곳으로 와 달마동에 몸을 숨기고 있으니……. 밤까지 기다릴 필요없이 나를 따라오시오. 그들을 만나게 해주겠소."

그때부터 방장도 주위를 세심하게 살피기 시작했다. 작은 소리 하나에도 귀를 기울이고, 내공을 주변에 퍼뜨려 주위에 숨어 있을지 모를 누군가를 찾기 위해 신경 썼다.

그렇게 한참을 움직이자 달마동이 나왔다. 방장은 달마동에서 조금 떨어진, 나무숲으로 길이 막혀 있는 소로를 뚫고 들어갔다. 그러자 거기에 작은 토굴 하나가 모습을 드러냈다.

방장은 태청을 그 토굴 안으로 인도했다.

한 치 앞도 가늠할 수 없는 토굴은 삼십여 장을 들어가자 옆으로 꺾였고, 거기서부터 저 멀리 미세한 불빛이 흘러나오고 있었다.

"사형!"

한탄과 회한이 뒤섞인 목소리가 태청의 입에서 쏟아졌다. 화산의 젊은 제자들이 토굴 끝에 마련된 넓은 공터에 앉아 있었고, 그 중심에 화산파의 장문인 태영이 눈을 감고 가부좌를 틀고 앉아 있는 모습이 들어왔기 때문이다.

장문인 태영의 두 눈이 불퉁을 튀기듯 번뜩 떠졌다.

그는 토굴 통로에 서 있는 소림 방장과 그 뒤에서 자신을 바라보고 있는 태청을 발견하고는 자리에서 일어섰다.

"네, 네가 어떻게……."

쿵!

태청은 무겁게 무릎부터 꿇었다.

그는 나이와 채면에 연연하지 않고 눈물부터 흘리며 머리를 땅에 찧었다.

"죄송합니다, 사형!"

태영이 급히 그에게 달려갔고, 제자들 또한 몰려들었다.

태영이 그를 일으켰다.

"어떻게 된 것이냐? 다른 동문은?"

"죽여주십시오. 제 한 목숨 연명하기 위해 많은 동문이 목숨을 잃었습니다."

"어찌 된 일인지부터 말을 하게."

그제야 태청은 그간 마교에 잡혀 있었던 일과 경계가 느슨해진 틈을 타 화산파 도인들이 도주한 일, 그리고 진산 진인의 일까지 설명했다.

태영의 눈이 파르르 떨렸다.

"진산 사숙까지……."

"제 탓입니다."

"아닐세. 그래서 어찌 여기까지 오게 되었나?"

"인질이 있는 장소를 알려야겠기에 화산으로 향했습니다. 분명히 제가 살아 있다는 사실을 알면 화산파를 공격할 거라 예상했기에……. 다른 사람들에게 말하지 못한 이유는 혹시 마교의 첩자가 있을까 해서였습니다. 하지만 화산파에 가까워질 때 쯤 놀라운 소식을 들어야만 했습니다.”

소림 방장이 끼어들었다.

“아미타불! 그랬었군요. 그들이 화산을 공격한 이유를 알 수 없었는데, 그런 연유가…….”

“그 후 저는 갈피를 못 잡다가 강호 사정을 파악하기 시작했습니다. 믿을 만한 사람을 찾아 알려야 한다고 생각했기 때문입니다. 그래서 첫 번째로 향했던 곳이 사천이었습니다. 사천연합과 세가연맹이 생겨났다는 소식을 접했는데, 그중 사천연합이 가장 가까웠기 때문입니다. 하지만 가는 도중 하남의 변고로 인해 사천연합이 마교를 치기 위해 하남성으로 향했다는 말을 들어 여기까지 오게 된 것입니다.”

방장이 물었다.

“마교의 총단을 무림맹이 장악했는데, 가보셨소?”

“가는 도중에 맹주가 이미 대부분의 고수들을 이끌고 급히 떠났다는 소문을 들어 소림사로 오게 되었습니다.”

방장이 고개를 갸웃거렸다. 무림맹을 다시 장악했다는 말만 들었지 거기까지 아직 소문을 듣지 못했던 까닭이다.

“힘들게 마교의 거점을 얻었는데, 그곳을 버려두고 다시 떠났다는 말씀이오?”

“무슨 사유가 있는 듯했습니다. 남아서 무림맹을 지키는 고수들이 있겠지만 그곳보다는 소림에 먼저 알리는 것이 좋을 것 같아서…….”

태영이 고개를 끄덕였다.

"잘했네. 이렇게 자네를 소림사로 오게 한 것은 하늘이 우리를 다시 이어주시려고 했음이 분명하이."

"면목이 없습니다."

"그런 소리 말게. 그런데 다른 구파일방의 고수들은 어찌 되었나? 화산파만 도망을 쳤던 겐가?"

"그렇습니다. 각파마다 여러 개의 뇌옥에 갇혀 있사온데, 제가 있는 방이 오래되어 벽이 약간 허물어진 곳이 있었습니다. 지하인데 벽이 허물어진 곳을 알고 난 후부터 벽을 뜯어내 한 달간 조금씩 흙을 파내어 위로 올라왔습니다."

"그곳이 어딘지는 기억하겠지?"

"북경입니다."

태영은 방장을 바라보았다.

"도와주시오, 방장 대사!"

사실 돕고 말고 할 것도 없었다. 당장 소림만 해도 원로승들이 인질로 잡혀 있었으니까.

하지만 방장은 잠시 주저했다. 인질을 구하는 것을 주저하는 것이 아니라, 과연 소림만으로 마교도를 물리칠 수 있을지에 대한 고민 때문이었다.

구파일방의 인질이 있는 곳이라면 방비가 어느 곳보다 삼엄할 것이고, 뛰어난 고수들도 많을 터. 화산파와 함께 한다 해도 위험한 것이 사실이었다. 화산파라고 해봐야 무공이 아직 미천한 젊은 제자들밖에 없지 않은가.

게다가 확신없이 움직였다가 인질은 구하지도 못하고 오히려 적의 경계심만 더 키울 소지가 있다 생각된 것이다.

소림 방장이 고개를 끄덕였다.

"당연히 도와야지요. 하지만 우리 소림의 힘만으로는 불가능할 듯하오."

"도움을 청할 곳이 있으십니까?"

"확실한 곳이 있지요. 바로 무림맹이오."

태청이 고개를 끄덕였지만 태영은 어두운 표정이었다.

방장의 말은 계속 이어졌다.

"그들은 구파일방을 설득하고 있소. 무림맹이 온전한 힘을 가지기 위해서는 구파일방의 협조를 받아야 된다는 것이 그들의 입장이니, 이번 일을 발 벗고 도와줄 것이오."

태영이 자조적인, 씁쓸한 미소를 보였다.

'과연 도와주려고 할지…….'

"우선, 오늘 밤 나와 함께 조용히 소림을 빠져나가는 것이 어떻겠소? 무림맹으로 가면 아직 지키고 있는 맹의 고수들이 있을 거요. 그리고 맹주와 연락도 용의할 것이오."

"저는……."

태영이 뭔가를 말하려다 입을 다물었다.

지금 청명의 일을 말하기가 난감했던 것이다. 그리고 화산파 도인의 목숨이 달린 일에 자존심을 내세울 수도 없었다.

"그리하겠습니다."

방장이 돌아가자 태영이 눈을 감으며 고개를 절레절레 저었다.

혹시 태청이 껄끄러워 할까 봐 그는 청명에 대해 말도 하지 않았다.

제발 무림맹에 청명이 떠나고 없기만을 바랄 뿐.

*　　　*　　　*

옛 명성을 어디에서도 찾아볼 수 없는 무림맹 총단. 다 허물어져 가는 그곳에는 며칠 전부터 주둔 중이던 각 문파의 고수들이 하나둘씩 빠져나가 한산했다.

칠 일째가 되는 날 아침부터 상원문까지 빠져나가자 남아 있는 사람들은 금의군을 기다리는 청명과 제삼황금대원, 그리고 환사백과 백랑단 백여 명뿐이었다.

천막 안으로 들어온 탁일항 대주가 급히 소식을 전해왔다.

"금의위 대영반께서 금의군 오천을 이끌고 오고 있다고 사람을 보내왔습니다. 내일 아침에 도착할 것이라니 그때까지 합류할 준비를 하라는 명이 있었습니다."

"오천?"

"선발대라 들었습니다. 나머지는 곧바로 사천으로 향해 그곳에 있는 좌군도독 종양진 장군과 합류할 모양입니다."

228

고개를 끄덕인 청명이 자리에서 일어났다.

"그럼, 슬슬 떠날 준비를 해볼까."

"모두입니까? 그래도 무림맹에 약간의 고수들을 남겨 놓는 것이 좋지 않겠습니까?"

"환 대협과 백랑대 일백 명에게 이미 부탁을 했으니 신경 쓸 필요는 없겠지. 준비가 끝나는 대로 대영반을 맞을 준비를 하게."

"알겠습니다."

第七章
누구를 위함인가

한산한 무림맹으로 세 명의 노인이 다가가고 있었다.

소림 방장과 화산파의 장문인 태영, 그리고 태청이었다. 그들은 누구도 신분을 알아볼 수 없도록 변복을 하고 짚으로 만든 모자를 눌러쓰고 있었다.

하지만 최대한 속도를 내 하루 만에 무림맹에 도착한 그들은 실망을 감추지 못했다. 그래도 무림맹의 총단이기에 꽤 많은 무사들을 남겨두었으리라 생각했던 것이 무참히 빗나갔던 것이다.

고작 백여 명.

"어찌시겠습니까?"

태영의 물음에 방장이 힘 빠지는 목소리로 대답했다.

"그래도 이곳의 책임자를 만나봐야겠지요."

그러면서 정문을 지키고 있는 백랑대원을 향해 말했다.

"책임자를 만날 수 있겠소? 중요한 일이니 부탁하오."

"누구라고 전해 드릴까요?"

"소림사에서 왔다고 전해주시오."

말과 함께 방장은 잠시 모자를 벗었다가 다시 썼다.

백랑대원이 소림 방장의 얼굴을 알 리 없지만 노승이라는 것은 확인했기에 고개를 끄덕였다.

"잠시만 기다리십시오."

정문을 지키던 백랑대원이 사라지고 난 후, 태청이 물었다.

"이곳 책임자가 과연 우리를 도울 능력이 있을지 모르겠습니다."

"아미타불."

방장도 난감한 표정만 지을 뿐이었다.

잠시 후 처음의 백랑대원이 나와 고개를 숙였다.

"따라오십시오."

그를 따라가자 허물어진 곳을 대충 수리해 놓은 작은 건물에 들어설 수 있었다. 안에는 붉은색을 은은히 발하는 묘한 사내가 있었는데, 방장 등이 들어오자 환대하며 물었다.

"어서 오십시오. 제가 이곳의 책임자인 환사백이라고 합니다. 소림에서 무슨 일로 저를 찾으셨습니까?"

세 노인이 잠시 놀란 빛으로 환사백을 바라보았다. 그중 방장이 확인하듯 물었다.

"혹시 백랑단이라는 용병 집단의 단주가 아니시오?"

"그렇습니다. 우연히 무림맹을 돕게 되었습니다."

"아미타불! 그대의 위명은 많이 들었소."

"별말씀을. 그보다 소림의 뉘신지……?"

그제야 방장이 모자를 완전히 벗었다. 태영과 태청도 마찬가지로 모자를 탁자 위에 올려놓았다.

이번에는 환사백이 놀란 눈이 되었다.

"소림의 방장 대사님이 아니십니까?"

"빈도를 아시오?"

"오래전 먼발치에서 뵌 적이 있습니다. 한데 방장 대사께서 무림맹에 직접 오시다니, 무슨 일입니까?"

방장은 대답 대신 태영과 태청을 소개했다.

"우선 이분은 화산파의 장문인 태영 진인이시고, 이분은 그 사제 태청 진인이라고 하오."

'화산파의 태영 진인까지?'

환사백은 잠시 멍했다. 무슨 일로 구파일방 중 일파를 책임지는 두 수장이 다 쓰러져 가는 무림맹으로 왔는지 알 길이 없었다. 그때 방장이 태청을 지목하며 말했다.

"태청 진인께서 설명해 주시오."

"알겠습니다."

고개를 끄덕인 태청 진인은 그간 있었던 일을 소상이 꺼내기 시작했다.

설명이 끝나자 환사백이 놀란 투로 물었다.

"정말입니까?"

"그렇소. 놀랍게도 구파일방의 인질들은 북경에 있는 장원 지하에 갇혀 있소."

태청의 말에 환사백이 실소를 머금자 방장이 말을 이었다.

"맹주에게 연락을 넣어 도움을 청해주시오. 한시라도 빨리 그들을 구하는 것이 좋을 듯해서 이렇게 찾아온 것이오."

"하지만 맹주께서는 지금 안휘로 돌아가셨습니다. 조만간 고수들을 점거하여 사천으로 향할 것이라……. 연락도 늦어질 뿐더러 연락이 되더라도 상당한 시간이 걸릴 수가 있습니다."

"사천에는 왜 가는 것이오?"

"아직 모르고 계신 모양이군요. 하긴 무림맹도 며칠 전에야 알았으니……."

"……?"

환사백이 낮게 이야기 했다.

"마교의 거점이었던 이곳은 미끼였던 모양입니다."

태영이 의미를 모르겠다는 듯 물었다.

"무슨 소리오?"

"마교의 뿌리를 뽑기 위해 이곳을 공격했는데, 그간 하남

에서 마교에 넘어간 문파만 고수를 파견했을 뿐 정작 마교도
는 없었습니다. 우리를 끌어들인 후 벽력탄으로 이곳을 부술
모양인 것 같았는데, 다행히 선발대가 들이닥치는 바람에 건
물만 파괴되는 것으로 마무리 지어졌습니다.”

“그럼, 사천이 마교의 본거지였다는 말이오?”

“아닙니다. 그간 마교의 뒤를 봐주던 세력과 합쳤습니다.
운남을 시작으로 귀주까지 반란이 일어났습니다.”

“그럴 수가!”

세 명의 노인이 어이없다는 듯 입을 벌렸다.

환사백은 계속 말을 이었다.

“마교는 우리의 관심을 이곳으로 돌려놓고, 정작 정예 부
대는 운남과 귀주에 대기하여 반란도를 이끌었던 것 같습니
다. 마교도의 무공 실력이야 무림에서도 적수를 찾기 힘드니
그들이 앞장서는 반란도를 이끌었다면 그곳 군사들이 막을
수는 없었겠죠. 지금 그들은 사천으로 북상하고 있습니다. 그
래서 맹주께서 관부와 힘을 합치기로 결정하셨고, 이번 기회
에 마교를 완전히 처리하겠다는 결심을 가지고 급히 맹을 떠
나신 겁니다.”

“아미타불! 마교가 그런 식으로 무림을 장악할 계획을 가
지고 있을 줄은 몰랐소!”

태영과 태청도 아직 충격에서 벗어나지 못하고 있었다. 하
지만 일이 그렇게 되었다면 인질들은 어쩔 것인가.

그들에게는 마교를 막는 것만큼이나 인질을 구하는 것도 중요했다.

태영이 물었다.

"그럼, 인질을 구하는데 전혀 도움을 줄 수 없다는 말이오?"

"지금으로서는……."

세 노인은 마음이 급해질 수밖에 없었다. 일이 이상하게 꼬였던 것이다. 마교의 계획이 성공하면 오히려 인질이 무사하겠지만, 만약 무림과 관부가 반란도와 마교를 막아버린다면 인질의 가치가 사라지기 때문이다.

가치없는 인질을 마교가 굳이 살려둘 필요가 없다는 것이 그들의 생각이었다.

방장이 그 이야기를 하자 환사백도 난감한 표정을 지었지만 고개는 좌우로 저어지고 있었다.

"저로서도 어쩔 수 없습니다."

그때 그가 갑자기 생각난 듯 말했다.

"황금문주라면 도움을 줄 수가 있을 겁니다."

방장이 표정을 풀며 급히 물었다.

"황금문주가 아직 이곳에 있소?"

"금의군과 합류하기 위해 두 시진 전에 떠났습니다만, 지금 쫓아가서 설득하면 도움을 줄지도 모릅니다. 그가 데리고 있는 무사들의 실력도 마교도에 전혀 뒤지지 않으니 상당한 힘이 되어줄 겁니다."

방장이 급히 일어섰다.

"아미타불, 고맙소! 이 은혜는 나중에 갚도록 하겠으니 어디로 갔는지 알려주시오."

"공의(鞏義)로 출발했습니다. 거기에서 황실의 군대와 합류하기로 연락을 주고받았습니다. 제가 안내해 드리지요."

방장은 합장을 하며 고개를 숙인 후 태영과 태청에게 말했다.

"어서 갑시다."

순간 태영이 머뭇거렸다. 그것을 이상하게 생각한 태청이 물었지만 태영은 고개를 저었다.

"아, 아닐세."

공의로 가는 길목에서 황금대 일천 명을 숲 속에 숨겨놓은 청명은 대영반을 기다리고 있었다. 정찰조를 보내 길이 엇갈리지 않게 한 그는 허리까지 오는 바위에 앉아 청운검을 손질했다. 그때 정찰을 나갔던 대원 한 명이 다가와 말했다.

"환사백 어르신이 소림사의 방장을 모시고 총대주님을 만나길 원하십니다."

뜬금없는 소리에 청명이 고개를 갸웃거렸다.

"소림사?"

"그렇습니다."

"그들이 왜?"

"자세한 사정은 듣지 못했습니다."

'무슨 일이지?'

방장이 직접 왔다면 뭔가 큰일이 벌어졌으리라는 생각에 청명이 일어서며 말했다.

"모시고 와라."

잠시 후 변복을 한 세 사람과 환사백이 청명에게 다가왔다.

청명은 그들을 향해 포권하며 물었다.

"방장께서 여기는 어쩐 일이십니까?"

"아미타불! 부탁이 있어 찾아왔소."

"부탁이라 하시면……. 무엇입니까?"

그러자 방장이 설명에 앞서 옆의 두 사람을 소개했다.

"이분들은 화산파의 장문인인 태영 진인과 그의 사제인 태청이오."

순간 청명의 표정이 차갑게 식었다. 하지만 그 못지않게 모자를 벗은 태청의 표정도 냉랭해졌다. 놀람이 컸지만 그보다 청명을 만났다는 것, 그리고 자신이 부탁해야 할 사람이 그라는 것이 기가 막혔던 것이다.

놀람과 경악, 그리고 분노가 뒤섞인 태청은 태영을 바라보았다.

태영은 이미 알고 있는 듯했다. 그제야 황금문주가 누구인지 태영이 알고 있었다는 것을 태청은 알 수 있었다. 왜 황금문주를 만나러 가는데 그렇게 주저하는 느낌을 받았는지 이해한 것이다.

“사형!”

태영도 모자를 벗으며 시선을 돌렸다.

화산파와 청명의 분위기가 이상했던 방장이 물었다.

“혹시 안면이 있는 사이시오?”

“……”

잠시 동안이지만 누구도 대답하지 않았다.

태영이 먼저 입을 뗐다.

“마교가 구파일방의 인진들을 잡고 있는 곳을 알아냈다. 그들을 구하고자 하는데, 도와줄 수 있겠지?”

청명은 입꼬리를 말아 올렸다.

“제가 왜 도와야 하죠?”

“네가 무림맹의 일원이라면 당연히 도와야지. 사적인 감정을 개입할 생각인가, 이 중대한 일에?”

“사적이라……. 글쎄요. 굳이 그렇게 말하시면 할 말이 없습니다만, 사실 전 무림맹 소속이 아니라는 걸 밝혀야겠군요.”

방장이 나섰다.

“무슨 소리요?”

“전 맹주와 합의하에 동맹을 맺었을 뿐, 무림맹 소속은 아닙니다. 방장님과 다른 구파일방을 생각해서 도와주고 싶기는 하지만, 지금 제가 해야 할 일이 더 중대합니다. 마교의 처단과 함께 반란군의 진압이 무엇보다 우선시 되고 있습니다. 전 황궁 소속이니까요."

세 노인이 경악한 표정을 지었다.

"황궁?"

"정확히 동창 소속입니다. 이번 마교의 준동을 막은 공은 전적으로 황궁의 힘이 컸다는 것을 알아주셨으면 합니다. 그리고 마교의 배후가 밝혀지기 전이라면 도와드렸겠지만, 지금 그럴 수 있는 상황이 아닙니다. 일의 순서로 따져도 마교와 반란도를 처리하는 일이 우선입니다. 이해해 주십시오."

참다못한 태청이 노기를 담은 목소리로 말했다.

"감히, 어느 앞이라고! 구파일방의 원로들이자, 무림의 명숙들의 목숨이 마교의 처단보다 가볍다는 말이더냐?"

청명은 조소를 흘렸다.

"마교의 처단조차도 가볍다 할 수 있습니다. 가장 우선시 되는 것은 반란도의 진압입니다. 마교의 무림 장악을 막았던 이유도 그 때문임을 명심해 주십시오."

"놈!"

몸을 떨던 태청이 갑자기 마주 웃었다.

"결국 무림맹도 너처럼 황실의 개가 되었군."

"협조라는 좋은 말이 있습니다. 그리고 마교의 개가 되어 무림을 짓밟았던 자들이 누구였는지 잊으셨습니까?"

순간 태청뿐만 아니라 태영, 그리고 소림방장까지 얼굴을 붉게 물들였다.

청명은 방장에게 고개 숙여 사과했다.

"소림에게는 미안한 말이지만 사실을 짚은 것이니 무례하다 하지 마시길 바랍니다."

"아미타불! 아니오, 소림은 무림에 크나큰 죄를 지었소. 어떤 말을 듣는다 해도 지나치지 않소. 하나 지금 시간이 없소. 염치없는 말이지만 도와주시오. 마교가 무너진다면 인질들을 곱게 돌려보내지는 않을 것이오."

청명은 태청과 태영을 힐끔 바라본 후 고개를 저었다.

"죄송합니다."

때마침 정찰조 한 명이 다시 다가와 보고를 했다.

"대영반께서 합천골을 지났습니다. 조금 있으면 이곳에 당도할 겁니다."

"모두 대로로 나가 대기하라고 일러라."

"존명!"

그가 몸을 날리자 청명도 청운검을 챙겼다.

"맹주께 소식은 전할 테니 우선 소림사로 가서 기다려 주십시오."

태청이 차갑게 소리쳤다.

"필요없다!"

그는 매몰차게 몸을 돌렸다. 그 뒤를 태영이 따랐고 소림 방장도 어쩔 수 없이 몸을 돌렸다. 하지만 숲을 벗어나자마자 태영이 걸음을 멈추며 말했다.

"잠시 기다려 주시겠습니까?"

"왜 그러시오?"

"잠시면 됩니다."

태영은 대답 대신 몸을 돌려 다시 청명에게로 갔다.

그때 청명은 환사백과 무언가 이야기를 주고받다 태영이 돌아오는 것을 보고 퉁명스럽게 물었다.

"제게 볼일이 또 있습니까?"

태영이 얼굴을 굳히며 무겁게 입을 뗐다.

"정녕 네 결정에 개인적인 감정이 섞이지 않았다고 할 수 있겠느냐?"

"대답할 필요가 있습니까?"

태영의 눈썹이 꿈틀거렸다. 그는 극도의 인내심을 발휘하는 표정으로 물었다.

"어찌하면 우리를 도와주겠느냐?"

"방법은 없습니다."

그러면서 몸을 돌려 환사백에게 말했다.

"가시죠."

그때 갑자기 '쿵' 하는 소리가 울렸다.

청명과 환사백이 뒤를 돌아보자 소리가 난 이유를 알 수 있었다.

청명이 인상을 구겼다.

"부탁하마, 도와다오."

태영은 무릎을 꿇은 채 고개를 숙이고 있었다.

"내 얼굴을 봐서 도와달라는 말은 아니다. 나와의 악연 때문에 정녕 화산의 원로들을 그냥 놔둘 생각이더냐? 네가 화산에서 겪은 일은 모두 내가 행한 일이다. 나만 미워하면 될 터, 어찌 그들을 져버리려 하느냐?"

"전……."

다음 말이 태영의 가슴을 파고들었다.

"화산 도인들 전부를 파문시켰습니다. 이제 내게는 동문이 없습니다."

태영의 두 눈이 떨렸다. 그는 힘겹게 입을 열었다.

"도와다오."

하지만 청명은 더 이상 뒤돌아보지 않았다.

"정말 무시할 생각인가?"

숲을 빠져나오며 환사백이 물었다.

청명은 대답하지 않았다. 대답할 가치도 없다고 생각했던 것이다.

"무슨 일인지는 모르겠지만 장문인이 무릎을 꿇었다는 것은 화산이 자네에게 무릎을 꿇었다는 것과 같지 않을까? 그냥 들어주지 그러나? 어차피 구파일방을 도와야 하지 않은가."

“말했지만 마교의 배후가 들어나기 전이었다면 그랬을 겁니다. 하지만 지금은 사정이 다릅니다. 도와줄 시간과 여유가 전혀 없으니까요. 굳이 그들을 돕기 위해 힘을 분산시킬 필요가 있을까요?”

환사백은 혀를 차며 고개를 절레절레 흔들었다.

“보기보다 더 매정한 놈이군.”

“적어도 저를 벼랑 끝으로 내몬 자들을 도와줄 정도로 성인군자는 아니죠.”

“아무리 말해도 소용없겠군. 그럼 가게. 나도 무림맹으로 돌아갈 테니까.”

“수고해 주십시오.”

그때 환사백이 마지막으로 말했다.

“아, 인질이 있는 곳은 북경에 있는 장원이라고 하더군.”

“…….”

청명이 환사백을 바라보았다.

환사백은 뒤돌아 걸어가며 손을 흔들었다, 흡사 청명의 마음이 흔들리기라도 한 듯.

청명은 그것이 못마땅했다.

하지만 분명한 것 하나가 생겼다. 환사백이 말해준 정보 때문에 그간 담아두고 있었던 의문이 어렴풋이 풀리고 있었던 것이다.

“북경이라…….”

자금성이 있는 곳이었다.

'마교는 분명히 운남과 귀주에서 반란군과 함께 있을 텐데……'

왜 인질은 정반대인 북경에 잡아두고 있었던 걸까?

청명은 급히 탁일항이 있는 곳으로 달렸다. 확인할 것이 있어서다.

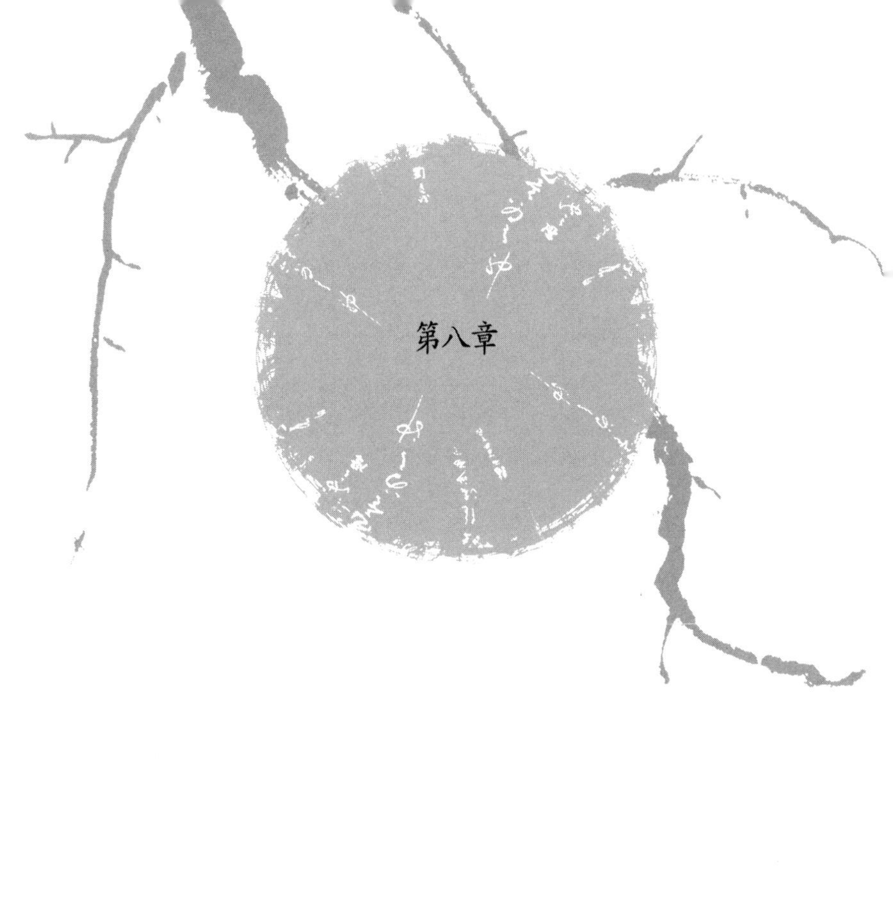

第八章

第八章
음모의 실체

"미끼를 물었습니다. 모든 관심과 시선이 사천으로 향하고 있습니다."

"잘됐군. 조만간 힘든 투쟁이 시작되겠지만 태인께 조금만 버티라고 전하라."

"존명!"

    *   *   *

"금의군이 총 얼마나 빠져나왔지?"

"삼만의 정예 부대라 들었습니다. 마교가 관여되어 있다는 사실을 가금후 도독께서 폐하께 알리시어 따로 금의위 고수들도 이번 반란군 토벌에 투입될 것이라 했습니다.”

“그럼 도성(都城)의 경비는 텅 비었겠군.”

“동창이 투입될 것이니 걱정할 필요없습니다.”

잠시 생각하던 청명이 물었다.

“자네는 누구에게 충성을 하는 건가?”

“무슨 말씀입니까?”

“동창 소속으로써 황실에 충성을 하는 건지, 아니면 가금후 도독께 충성을 하는 건지 묻는 거야.”

여태껏 거기까지 생각해 보지 못한 모양이었다. 한참을 뜸들이던 탁일항이 떠듬거렸다.

“저, 저는 어릴 때 황궁에 발탁되어 무공 수련을 통해 지금에 이르렀습니다. 갑자기 물으시니 뭐라 대답해야 할지……. 굳이 말해야 한다면 상급자의 지시에 따르는 것이 제 본분이라 하겠습니다.”

“도독의 명과 내 명이 다르다면 누구의 명을 따를 생각이지?”

“……?”

고민하는 듯 대답을 못하고 있는 탁일항을 향해 청명은 확신이 선 듯 말했다.

“난 지금부터 반란군 토벌에 빠질 생각이야.”

탁일항이 놀라 물었다.

“무슨 말씀입니까? 금의위 대영반께는 어찌 보고를 하려고…….”

“어차피 황금대의 합류 인원에 대한 보고는 하지 않았으니 숫자에 문제를 삼지는 않겠지.”

“황금대도 빼실 생각이란 말씀입니까?”

“오백 명. 그리고 당가에서 받은 섬전활 오백 개까지.”

“도대체 왜 그러시는 겁니까?”

“미심쩍은 곳이 있어. 아, 그리고 지금 이 말은 비밀로 해두게. 남은 황금대원들에게도 가금후의 비밀명이 있으니 함구하라고 말해두고.”

“가금후 도독께서 따로 지시를 내리신 겁니까?”

“자네는 단지 그렇게만 알고 있으면 돼. 누구에게도 발설하지 않아야 해. 가금후 도독께도 보고를 하지 말게, 당분간은. 약속할 수 있겠지?”

“이유를 말씀해 주신다면 그리하겠습니다.”

청명은 간단히 대답해 주었다.

청명이 오백 명의 황금대원을 이끌고 떠난 후, 탁일항은 손에 들린 서신 하나를 바라보았다. 청명이 가기 전에 급히 써 준 서신이었다.

“정혜공주께 전하라니……. 도대체 무슨 생각이시지?”

내용이 궁금해 뜯어보고 싶었지만 차마 그러지 못한 그는 품속에 서신을 넣었다.

오백 명의 황금대원이 청명을 따라 급히 무림맹으로 달려가고 있었다. 쉬지 않고 달린 덕분에 다음날 이른 아침에 무림맹에 도착한 청명을 보며 환사백이 미소를 지었다.

"이렇게 될 줄 알았지."

청명의 눈이 가늘어졌다.

"무슨 말입니까?"

환사백은 여전히 미소를 지으며 의미 모를 소리를 했다.

"매정하다고 한 말은 정정하지."

"화산파를 돕기 위함이 아닙니다."

"누가 그렇다고 했나? 아무튼 이곳에 온 걸 보니 내 도움도 필요한 모양이지?"

"어차피 이곳을 지키는 것은 의미가 없으니 저와 함께 가 주십시오."

환사백이 고개를 끄덕이며 말했다.

"그럼 빨리 움직여야 할 걸세. 지금쯤 방장께서 소림사에 도착했을 테니까. 아니, 벌써 떠났을지도 모르겠군."

"소림 혼자 북경으로 간다고 했습니까?"

"별수있겠나? 하남에서 마교에 넘어가지 않았다고 장담할 수 있는 문파가 없으니 함부로 도움을 요청할 수도 없는 입장이지. 그렇다고 다른 구파일방에 도움을 요청하려면 시간이 걸릴 테니까. 아무튼 이각 정도만 기다리게. 대원들에게 떠날 준비를 시키겠네."

*　　　*　　　*

소림에서 오백여 명의 무승이 어둑한 새벽, 밤이슬을 맞으며 조용히 숭산을 벗어났다.

혹시 마교의 첩자가 깔려 있을까 우려해 최대한 은밀히 움직인 그들이었다. 당연히 화산에서는 태영과 태청이 합류했고, 젊은 도인들 중에서도 실력이 꽤 출중한 열 명을 합류시켰다.

그렇게 낮에는 산길로 밤에는 어둠을 틈타 대로로 빠르게 움직인 그들은 보름 만에 북경에 도착할 수 있었다.

"저곳입니다."

삼경초(三更初), 자금성에서 오십여 리 떨어진 거대한 장원을 향해 태청이 손을 들어 가리켰다.

방장이 바라보며 감탄했다.

"확실히 묘한 구조를 가진 것이, 인질을 숨겨둘 만한 곳이오."

"진법으로 둘러쳐져 있어 그런 느낌이 드는 것입니다. 통로는 정문과 후문밖에 없습니다."

"결국 뚫고 들어가는 수밖에 없다는 말이구나."

태영의 말에 태청이 고개를 끄덕였다.

"언제 공격하실 계획입니까?"

"사경(四更) 이후에 기회를 봐서 하는 게 좋겠다. 방장께서는 어찌 생각하십니까?"

방장도 동의했다.

"그렇게 하도록 합시다."

의견을 맞춘 그들은 다시 소림승들이 숨어 있는 곳으로 이동했다. 숨죽이며 장원에서 십여 리 떨어진 건물 사이사이에 몸을 숨긴 그들은 기회를 기다렸다. 자금성에서 의외의 일이 벌어지고 있는지도 모른 채.

*　　　*　　　*

금의위랑 양자건은 비상사태에 대비하여 금의위 위사들에게 제일 경계 상태를 명했다. 반란 때문에 도성에 주둔 중인 금의군 대부분이 떠났고, 자금성을 지키는 금의위 위사들 또한 상당수 빠져나갔기 때문이다. 반란이 수천 리 떨어진 곳의 일이라지만 그래도 방심은 금물이었다.

"특별 사항은?"

반 시진마다 성 외곽을 돌며 직접 경계 상태를 확인하는 양자건을 향해 정문을 지키던 위사가 딱딱한 어조로 답했다.

"없습니다."

252

"한시의 흐트러짐도 없어야 한다."

"존명!"

그때였다. 성문 밖에서 나직한 목소리가 들려왔다.

"누군가 접근하고 있습니다."

양자건이 물었다.

"누구냐?"

"아직 알 수 없습니다. 여러 명인 것 같습니다."

양자건의 인상이 구겨졌다.

"이 밤에 황궁에 누가?"

그러자 시야가 확보되는 거리까지 상대가 접근했는지 다시 문밖에서의 목소리가 있었다.

"도독께서 오십니다."

"도독?"

"네. 가금후 도독이십니다."

"가금후 도독께서?"

의아했던 양자건이 성문을 열게 했다.

그는 직접 밖으로 나가 다가오는 가금후를 기다렸다.

잠시 후 말고삐를 당긴 가금후 도독을 향해 양자건이 포권했다.

"도독께서 이 밤중에 황궁엔 무슨 일이십니까?"

십여 명의 무사를 달고 온 가금후가 무슨 소리 하냐는 듯 물었다.

“보고를 받지 못했더냐?”

“보고라고 하심은…….”

“폐하께서 급히 나를 부르셨다.”

양자건의 고개가 갸우뚱거려졌다. 황실의 출입 보고는 하찮은 것이라도 그에게 보고가 올라오게 되어 있었다. 설사 개미새끼 한 마리도 그의 허가없이는 들어올 수 없는 곳이다. 한데 자신도 모르는 출입이 허가되었다는 것이 이해가 가지 않았다.

“폐하께서?”

이상했던 그가 물었다.

“언제 폐하께서 도독을 부르셨습니까? 저는 보고를 받지 못했습니다.”

순간 가금후 도독이 씨익 미소를 지었다.

양자건은 검을 잡았다. 상대의 미소 속에 섞인 살의를 느꼈기 때문이다.

스릉!

검신이 차가운 검명을 토해냈다. 하지만 검을 완전히 뽑아냈을 때, 그의 머리는 이미 땅에 떨어져 있었다.

가금후는 피 묻은 검을 떨치고는 그대로 성안으로 말을 몰았다. 주위에 있던 십여 명의 무사가 금의위 위사들을 덮친 것과 동시였다. 곧이어 정문의 소란을 신호로 멀리서 마기를 풍기는 수많은 괴사내들이 빠르게 자금성으로 몰려와 난입했다.

*   *   *

쉬이익!

첫 번째로 움직인 사람은 소림의 방장이었다. 꽤 먼 거리를 도약하여 장원의 정문으로 근접한 그는 쌍장을 뻗었다.

방장이라는 이름에 걸맞게 그의 손이 적색으로 물들었다. 곧이어 손과 정문이 부딪치고 문이 요동을 쳤다. 하지만 놀랍게도 큰 소리가 나지 않았다.

방장의 인상이 구겨졌다. 무음 속에 어떤 것도 바숴 버린다는 수영신장(手影神掌)이 정문을 흔들었을 뿐, 부수지 못했던 것이다.

결국 방장은 수영신장을 거두고 역근경을 기반으로 한 금사장(金砂掌)을 펼쳤다. 칠십이절예 중 하나인 그것이 막강한 내력을 보유한 방장의 손에 펼쳐지자 소림무학의 신기가 증명되었다.

콰콰쾅!

단지 두 손만으로 문 전체를 가루로 만드는 모습을 바라본 태영이 고개를 끄덕였다.

'과연 방장 대사로구나!'

구파일방을 통틀어 무당의 장거이 장문인 다음으로 무공

이 고강하다는 그 실체를 실감한 그는 급히 손을 흔들었다. 그러자 대기하고 있던 소림승들과 화산의 제자들이 장원을 향해 빠르게 달려들었다.

그런데 느낌이 이상했다.

가장 선두에 섰던 방장이 멈춰서고 태영과 태청도 움직임을 뚝 멈췄다. 장원을 한참이나 들어왔음에도 적들의 반응이 없었던 것이다.

장원의 중앙 공터에서 주변을 둘러보던 방장이 걱정스럽게 물었다.

"어찌 된 일이오? 이곳이 맞소?"

정문이 부서지는 큰 소리만으로도 사람들이 나와 볼 만한데, 아무도 보이지 않자 경계심이 극도로 곤두설 수밖에 없었다.

태청이 고개를 끄덕였다.

"분명히 이곳이 맞습니다."

"설마 태청 진인께서 도주하자 장소를 옮긴 것은 아니오? 아니면 이미 반란에 투입하기 위해 운남으로 이동했거나."

그럴 가능성도 없지는 않았다. 하지만 그 많은 인질들을 어디로 옮길 수 있을까?

차라리 모두 죽이고 운남으로 가는 것이 더욱 쉬울 것이다.

모든 사람들이 가장 일어나지 않았으면 하는 바람 쪽으로 생각이 기울고 있었다. 하지만 그렇지 않은 모양이었다. 그

확신은 어디선가 들어오는 목소리로 알 수 있었다.

"모두 무사하니 안심하시오."

내력 실린 목소리가 은은히 장원을 울렸다.

방장 등은 소리의 출처를 쫓아 시선을 돌렸다.

공터 정면에 위치한 삼층 건물 지붕 위에 있었다.

태영이 물었다.

"그대는 누군가?"

달빛을 후광으로 끼고 있는 사내가 빈정거렸다.

"이곳에 왔다면 대충 짐작을 했을 텐데?"

"마교?"

"그렇소. 과연 생각한 바를 벗어나지 못하는구려."

태청이 노한 목소리로 외쳤다.

"무슨 소리냐?"

사내는 대답 대신 손을 펄럭였다. 그러자 갑자기 조금 전까지 기척도 감지할 수 없었던 적들이 사방에서 모습을 드러냈다. 마기를 극도로 풍기는 그들은, 그 분위기만으로도 극강의 고수임을 드러내고 있었다.

지붕 위의 사내가 입을 열었다.

"꽤 많은 수의 고수들이 오리라 예상했더니……. 이럴 줄 알았다면 굳이 함정을 팔 필요도 없을 뻔했소이다."

"너는 마교의 누구냐?"

"황마!"

“마교의 팔대장로?”

태청의 물음에 황마 장로는 고개를 끄덕이며 짧게 명했다.

“멸(滅)!”

순간 사방에 깔린 마교의 고수들이 소림과 화산파를 향해 달려들었다.

이번에도 방장이 먼저 움직였다. 마기의 역공이라 할 수 있는 항마철공(降魔鐵功)을 이용해 소림의 무학이 그의 몸에서 시전되었다.

태영과 태청도 지지 않고 달려드는 마교도를 상대하기 시작했다. 실제 무공에서는 오히려 장문인인 태영보다 태청이 좀 더 우위에 있었다.

하지만 그들의 분발에도 전세는 급격히 기울어졌다. 오백여 명의 무승과 열 명의 화산파 제자들의 실력이 아무래도 마교의 고수들에 비해 상당히 떨어졌기 때문이다. 기실 떨어진다기보다는 마교도들의 능력이 월등히 뛰어났다고 봐야 했다.

퍼퍽!

장력을 맞고 쓰러지는 소림승을 넘어 마교도가 또 다른 소림승을 향해 달려들었다. 얼마 지나지도 않았는데 쓰러지는 소림승들은 하나둘씩 늘어나기 시작했다.

삽시간에 대형이 무너지고 이리저리 내몰려 피를 쏟아내는 무승들. 그러나 그들은 그나마 나았다.

화산파의 상태는 더 심했다.

전투가 벌어진 지 일각 만에 열 명의 제자가 모두 바닥에 쓰러져 있었던 것이다. 다만 태청과 태영만이 힘겹게 마교도를 상대하는데, 그들 또한 오래 버티지 못할 듯 힘겹게 무공을 펼치고 있었다.

＊　　　＊　　　＊

"아직인가?"

북경에 도착하자마자 오십여 명의 대원을 풀어 소림사의 무승들이 있는 곳을 찾던 청명이 물었다.

제오소대주 추몽인이 급히 대답했다.

"시간이 좀 걸릴 듯합니다."

"분명히 우리보다 하루, 이틀은 먼저 도착했을 텐데……."

"중간에 변고가 생긴 것은 아닐까요?"

"그럴 가능성이 있을까?"

그때 멀리서 황금대원 한 명이 급히 다가왔다. 그는 지체하지 않고 보고했다.

"북경 서쪽에 있는 장원에 있습니다."

"장원?"

"그렇습니다. 마교도와 교전을 벌이는 것으로 보아 그곳이 인질을 가둔 장소인 모양입니다."

259

“형세는?”

“마교의 함정에 빠졌습니다.”

“기다리고 있었다는 말이군.”

“자세한 정황은 모르겠으나 상당히 위급합니다.”

청명이 추몽인에게 명했다.

“대원들에게 섬전활을 사용할 준비를 하라고 일러라.”

“존명!”

이번에는 보고를 올린 대원에게 명했다.

“아직 오지 않은 대원들은 네가 기다렸다가 장원으로 데리고 와라.”

“존명!”

잠시 후 북경 남쪽에서 서쪽으로 수백 명의 황금대 고수들이 지붕을 넘나들며 이동을 시작했다.

*　　　*　　　*

태청은 점점 수가 줄어가는 소림승들을 보며 온몸에 힘을 주었다. 소림의 나한진 때문에 그나마 버티고는 있으나 이대로 가다가는 모두가 쓰러지리란 생각은 변함없었다.

쉬이익!

그의 검에 경기가 일며 마교도 하나의 목을 노리고 횡으로 그어졌다. 하지만 마교도의 실력은 상상대로 막강했다. 일 대

260

일로 대결을 했어도 쉽게 제압할 수 없는 실력자였다. 하물며 그런 자들이 사방에 깔려 틈틈이 기회를 노리고 있으니 제대로 공격이 먹힐 리가 없었다.

태청은 이를 갈았다.

어차피 시간이 지난 후에 바닥에 누워 있을 자신을 생각하자 화가 치밀었던 것이다. 동문들의 복수를 하지도 못하고 허무한 희생만 하게 생겼으니…….

순간 그의 몸에서 극도의 정기가 쏟아져 나왔다.

조금 더 버티기보다는 차라리 몇 명이라도 더 죽이기 위해 모든 진기를 뽑아낼 생각이었다.

검에서 검기가 더욱 짙어지고 두 눈에서 불꽃이 튀었다.

그는 그대로 정면에 있는 마교도를 찔렀다.

쿠아앙!

검기가 허공을 가르며 파공음을 쥐어짰다.

마교도가 검을 틀어 올려 막았다. 하지만 검은 태청의 검을 제대로 틀어내지 못하고 오히려 튕겨 나갔다.

태청의 검은 그대로 마교도의 심장을 찔렀다.

"크악!"

마교도가 피를 뿜으며 쓰러지자 태청은 상대를 바꾸었다. 이번 한 번의 공격으로 상당히 피로감을 느꼈지만 멈추고 싶지 않았다.

쿠앙! 쿠앙!

검을 한 번씩 휘두를 때마다 귀를 괴롭히는 괴음이 터졌고, 마교도들이 넷이나 쓰러졌다.

지붕 위에서 즐겁게 함정에 빠진 소림을 바라보던 황마가 태청에게로 시선을 돌렸다.

'동귀어진이라도 하겠다는 건가?

그의 미소가 더욱 짙어졌다.

"하긴 어차피 죽을 목숨. 한 놈이라도 더 죽이고 죽고 싶겠지."

하지만 그는 그것을 그냥 지켜보고 싶은 생각이 없었다.

휘릭!

그의 신형이 그대로 지붕 아래로 떨어져 내렸다. 수직으로 떨어지는 그의 신형이 막 땅에 닿으려 할 때 갑자기 앞으로 섬전처럼 쏘아져 나갔다.

곧이어 태청의 앞에 나타난 그는 태청의 검을 한 손으로 막아버렸다.

쾅!

태청의 몸이 흔들리며 뒤로 몇 걸음 물러섰다.

태청의 눈이 붉게 충혈되었다.

"이놈!"

그는 분노한 듯 황마에게 검을 내질렀다. 하지만 황마는 간단하게 그의 공격을 뿌리치고는 일장을 태청의 가슴을 향해 뻗었다.

화르륵!

순간적으로 손이 불타오르듯 열기를 내뿜으며 태청의 가슴에 부딪쳤다.

꽝!

북치는 요란한 소리와 함께 태청은 뒤로 날아갔다.

황마는 웃으며 훌쩍 태청이 쓰러진 곳으로 몸을 날렸다.

신음하는 태청을 보며 마지막을 장식하려는 듯 황마가 손을 들었다. 그때, 태청의 위험을 보고 태영이 달려들었다.

쾅!

황마의 일장과 태영의 검이 부딪쳤다.

황마가 두어 걸음 물러서며 태영을 바라보았다.

"무리를 하는군."

"닥쳐라!"

말과 함께 태영이 매화삼검(梅花三劍)을 펼쳤다.

황마는 망연히 그 모습을 감상하다가 혀를 찼다.

"고작 그따위를 가지고."

그는 검망으로 둘러쳐진 태영의 검로를 뚫고 그 속으로 파고들었다. 순간적으로 움직인 신법의 오묘함에 놀란 태영이 급히 황마의 목을 베려했지만 이미 기력이 상당히 떨어진 상태였다.

캉!

강철에라도 부딪친 듯, 황마의 팔을 두들긴 검이 튕겨 나오며 그 반동으로 검을 놓친 태영이었다.

황마는 그대로 태영의 목을 잡았다.

"크윽!"

숨이 콱 막히는 고통에 태영은 본능적으로 자신의 목을 잡은 황마의 오른팔을 잡아 틀었다. 하지만 요지부동. 꿈쩍도 하지 않는 황마의 팔을 잡고 바동거렸을 뿐 벗어날 수가 없었다.

황마는 그대로 태청을 향해 걸어갔다.

정신을 차린 태청은 급히 일어나 태영을 구하기 위해 수영(手影)을 펼쳤다. 그러나 황마에게는 어림없는 짓이었다. 한 손으로 태청의 모든 공격을 무위로 돌리더니 마지막으로 턱을 가격했다.

퍽!

힘없이 다시 쓰러진 태청의 몸을 황마가 밟았다. 태청이 옴짝달싹하지 못하게 밟은 황마의 발에 서서히 힘이 들어갔다.

"크으윽!"

태청은 몸에 힘을 주어 힘에 대항하기 시작했다. 하지만 그럴수록 황마의 발은 더욱 강하게 아래로 압박을 가해왔을 뿐이다.

방장이 그것을 보고 구하려 했다. 하지만 그것은 마음뿐, 몸을 쉽게 빼내질 못했다. 그가 빠지면 지금 펼치고 있는 진법이 무너지기 때문이다.

황마는 즐기듯 태영과 태청을 번갈아 보며 고통을 주고 있었다. 벌레를 짓이기는 아이와 같은 미소가 광기로 사로잡혀 있었다.

"일파의 장문인을 이렇게 죽이게 되어 미안하다."

말을 하던 그의 손과 발에 더욱 힘을 주었다. 그러자 저항하던 태청과 태영의 몸에서 힘이 서서히 빠져가기 시작했다. 그때였다.

막 태청의 가슴을 부수려던 황마의 발이 급히 들렸다.

쉬릭!

극히 미세한 소리가 그의 발이 있던 자리를 스치고 지나갔다.

황마는 어떤 물건, 암기라고 생각되는 무언가가 그의 발을 스치자 시선을 돌렸다. 하지만 그것이 정확히 무엇인지 확인할 수가 없었다. 비스듬히 위에서 아래로 지나갔던 것이라 바닥에 있어야 할 텐데, 작은 구멍만 존재했던 것이다.

황마의 인상이 구겨졌다. 아무리 강한 활과 쇠뇌도 땅을 뚫지는 못한다. 그것은 응집력의 힘 때문이었다. 아무리 하찮은 흙이라도 뭉치면 어떤 방어벽보다 강한 것이다. 그런데 좀 전의 무언가는 땅을 뚫고 형체를 감춰 버렸다.

만약 피하지 않았다면 상처를 남기는 정도를 넘어 다리가 관통당했을 것이다.

그는 시선을 돌려 무언가가 날아온 곳을 바라보려 했다. 하지만 그럴 시간이 없었다.

그는 다시 태영의 목을 놔주었다. 이번에는 팔을 향해 무언가가 빠르게 다가왔던 것이다.

조금 전과 같이 무언가는 너무 빨라 볼 수조차 없었고, 그것은 조금 더 먼 땅을 뚫고, 역시 형체를 감춰 버렸다.

황마는 그제야 시선을 완전히 돌렸다. 누가 이따위 암기를 사용했는지 확인할 수 있었다. 물론 정확히 상대가 누군지 파악할 수는 없었다. 자색으로 물든 인영이 그의 눈에 확대되어 왔기 때문이다.

자색 빛을 뚫고 채찍 같은 것이 황마의 전신을 노렸다.

황마는 급히 손을 떨쳤다. 그러자 채찍이 황마의 손을 포박하듯 칭칭 감아버렸다.

황마는 그대로 손에 힘을 주었다.

파파팟!

채찍, 각편검의 실이 그대로 끊어져 각편검의 파편이 사방으로 튀겼다.

"감히 누가……!"

그는 채 말을 잇지 못했다.

각편검이 터지자마자 자색의 신형이 주먹을 내질렀던 것이다.

픽!

부지불식간 상대에게 턱을 내준 황마의 고개가 획 돌아갔다. 이어지는 복부의 고통.

픽!

자색의 사내는 황마의 배를 무릎으로 찍고, 숙여지는 황마의 등을 주먹으로 두들기더니, 다시 무릎으로 얼굴을 쳐올렸다.

순식간에 네 대를 맞은 황마가 주춤주춤 뒤로 물러서는데도 자색의 사내는 멈추지 않았다. 급히 따라붙으며 팔꿈치로 황마의 턱을 다시 가격했고, 균형을 잃어 힘없이 몸이 돌아가는 황마를 반대 손으로 잡아 고정시킨 후 발로 턱을 차올렸다.

픽!

털썩!

황마는 그대로 바닥에 넘어가 버렸다.

"크윽!"

신음하며 일어선 그가 상대를 바라보았다.

"어떤 놈이……."

그는 또 말을 잇지 못했다.

"너, 너는… 청명?"

청명이 고개를 갸웃거리다 알겠다는 듯 웃었다.

"마교도가, 그것도 상층부의 인물이 날 알고 있다? 역시 그렇군."

황마가 천천히 일어섰다.

“뭐가 그렇다는 것이냐?”

“마교도가 얼굴만 보고도 날 알아본다는 것은 뻔하지.”

황마도 웃었다.

“그렇군. 예상하고 있었던가? 어떻게 알았지?”

그는 시간을 끌기 위해 일부러 말을 걸었다. 사실 처음의 타격 때문에 내상을 입었던 탓이다. 그리 큰 내상은 아니었지만, 문제는 내공이 상당수 흩어져 버렸다는 것이다.

그는 다시 내공을 끌어올릴 시간을 벌려 하고 있었다.

청명이 대답했다.

“처음부터 반란도를 잡기 위해 무림 일에 끼어든다고 할 때부터 수상했었지. 하지만 그리 틀린 말도 아니라 협조하기는 했는데 이상하게 황궁의 그 뛰어나다던 동창의 정보력이 무림보다 뒤쳐진다는 느낌을 받았거든. 중원의 자금의 이동까지 감찰한다는 동창이 그렇게 둔할 리가 없잖아? 누군가가 중간에 정확한 정보 활동의 움직임을 파악하고 방해하지 않는다면.”

청명이 비소를 머금었다.

“확신을 얻은 것은 이 장원을 보고나서부터지. 이곳은 황궁의 비밀 장원. 그런데 이런 곳에 구파일방의 인질이 잡혀 있다면 뻔한 것 아닌가? 마교가 황궁에 깊숙이 관여하고 있다는 것. 그리고 황제의 눈과 귀를 가릴 만한 위치에 있다는 것.”

“한 가지를 잊었군.”

“……?”

“이미 계획의 거의 성공했다는 거지.”

청명은 여전히 비소로 일관했다.

“황궁을 말하는 모양인데, 사천으로 북상하는 반란도에 합류하지 않고 이곳에 그대로 마교가 있다는 것만으로도 대충 네놈들의 계획을 파악했지.”

“하나 늦었다. 지금쯤 황궁이 점거되었을 것이다.”

“계획을 알고 있는데 내가 아무런 대책도 마련하지 않고 이곳에 왔을까?”

황마의 미소는 사라져 있었다. 하지만 다시 웃었다.

“허풍이 심하군!”

그는 어느 정도 내력이 돌아오자 온몸에 힘을 주었다.

“차라리 살려달라고 빈다면 네놈의 일은 없었던 것으로 해주지. 대마께서 네놈을 꽤 마음에 들어하셨거든.”

“대마라면 역시 가금후 도독이겠지?”

“달리 누가 있을까? 어떤가? 우리와 함께 천하를 호령하고 싶지 않은가?”

청명은 간단히 대답하며 청운검을 뽑았다.

“싫다.”

황마가 가소롭다는 표정을 지었다.

“네놈 혼자 무엇을 할 수 있다는 말이냐?”

청명은 그의 물음에 손을 들어 대답했다.

순간 사방에서 황금대 수백 명이 지붕 위로 모습을 드러냈다. 하지만 황마는 여전히 여유만만했다.

"저 숫자로 나와 이곳에 있는 마교의 정예를 상대하겠다고?"

"그건 정면으로 부딪쳤을 때 이야기지."

청명의 손이 아래로 떨어졌다. 그 순간 황금대 수백이 공터로 몸을 내리며 마교도를 덮쳤다.

마교도도 지지 않았다. 소림승들을 버려두고 사방에서 밀려오는 황금대를 맞아 싸우기 위해 전의를 불살랐다. 하지만 그들은 무기를 섞기도 전에 상당수가 죽어야 했다.

피피픽!

수백 개의 섬전활이 시위를 풀었다.

지척까지 다가온 마교도들을 향해 쏘는 섬전활은 빗나가는 것이 없었다. 게다가 한번 쏘고 다시 시위를 당기는 귀찮은 과정도 없이 지속적으로 날리는 기기였으니…….

검 한 번 제대로 날려보지 못하고 몸에 구멍이 뚫려 죽어나자빠지는 마교도들이 삽시간에 수백은 넘겼다.

섬전활의 성능에 놀란 마교도들이 몸을 불규칙하게 움직이기 시작했다. 상대가 목표를 잃게 만들려는 움직임이었다. 하지만 마교도 만큼이나 능력과 무공이 고강한 황금대였다. 마교도의 움직임을 놓치지 않기 위해 그들 또한 빠르게 움직였다.

 장거리 공격에서 힘을 발휘하는 활이 집단 난전에서 더 큰 힘을 발휘하는 순간이었다.

 그것이 가능한 것은 역시 시위를 당길 필요 없이 부속품 하나만 손가락 하나로 움직이면 어김없이 암기를 뿜어내는 섬전활의 묘용과 휴대가 편할 정도로 작은 암기의 크기 때문이었다. 사방이 적과 아군으로 뒤덮여도 쉽게 겨냥할 수가 있었던 것이다.

 황마의 표정이 더욱 구겨졌다.

 순간 그가 청명을 향해 달려들었다.

 청명이 미소를 지었다. 그것이 마음에 들지 않았던 황마가 일갈을 터뜨렸다.

 "격참!"

 그의 손에서 푸른빛이 맺혔다. 하지만 그는 청명에게 다가가질 못했다. 청명이 웃으며 허리 뒤에 매달린 섬전활을 꺼내 들었기 때문이다.

 파파파팡!

 섬전활에서 소리를 자아내며 암기가 쏟아져 나갔다.

 황마는 요리조리 피하느라 정신이 없었다. 아무리 자신의 내공이 고강하다지만 섬전활을 가까운 거리에서 맞으면 큰 상처를 입을 수밖에 없다고 생각했던 것이다.

 그때 청명도 신법을 전개하여 황마의 움직임을 따르기 시

작했다. 가만히 서서 사방으로 빠르게 이동하는 적을 쏘는 것
보다 같은 방향으로 움직이며 쏘는 것이 적중률이 훨씬 크기
때문이다.

보통 활이었다면 겨냥하는 동작이 흔들려 오히려 적중률
이 떨어지겠지만, 황마에게는 불행하게도 섬전활은 그런 문
제점이 없었다. 그냥 들고 손가락만 까딱거리면 끝이었으니
말이다.

푹 !

강력한 호신강기로 몸을 보호하고 있음에도 허리에 따끔
한 통증을 느낀 황마가 몸을 틀었다. 그때 다시 어깨에 통증
이 느껴졌다. 그 또한 스친 것뿐인데 상당한 통증이 동반되었
다.

"크읍!"

고통을 참은 황마는 급히 방향을 틀었다. 이대로는 도주를
할 수가 없을 것 같아서였다.

그가 움직인 곳은 태청이 있는 곳이었다.

힘겹게 몸을 지탱하고 있는 태청에게 다가간 황마는 그의
몸을 제압해 자신의 몸을 방어했다.

섬전활로 황마를 끝내려 했던 청명이 주춤거렸다.

황마가 음침한 미소를 흘렸다.

"무기를 버려라."

태청은 움직이려 했지만 황마의 힘을 뿌리치지 못했다.

황마는 그런 태청을 더욱 힘주어 잡으며 한 손으로 목을 틀어쥐었다.

"이자가 죽어도 좋다는 건가?"

황마의 손에 힘이 들어가자 태청의 얼굴이 붉게 상기되었다.

청명의 표정이 굳었다.

이 순간 옛 기억이 떠오르는 것은 왜일까?

혈음나찰의 인질이 되어 절망에 빠졌을 때, 외면하던 태청과 태영의 얼굴이 머릿속을 스쳐 지나갔다.

청명은 태청을 바라보았다. 이미 포기한 듯 그는 두 눈을 감고 있었다.

황마가 더욱 태청의 목을 틀자 청명이 섬전활을 바닥에 던졌다.

"쫓아오지 않는다면 놓아주지."

청명이 고개를 끄덕이자 황마는 급히 신형을 날렸다. 태청도 같이 안았는데, 지붕 위로 올라서자 태청을 아래로 던지며 사라져 버렸다. 그때 마교도들의 저항은 이미 힘을 잃은 상태였다.

第八章

황실 장악

"무슨 일인가?"

온화한 목소리가 방 안을 가로질러 들렸다. 황제의 침소에
서였다.

문밖에 서 있던 환관 조완도 사정을 몰라 급히 고개를 조아
렸다.

"소인도 모르겠사옵니다. 잠시만 시간을 주시면 알아 오겠
나이다."

그는 급히 밖으로 걸음을 옮겼다. 하지만 그는 다시 황제
앞에 나설 수 없었다. 밖으로 나오기 바쁘게 검은 무복을 입
은 차가운 사내에게 목을 줘야 했기 때문이다.

“전 건물을 확보했습니다.”

황제의 침소에서 걸어나오는 환관을 일검에 베어버린 사내가 가금후를 향해 고개를 숙였다.

가금후의 입에서 음침한 웃음이 흘러나왔다.

“그럼 이제 이곳만 남은 것인가?”

“그렇습니다. 어찌 처리할까요?”

“잠시 기다려라. 그전에 할 일이 있다.”

“하명하십시오.”

“생포한 군사들을 모두 지하에 감금하고, 황제의 가솔을 모두 끌고 와라.”

“존명!”

사내는 급히 몸을 날렸다.

가금후는 하늘을 바라보며 만면미소를 띠었다. 천하는 이제 그의 손안에 막 들어오려 하고 있었던 것이다. 무림 지배를 위해 시작하려 했던 계획이 운 좋게 영민왕을 만나면서 여기까지 오게 되었으니 기분이 좋을 수밖에 없었다.

잠시 후 수많은 남녀노소가 건청궁(乾淸宮)으로 끌려왔다.

가금후는 그들을 하나하나 살펴보았다. 모두 두려움에 떨고 있는 모습이 역력한데, 그들을 확인한 그가 자비로운 미소로 입을 열었다.

“소인이 여러 마마와 왕자님을 부른 장본인, 가금후 도독입니다. 두려워 마십시오. 천하를 바로 잡는 일이라 어쩔 수 없이 소란을 떨게 되었을 뿐, 폐하께서 협조만 해주신다면 결코 해를 끼치지는 않을 것입니다."

그러자 황후가 떨리는 목소리를 감추며 일부러 위엄있게 말했다.

"정녕, 도독께서 이 일을 벌이셨소?"

"그러하옵니다."

"도대체 천하를 바로 잡는 일이 무엇이건데, 이런 불충을 벌이신 거요?"

"이미 썩을 대로 썩은 황실이 아니옵니까?"

"어찌 그리 단정하시오?"

"저 같은 놈에게도 나라의 군대를 움직일 수 있는 권한을 주는 황실이라면 썩었다 할 수 있지요. 아니 그렇습니까?"

황후는 할 말을 잃었다.

가금후는 그대로 몸을 돌렸다.

그는 무사 한 명을 대동한 채 황제의 침소를 향해 걸어 들어갔다.

"폐하, 도독 가금후가 무례를 무릅쓰고 왔나이다."

침소에서 황제의 목소리가 대답했다.

"어쩐 일인가?"

"제가 부득의한 사정으로 황실을 점거했사옵니다."

"……."

잠깐 침묵이 흘렀다.

“놀라지 마십시오. 폐하께서 두 가지 부탁을 들어주신다면 모든 것이 평안해질 것입니다.”

한참만에야 황제의 목소리가 떨어졌다.

“평안하다는 말의 의미가 무엇인가?”

“폐하와 황친의 안전입니다.”

“단지 그것뿐인가?”

“그러하옵니다.”

황제의 자조적인 웃음소리가 낮게 깔렸다.

“하하하, 단지 목숨을 구걸할 방편으로 자네의 부탁을 들어달라? 무엇인가?”

“첫 번째는 사천에 있는 삼군의 퇴각 명령을 폐하께서 친히 어명으로 다스려 주십시오.”

“자네였군!”

“…….”

“이번 반란을 중심에 있던 자가 자네가 아니었던가?”

“그러하나이다.”

“두 번째는 무엇인가?”

“각 성의 고위 관료를 파면시키시고, 제가 따로 말씀 올릴 자들로 교체해 주시면 됩니다.”

“고위 관료들은 누구를 뜻하는가?”

“군을 다스리는 장군과 성의 행정을 책임지는 승천포정사, 제형안찰사, 도지휘사입니다. 그리고 그들에게 당분간 각 성의 인사를 담당할 수 있는 권한 또한 주서야 합니다."

반란을 성공시키고, 그 후 가장 힘들다는 지방 저항 세력의 힘을 사전에 제압해 버리겠다는 심사였다.

황제가 그것을 모를 리 없었다. 자신의 손과 발을 모두 자르는 것과 같은 것이다. 사지가 잘린 후에는 그와 황족들이 살아남아도 아무것도 할 수가 없었다. 기껏해야 변방을 돌며 여생을 보내거나, 세외로 나가 살아야 할 것이다. 심한 경우엔 그것도 안심이 안 된다 하여 자객을 보내어 죽이려 할 수도 있었다.

"거절하겠다면?"

"차마 할 수 없는 짓을 행할 것이옵니다. 제발 제게 그런 폐단을 저지르지 않게 하옵소서."

부탁이지만 어투에 담긴 힘에는 강한 협박이 녹아 있었다.

은근히 내력이 실려 있는 목소리에 놀라기도 하련만 황제는 그러지 않았다. 그의 목소리는 오히려 전보다 더욱 평탄했다.

"원하는 것이 그것뿐인가?"

가금후는 잠시 호흡을 가라앉혔다. 고민 한 번 없이 묻는 황제의 물음에 잠시 흔들렸다.

"그러하옵니다."

"자네의 계획이 성공하리라 생각하는가?"

"지금까지는 성공이고, 폐하께서 약간의 수고로움만 감수하신다면 모든 것이 완벽해지나이다.”

“두고 보겠노라!”

“실망시켜 드리지 않겠습니다.”

“그러길 바라네. 한데, 난 어찌하려느냐?”

“죄송합니다만, 당분간은 자금성 내에서 제 통제를 따라주셔야겠습니다.”

그러면서 그제야 침소의 문을 연 가금후였다.

침상에서 일어난 황제가 황포를 걸치며 말했다.

“믿던 자네가 날 배신했듯, 세상의 이치는 언제나 뜻대로 흘러가지 않네. 자네 계획도 내가 그랬던 것처럼 쉽게 성공하지는 않을 걸세.”

싸늘한 가금후의 표정에 조소가 서렸다.

그는 황제를 모시고 밖으로 나왔다.

*   *   *

마교도가 모두 정리되자 청명은 황금대를 데리고 떠날 준비를 했다. 인질의 구출은 남은 소림승들에게 넘기면 되었다.

“섬전활의 암기는 얼마나 남았지?”

청명의 물음에 추몽인이 대답했다.

“모두 두 통씩 썼습니다.”

당가에서 섬전활을 받을 때 암기 하나당 열 개의 암기통을

279

받았으니 아직 많은 여유가 많이 있는 셈이었다.

고개를 끄덕인 청명이 서둘러 몸을 돌렸다. 활촉에 독이 묻어 있다지만 황마의 내공으로 보아 독이 퍼지는 것을 막을 수 있는 것 같았기 때문이다. 가는 도중에 죽어버리면 다행이겠지만, 그렇지 않고 황궁을 점거한 마교에게 황금대의 소식을 전한다면 기습을 할 수가 없었다.

"모두 황궁으로 출발한다."

그때 태청이 급히 청명을 불렀다.

"잠시만 기다려라."

경공술을 펼치려던 청명의 움직임이 굳었다.

청명은 태청을 돌아보았다.

태청은 태영의 부축을 받고 있었다.

청명의 차가운 목소리가 낮게 울렸다.

"무슨 일이십니까?"

"왜…… 날……."

말은 이어지지 않았다. 하지만 청명은 알 수 있었다. 왜 그를 구하기 위해 황마의 요구를 들어주었는지 묻고 싶은 모양이었다.

"큰 것을 위해 작은 것을 희생해도 된다는 생각 따윈 제겐 없습니다."

"……."

태청뿐만 아니라 태영까지 얼굴이 붉어졌다.

청명은 이제 볼 일 없다는 듯 몸을 날렸다.

태청이 씁쓸한 표정을 지으며 태영에게 물었다.

"사형, 우리가 잘못한 것일까요?"

"글쎄다……."

"대를 위해 소를 희생하는 것이 정녕 잘못입니까?"

태영이 한숨을 쉬며 대답했다.

"그 소의 의견을 존중하지 않았음은 인정해야겠구나. 그리고 우리의 체면을 위해 그를 희생시킨 것도……."

갑자기 태영이 미소를 지었다.

"그래도 다행이다."

"……?"

"너나 나나 무엇이 잘못인지 깨닫게 되었으니 말이다. 이제야 알 것 같다. 그리고 이번 일이 마무리되면 난 물러날 생각이다. 네가 다음 장문직을 이어라."

"사형!"

태청은 고개를 저었다.

"너밖에 없지 않느냐? 이건 사형의 부탁이 아니라 장문인으로서의 명이다. 물론 청명의 허락을 받아야겠지만……."

묘하게 끝이 늘어지는 말투였다.

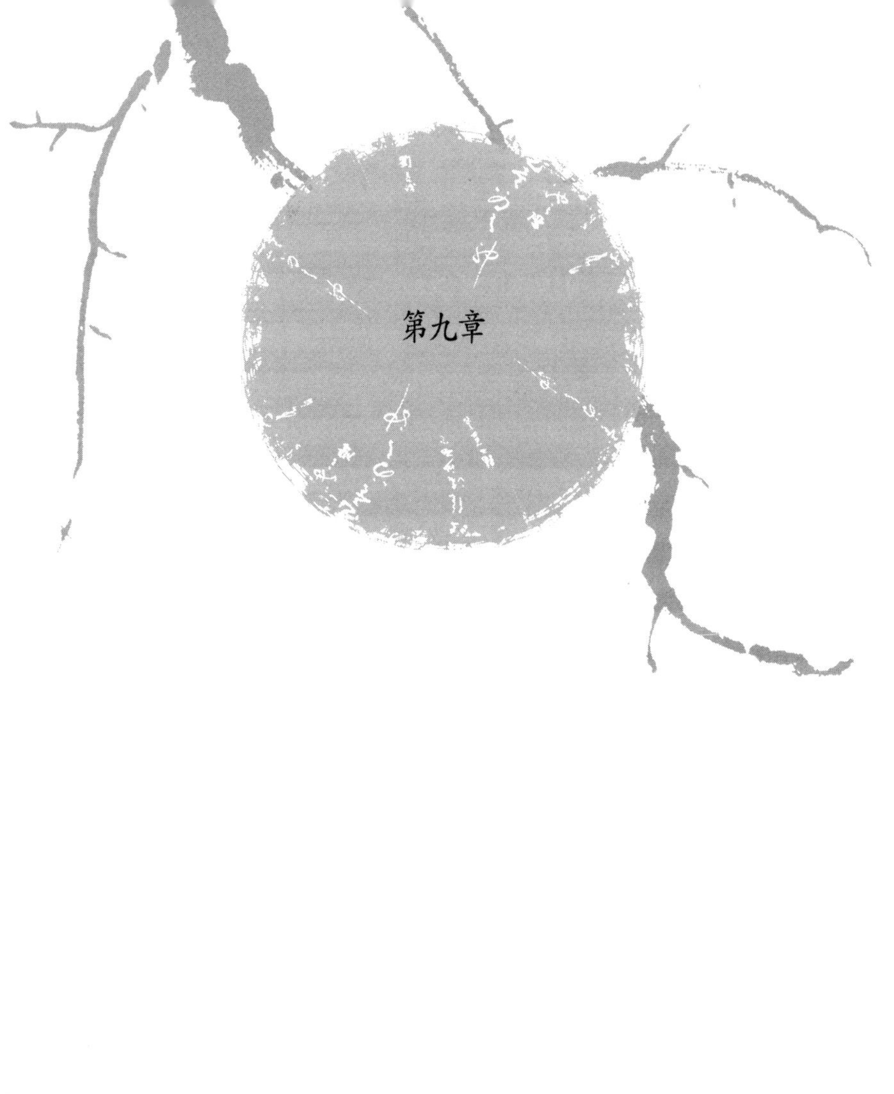

第九章

第九章

투(鬪)

　가금후는 황제의 옆에 서서 쓰고 있는 서신의 내용을 직접 확인하고 있었다. 사천으로 향하는 군대에 보낼 명령서였다. 그런데 도중에 수하 한 명이 들어와 전음을 보내왔다.

　"황마 장로께서 도착했습니다만 일이 조금 귀찮게 되었습니다."

　"무슨 소린가? 그리고 황마 장로는 왜 보이지 않는가?"

　"극심한 중독 상태입니다."

　가금후의 표정이 약간 틀어졌다.

　"중독?"

　"그렇습니다. 잠시 나와보셔야 할 것 같습니다."

가금후는 고개를 끄덕인 후 밖으로 나왔다. 그 앞에는 푸른 색으로 피부가 변하고 있는 황마를 볼 수 있었다. 이미 고열 증상을 보이고 있는 황마는 사시나무 흔들리듯 몸을 떨고 있었다.

"어찌 된 일이냐?"

황마는 이미 정신을 잃었는지 대답을 하지 못했다. 옆에 있던 사내가 미리 들었는지 대신 말했다.

"비밀 총단에서 당했답니다."

"도대체 얼마나 왔기에?"

"소림과 화산파 도인 몇 명이었는데 도중에 황금대가 끼어 들었답니다."

순간 가금후의 얼굴이 굳어버렸다. 그는 그 굳은 표정 그대로 미소를 지었다.

"황금대가?"

"그렇습니다. 오백 명이 기습을 했사온데, 이상한 암기 때문에 제대로 저항도 못하고 당해 비밀 총단이 지금 넘어갔답니다. 그리고……."

"무엇이냐?"

"황마 장로님의 말로는 황금대를 이끈 자가 청명 총대주였다고 했으며, 이미 우리의 계획을 예상하고 있었던 것처럼 보였다고 말했습니다."

"하하하, 그가 배신자였군. 그럼 이곳으로 오겠지?"

“그것은 황마 장로께서 아무 말씀이 없으셔서…….”

가금후가 중얼거렸다.

“우리 계획을 알고 있다? 그런데도 황금대 오백만 끌고 왔다는 것은 그만큼 자신이 있다는 뜻이었을까, 아니면 확신이 없었다는 뜻일까?”

잠시 후 표정을 푼 그가 웃었다.

“재밌군.”

“어떻게 할까요? 총단으로 사람을 보낼까요?”

“그럴 필요 없다. 총단은 이제 이곳이다. 곧 손님들이 올 테니 맞을 준비를 하고 그들이 도착하면 내게 알려라.”

“존명!”

수하가 사라지자 가금후는 고개를 절레절레 저었다.

“어리석은 놈!”

그는 다시 황제가 있는 방으로 들어가 버렸다.

＊　　　＊　　　＊

황궁으로 달려가는 중에 추몽인이 청명에게 바짝 붙었다.

“환사백 어르신을 기다리지 않을 생각이십니까?”

“황마가 황궁에 무사히 도착했다면 시간을 끌수록 우리가 불리하지 않을까?”

“이미 황궁이 점거되었다면 시간의 늦고 빠름은 무의미하

287

다 생각합니다."

"그래도 우리를 맞을 준비가 되기 전에 들이칠 수는 있겠지."

"하지만 환사백 어르신이 늦기라도 한다면……. 우리만으로 마교도를 상대하는 것은 위험합니다."

"시간을 버는 것이 중요하다. 이미 황궁이 넘어가 폐하가 인질이 되었다면 조만간 북경 인근에 있는 모든 군대가 그들의 지시를 받게 될 테니까."

대화를 끝으로 청명은 속력에 박차를 가했다. 그렇게 이각을 더 달려 자금성이 눈에 들어오자 속도를 줄이며 명했다.

"황궁에 잠입하면 다섯 부대로 나누어 움직인다. 최대한 적들과의 교전은 피하고 황실에 있는 마교도를 교란시키며 시간을 버는 것이 첫 번째 목표다. 두 번째는 황제 폐하와 황친들의 구출이다. 소대주들이 백 명씩 이끌고, 나는 제오소대와 함께한다."

하지만 계획을 변경할 수밖에 없었다. 돌연히 나타난 환사백 때문이었다.

청명이 의아한 표정으로 물었다.

"여긴 어쩐 일이십니까?"

"어명을 받고 왔네."

"어명?"

청명은 무슨 소린지 선뜻 알아들을 수 없었다. 어명이라면

황제가 직접 명을 내렸다는 것인데, 황제라면 지금 쯤 마교의
인질이 되었어야 하지 않은가!

"무슨 말씀입니까?"

환사백이 미소를 지었다.

쾅!

자금성 남쪽에 있는 오문(午門)이 부서지며 굉음을 터뜨렸
다.

청명과 황금대원들은 황궁에 진입하자마자 움직임을 멈췄
다.

정면에 태화문이 보이고 양옆으로는 누각들이 늘어서 있
는데, 그 가운데 펼쳐진 광장엔 시원한 밤바람만 쓸고 있었기
때문이다.

아무리 많은 금의위 위사들이 빠져나갔다고는 하나, 그래
도 황궁이라 방비가 철저했을 텐데 전투의 흔적조차 없다는
것이 기분 나빴다. 그리고 마교도가 보이지 않는다는 것
도…….

"무슨 일일까요?"

추몽인이 사방을 둘러보며 물었다.

계획대로라면 수많은 마교도를 헤치며 사방으로 흩어졌어
야 했을 황금대원들도 어리둥절한 표정을 지었다.

"경계병도 세워두지 않았다는 것은 다른 꿍꿍이속이 있다

는 거겠지. 우리가 올 것을 이미 알고 있어.”

그때 청명의 말에 대답하듯 태화문이 소리 내어 열렸다.

모든 시선이 태화문으로 향했다.

사람 하나 지나다닐 정도로 작게 열린 틈으로 사내 한 명이 몇 걸음 걸어나왔다.

청명이 미소를 지으며 포권했다.

“그간 안녕하셨습니까?”

태화문 앞에 서 있던 사내가 고개를 끄덕였다.

가금후였다.

“오랜만이군! 한데 이곳에는 어쩐 일인가?”

“모르진 않을 텐데요?”

“글쎄……. 나를 돕고자 온 것이 아니라면, 이유를 모르겠군.”

“나를 이용한 대가는 클 겁니다.”

가금후가 온화하게 웃었다.

“하하하, 자네를 이용한 대가라고 했나? 난 자네를 이용하지 않았네. 자네에게 기회를 준 것이지.”

“……?”

“어떤가? 나와 손을 잡을 생각이 없나? 자네에게 천하의 군대를 맡길 수도 있네. 무림 따위의 한정된 곳이 아닌, 말 그대로 천하를 호령하게 해주지.”

스릉!

청운검이 뽑혔다.

가금후의 표정이 싸늘해졌다.

"그것이 대답인가?"

"그렇습니다."

"자네를 처음 봤을 때 꽤 당돌했지만 영민하기도 했지. 하지만 지금 보면 또 어리석기도 하군."

"분수에 맞지 않은 옷을 입으려 하는 당신이 더 어리석어 보입니다."

"쯧쯧! 이미 대세는 기울어졌네. 수천의 마교도들이 지금 황궁 내에 있는데, 오백으로 뭘 하겠다는 건가?"

"말씀이 많으신 걸 보니 조금 불안하신 모양이군요."

가금후의 눈빛에서 살기가 폭사되었다.

"그럼 자네의 어리석음을 꾸짖도록 하지."

말과 함께 그는 다시 태화문으로 들어가 버렸다. 동시에 태화정을 둘러친 벽에서 마교도들이 모습을 드러냈다. 몇 겹씩 횡으로 늘어 선 그들은 족히 이천은 되어 보였다.

청명이 손을 들었다.

순간 황금대원이 일자로 벌여서더니 섬전활을 전방을 향해 겨냥했다. 그때 또다시 뒤쪽 정문을 통해 수백 명의 마교도들이 마기를 풍기며 진입했다.

하지만 보통의 마교도들과는 달랐다. 갑옷을 두르고 두꺼운 쇠로 만들어진 방패까지 들고 있었던 것이다. 섬전활에 대해 들었던 터라 이미 대비를 한 상태였다.

최초의 움직임은 성문을 통해 퇴로를 확보한 마교도들이었다. 방패를 앞세우고 일시에 달려드는데, 그 기세가 하늘을 찌를 듯했다.

추몽인이 낮게 말했다.

"여기서 적을 맞으면 불리합니다."

청명도 고개를 끄덕였다. 방패를 가진 자들에게 섬전활도 무용지물일 수밖에 없었다. 아마 가금후는 이들과의 전투에서 섬전활을 모두 소비하길 바라고 있음이 분명했다.

"계획대로 흩어져 신호를 기다린다."

명에 대답하듯 추몽인이 손을 들었다. 그러자 황금대원들이 달려오는 마교도를 버리고 다섯 방향으로 흩어지기 시작했다.

"일이 생각처럼 잘 풀리지 않는 모양이군!"

사천의 반란 진압군과 각 성에 보낼 명령서를 넘긴 황제의 말이었다.

가금후는 미소를 잃지 않고 명령서를 받아 수하에게 남겨주었다. 그는 황제를 향해 고개를 숙여 예를 표한 후 입을 열었다.

"너무 쉽게 풀려도 성취감이 없을 뿐더러 재미도 적은 법이지요."

“몇이나 왔던가?”

“오백 남짓 하더이다. 그들이 지금으로선 폐하께서 믿을 수 있는 전부인 것 같습니다.”

황제는 자조적인 미소와 함께 물었다.

“영민왕과 자네, 그리고 누가 이 일에 참가했는지 알려줄 수 있는가?”

“지금 입궁해 있습니다. 정 태사를 축으로 그 일파가 전원과 예부, 공부상서. 그리고 저까지입니다만, 지방 관료들까지 합치면 꽤 됩니다.”

“기억해 두겠네.”

가금후는 고개를 숙이고는 수하에게 명했다.

“서신을 각 성으로 보내라.”

“존명!”

수하가 방을 빠져나가자 가금후도 느긋하게 밖으로 나왔다. 그때 다른 수하가 달려와 보고를 올렸다.

“저수궁이 적들에 의해 제압되었습니다.”

가금후의 표정이 찡그려졌다.

“지키던 자들은?”

“암기 때문에 제대로 대응을 하지 못한 것 같습니다.”

“대기하고 있는 자들을 모두 그곳으로 보내라. 누구도 빠져나갈 수 없게 해야 한다.”

“존명!”

수하가 가려는데 가금후가 다시 말했다.

"내가 갈 때까지 퇴로만 확보해 놓아라."

"직접 갈 생각이십니까?"

가금후는 음침한 미소로 답했다.

피피핑!

흠안전(欽安殿)으로 가던 청명은 저수궁으로 방향을 돌렸다. 어화원에서 인질이 없어 흠안전으로 가는 중에 갑자기 밝은 신호탄이 저수궁 쪽에서 불을 뿜었던 것이다.

그곳에 인질들이 있다는 신호였다.

다른 대원들이 찾은 모양이었다.

달리는 중에도 황금대는 사방으로 섬전활을 쐈다. 하지만 여기저기에서 몰려드는 마교도들을 상대하자니 여간 귀찮은 것이 아니었다.

그는 다시 방향을 돌려 보화전(保和殿)으로 달렸다. 매년 대회일(大晦日)에 제후나 부마 등에게 연회를 베푸는 곳인데, 정면으로 가자니 너무 마교도가 많아 돌아갈 생각을 했던 것이다.

힘들게 저수궁에 도착하자 이미 그 일대에는 쫓아오는 마교도보다 몇 배나 많은 고수들이 진을 치고 있었다.

청명은 검을 틀어쥐고는 진을 뚫을 심산으로 달렸다. 그런데 무슨 일인지 마교도들이 길을 터주기 시작했다.

‘가둬두고 뿌리를 뽑겠다는 건가?’

청명은 피식 웃으며 그대로 저수궁으로 들어가 버렸다. 애초에 환사백에게 받은 어명대로 된 것이니 손해 볼 것은 없었다.

“왔느냐?”

저수궁에 들어오자 청명을 알아본 정혜공주가 다가왔다.

“왜 피하지 않으셨습니까?”

“적을 속이기 위한 폐하의 뜻이었으니까.”

청명은 씁쓸하게 웃었다.

황궁에 있어야 할 황친들이 미리 피신해 버렸다면 마교가 눈치 챘겠지만, 그래도 그것을 막기 위해 가족을 미끼로 쓴다는 것은 매정한 일이 아닐 수 없었다.

황제는 하늘이 내린다 하여, 범부로서는 상상할 수 없는 생각을 가진다고 했다. 하나 청명이 보기에는 자신의 자리를 지키기 위한 매정한 욕심으로만 보였다.

“우선 들어가십시오. 조만간 적들의 공격이 시작될 겁니다.”

“폐하께서는 언제 오시지?”

“정확한 시간을 약속하지 못하셨습니다. 다만 저는 적들이 외곽에 신경을 못 쓰도록 황금대와 시간을 벌 뿐입니다.”

“잘해봐!”

공주는 그렇게 말하고는 몸을 돌려 안으로 들어가 버렸다.
흡사, 자신과는 아무런 상관이 없다는 행동이었다.

'여전히 기분 나쁜 여자야.'

생각과 함께 청명은 적들의 공격에 대비했다.

최초의 공격은 일각 후에 시작되었다. 다른 쪽으로 흩어졌
던 황금대원들이 모두 모인 후였는데 마교도는 그들 또한 별
다른 저지를 하지 않고 저수궁 내부로 들여보내 주었다.

피피피피핑!

섬전활의 암기가 저수궁 담장 위를 빠르게 갈랐다. 하지만
적들에게는 별다른 타격을 주지 못했다. 정문에서 보았던 갑
옷을 입은 고수들이 방패를 앞세우고 담을 넘어왔기 때문이
다.

최대한 피해를 줄여야 했기에 청명은 솔선수범해 선두에
나섰다. 막 담을 넘어 내려서는 마교도에게 붙어 자색으로 물
든 청운검을 날렸다.

쾅!

방패와 청운검이 부딪치며 굉음이 퍼졌다.

청운검의 파괴력이 얼마나 강한지 방패의 중단이 청운의
검신에 따라 움푹 들어갔다.

균형이 무너진 상대를 밟은 청명은 높이 뛰어올라 옆으
로 넘어오는 마교도의 다리를 베고, 반대쪽으로 검강을 뽑

아냈다.

쿠아앙!

반원형의 검강이 담을 따라 빠르게 폭사되며 다섯 명의 마교도를 그대로 토막 내버렸다. 처음 청명의 공격을 받았던 마교도가 중심을 잡으며 짧은 창을 위로 내질렀다.

청명은 급히 검을 아래로 틀어 창을 튕겨내고는 다시 방패를 밟아 위로 솟구쳐 검무를 추기 시작했다. 그의 검이 움직일 때마다 불빛이 번뜩였고, 사방으로 검강이 수를 놓았다.

아름다운 빛줄기는 생긴 것과는 달리 주변을 지독하게 파괴시켜 나갔다.

第九章
어둠 속의 빛

가금후는 만면에 미소를 띤 채 전방을 주시했다. 이미 마교도 일천이 저수궁을 한판 휘저어놓은 후였다.

그는 병력을 다시 빼내어 한 번 더 청명을 회유하려 했다.

"어떤가? 이만하면 나와 함께 천하를 지배할 생각을 할 만한가?"

그의 목소리를 알아들은 청명이 저수궁 담 위로 올라섰다.

"날 그렇게까지 생각해 주니 고마울 따름이오."

"그만큼 자네의 능력을 높이 샀다는 말이지. 뛰어난 자는 뛰어난 자를 알아보는 법. 자신을 알아주는 자와 함께하는 것도 미덕일세."

청명은 조소를 흘렸다.

가금후 역시 마찬가지였다.

"끝까지 저항할 생각인가? 내 인내심을 시험하려는 대가는 생각보다 클 걸세."

청명이 손가락을 까닥거렸다.

"경험해 보죠."

가금후가 고개를 절레절레 저었다.

그는 천천히 뒤로 빠졌다. 그럴수록 저수궁을 둘러싼 마교도들이 앞으로 접근하기 시작했다.

'이번은 정말 버티기 힘들겠군!'

청명은 속으로 애가 탔다. 금의위 위사들이 올 때까지만 버티라던 명이 있었는데, 당최 올 생각을 하지 않으니 고민일 수밖에 없었다.

'이대로 뚫고 지나갈까?'

하지만 무공도 제대로 모르는 황친들을 데리고 겹겹이 에워싼 마교도를 어찌 뚫을까!

게다가 이젠 황금대원들이 들고 있는 섬전활의 암기통도 바닥이 난 상태였다.

청명은 자의최면을 일으켰다. 그리고 그것을 기반으로 오랜만에 상대최면을 걸었다. 마교도의 내공이 막강해 완전한 최면은 어렵겠지만 그 또한 한층 최면술이 강해진 후였다.

팽팽한, 그래서 터질 것 같은 기운이 청명의 몸에서 뿜어지기 시작했다.

순간 가금후의 평안한 목소리가 울렸다.

"모두 마음을 가다듬어라. 환상은 환상일 뿐, 진짜가 아니다."

청명은 인상을 찡그렸다. 하지만 상관없었다. 이미 일으킨 최면을 거두기도 싫었고 마음 한구석에 오히려 오기가 생겼던 것이다.

푸아앙!

거대한 용이 괴성을 지르며 하늘로 솟구쳤다.

청명의 몸 주위로 똬리를 틀더니 강렬한 눈빛을 번뜩이며 먹이를 찾는 굶주린 짐승처럼 마교도들을 훑었다.

마교도들이 일순 움찔 뒤로 물러섰다. 환상인 것을 알면서도 눈에 선명하게 보이는 거대한 용을 무시할 수는 없었던 탓이다.

청명은 그 상태에서 다시 사방으로 진기를 퍼뜨려 마교도들의 신경을 자극했다.

가금후의 목소리가 다시 들렸다.

"신경 쓰지 말고 저수궁을 탈환하라!"

명이 떨어지기 무섭게 선두에 있던 마교도 백여 명이 먼저 청명을 향해 달려들었다.

청명은 손을 뻗었다. 그러자 마교도에게 압박을 가하고 있던 용이 그대로 아가리를 벌리고 그들을 덮쳤다.

거대한 괴성이 귀를 찢을 듯한데, 환상이지만 환상이 아닌 거대한 용이 아가리를 벌리고 다가오자 마교도들이 양옆으로 몸을 피했다.

가금후가 혀를 찼다.

"멍청한 놈들!"

그 순간 청명의 청운검이 움직였다. 강렬히 타오르는 검신에서 검강은 뿌려지고 그것은 어김없이 진영이 흐트러진 마교도를 향해 불을 뿜었다.

콰콰쾅!

폭발과 함께 먼지구름이 피어오르며 파편이 사방으로 비산했다.

청명은 급히 담 아래로 내려와 먼지 속으로 달려갔다.

시간을 벌기 위해선 방어보다는 공격이 낫다고 판단했기 때문이다. 끊임없이 주변에 진기를 퍼뜨리며 몸은 검무에 따라 덩실덩실 움직이자 그 주위로 또 다른 용이 만들어져 청명을 맴돌며 마교도들을 교란시켰다.

한 번씩 빈틈이 생길 때마다 청명은 검강을 쏟아냈고, 의도대로 꽤 많은 시간을 벌 수 있었다.

그렇게 일각 정도가 흐르자 청명은 급히 뒤로 몸을 띄워 다시 저수궁으로 내려섰다.

잠깐의 시간을 번 셈이었고, 그만큼 황금대원들도 방어 준비를 마친 상태였다. 하지만 다시 감행되는 마교의 이차 공격에는 질릴 수밖에 없었다. 처음 공격보다 배가 많은 마교도들이 저수궁 안으로 짓쳐들어오는데, 청명이 아무리 활약을 해도 남은 황금대원으로는 마교와의 수적인 차이가 너무 컸던 것이다.

결국 그는 넓은 지형을 버리고 황친이 있는 중앙 별당으로 자리를 옮겼다. 황금대원들도 퇴로를 확보한 상태에서 청명을 따랐다. 좁은 곳에서는 다수의 적이 제힘을 발휘하지 못하기 때문이다.

그만큼 황금대원들의 숫자가 줄어든 탓이었다.

가금후는 곰곰이 생각에 잠겼다.

자신이라면 어땠을까?

이미 대세가 마교로 기운 마당에 반기를 들었을까?

비장의 한 패가 있지 않았다면 자신은 굴복했을 것이다. 천하를 함께 호령하자는 제안을 거부할 이유도 없다. 그런데 청명은 그것을 거부했다.

사람마다 가치관이 다르기에 그럴 수도 있겠지만, 대답하는 청명의 표정에 확신이 있어 보였기에 고민스러울 수밖에 없었다.

'뭐지?'

그것이 뭔지 알 수가 없었다.

결국 그는 두 가지 결론을 내렸다.

‘바보이거나, 아직 내가 모르는 뭔가가 있다.’

그는 대기 중인 수하들을 향해 명했다.

“성문을 경비하고 나머지는 언제든지 움직일 수 있도록 중화전(中和殿)에서 대기한다.”

그러자 곁에 있던 수하가 저수궁을 가리켰다.

“저들은 어쩌시렵니까?”

“지금 투입된 인원으로도 충분하다. 지금까지 버틴 것만으로도 대단한 것이지. 네가 황궁의 경계 책임을 맡아라.”

“존명!”

*   *   *

금빛으로 물든 큰 가마가 북경을 가로지르고 있었다.

지붕에는 용상이 웅장한 기상을 뽐내고 있었고 그 주위로 오십여 필의 말과 말 위에는 갑주로 전신을 가린 무장들이 호위하듯 달리고 있었다.

가마의 앞뒤에는 수천의 군사들이 있었으며, 모두 금의를 입고 있었다.

가마는 천천히 황궁을 향해 달려가고 있었다. 그리고 가마에서 십여 리 떨어진 곳에는 삼만의 금의군이 따랐다.

가마는 일각 후에 속도를 줄였다. 자금성이 보이는 지점쯤인데, 가마 안에서 서릿발 같은 명이 떨어졌다.

303

“황궁을 되찾고 반란의 주모자를 모두 척살하라.”

마차 주위에 있던 무장들 중 한 명이 고개를 숙였다.

“어명을 받들겠나이다.”

말과 함께 그가 사방을 향해 외쳤다.

“금의위 위사들은 나를 따르라.”

＊　　　＊　　　＊

북경에서 벌어진 전투는 아침이 되어 시작을 열었다.

수천의 금의위 위사들이 자금성으로 달려들면서였다.

때마침 자금성 정문을 점거한 마교도들이 금의위 위사들의 수를 보고 급히 중화전으로 소식을 알렸다. 하지만 중화전에서 지원이 나오기 전에 이미 정문은 금의위에게 떨어진 후였다.

진천길은 중화전에서 달려오는 마교도들을 향해 긴장감을 드러냈다. 마교의 소문을 익히 들었기 때문이다.

무림에서도 알아주는 절정고수들로 구성된 집단을 상대함에 있어서 금의위의 숫자는 사실상 큰 위세를 차지할 수 없다는 게 그의 생각이었다. 우려는 현실로 드러났다.

중화전에서 달려온 마교도의 숫자는 삼천 남짓인데, 그보다 배가 많은 금의위 위사들이 오히려 밀리기 시작한 것이다.

하지만 진천길은 긴장과는 달리 전의를 불살랐다. 황제가

304

성 밖에서 기다리고 있으니 결코 질 수 없었다. 게다가 조금 있으면 도착할 황실의 정예 부대 삼만이 당도하니 든든한 힘이 될 수밖에 없었다.

가금후의 표정이 일그러졌다.

없었다. 저수궁으로 가기 전만 해도 있던 황제는 어디에도 없었다.

문밖을 지키던 수하를 추궁했지만 놀랍기도 그는 황제가 없어진 사실조차 알지 못하고 있었다.

순간 가금후가 대소를 터뜨렸다.

"하하하하하하!"

그는 재밌어 미치겠다는 듯 머리를 흔들었다.

"바보였구나! 내가 바보였어!"

황제라면 그 측근에 황교가 은밀히 지키고 있다는 사실을 망각한 그는 그렇게 한참을 더 웃었다.

이미 대세가 기울어 황교가 나서지 않았다고 은연중 판단했던 자신을 질책한 가금후는 돌연 표정을 굳혔다.

그때 급보가 전달되었다.

"금의위 수천이 지금 황궁의 정문을 장악했습니다. 중화전에서 지원을 나갔으나 결과를 예측할 수 없게 되었습니다."

가금후는 손을 휘휘 저었다.

그 의미를 몰라 수하가 어리둥절해하는데, 가금후가 몸을 돌려 건물을 나왔다.

"내가 직접 단판을 짓지."

그러면서 그는 산보라도 나가는 사람처럼 천천히 황궁을 거슬러 걸어갔다.

금빛 찬란한 마차 안으로 갑자기 검은 그림자가 생기더니 이내 사람의 형체를 갖추었다.

영준한 외모의 중년 사내인데, 앞서 마차 안에 앉아 있는 금포의 사내와 똑같은 외모였다.

하지만 사내의 모습이 갑자기 뒤틀리더니 붉은 피부를 드러냈고, 푸르스름한 눈빛과 붉은 입술의 괴기스러운 외모로 바뀌었다.

금포사내가 놀라지도 않고 물었다.

"알아보았느냐?"

사내는 부복하며 보고를 올렸다.

"가금후 도독의 말을 빌리자면, 정 태사를 축으로 그 일파가 전원 이번 일에 가담했던 것 같습니다. 그리고 예부상서와 공부상서, 그리고 지방 관료들까지 상당수 동조자가 있는 듯했습니다."

금포사내의 입가에 비소가 지어졌다.

"정 태사가 있었다니 뜻밖이로구나!"

그러면서 장난조로 물었다.

“그래, 이곳으로 떠나올 때 말해주었느냐?”

“무엇을……?”

“짐이 이미 반란을 예상하고 준비하고 있었던 사실을 말이
다. 그리고 그 뿌리까지 모두 잡기 위해 지금까지 잠자코 있
었던 사실도.”

괴사내는 고개를 저었다.

“황공하오나 미쳐 거기까지 생각을 하지 못했나이다.”

“아쉽군. 종이라도 한 장 남겨두고 올 것을…….”

“죄송합니다.”

“아니다. 그런데 황교는?”

“황궁 밖에서 대기 중입니다. 명을 내려주십시오. 지금 황
궁 내의 교전이 불리합니다.”

“마교가 그만큼 강하던가?”

“그들은 여느 무림의 족속들과는 다릅니다, 폐하. 금의위
가 아무리 많다고는 하나 결국 패하고 말 것입니다.”

황제가 손을 떨쳤다.

“그리하라. 참!”

“……?”

“황족들은?”

“지금 저수궁에서 청명이라는 사내가 황금대를 선두 지휘
해 막고 있습니다.”

황제는 미소를 지었다.

"본래 가금후의 수하였지?"

"그러하옵니다만 반란의 전모를 모르고 동창에 들어간 자이옵니다."

"이번 일에 그자의 공이 가장 크다, 예상했던 전모를 그자로 인해 확신할 수 있었으니. 뿐이랴, 어느 정도의 희생을 감수할 수밖에 없었는데 황친들을 지금껏 지켜준 공도 만만지 않다. 황교의 일부를 빼내어 그를 도와주도록 하라."

"존명!"

괴사내는 나타날 때처럼 다시 그림자가 되어 창틈으로 사라져 버렸다.

황궁제일의 고수, 천기신(天氣神) 환민(渙珉)이 그의 이름이었다.

황제 외에는 아무도 그의 존재를 알지 못하는, 실질적인 황교의 수장이었으며 오래전 사라져 무림의 전설이 되어버린 규화보전(葵花寶典)을 익힌 현존하는 유일한 고수이기도 했다.

크르륵!

뼈가 갈리며 뒤틀리는 소리가 점점 커졌다. 예리한 청운검의 칼날이 그런 소리를 만든다는 것은 한 가지 이유밖에 없었다.

청명의 힘이 상당히 떨어졌다는 것이다.

단번에 기를 담아 적을 베어 넘기지 못할 때 생기는 현상이다.

“크윽!”

고통에 신음하며 쓰러지는 마교도를 발로 찬 청명은 주위를 둘러보았다. 이제 남은 황금대원은 십여 명도 되지 않았다.

그들은 밀리고 밀려 별당을 등지고 정면으로만 적을 상대하고 있었다.

그래도 지금까지 버틴 것이 용하다는 생각이 들었다. 단 오백 명으로 수없이 쏟아져 들어온 이천 남짓의 마교도들을 상대했으니 말이다. 하지만 이젠 한계였다. 자의최면으로 인해 진기 보충이 누구보다 빠른 청명조차도 쉴 시간이 없었는데, 다른 황금대원들이야 진기가 바닥까지 떨어진 것은 말하지 않아도 뻔했다.

당장 마교도가 물러간다면 그 자리에 주저앉아 버렸을 것이다.

그래도 끝끝내 버티고 있는 것은 지금껏 누구에게도 지지 않을 자신 있다는 황금대 특유의 자부심과 근성 때문이었다.

쿠아앙!

청운검이 아래에서 위로 솟구쳤다.

빛을 잃어가던 자색이 다시 강렬하게 타오르며 검을 찔러 오는 마교도를 쓸고 지나갔다.

“크아악!”

비명과 함께 강렬했던 강기가 땅을 가르고 직선으로 뻗어나가 마교도 다섯 명을 더 쓰러뜨렸다.

그걸로 청명은 한숨을 푹 쉬었다.

최면으로 끌어올리는 진기가 거의 바닥이 났기에 더 이상 싸울 의지가 남지 않았던 것이다.

보통 무인보다 훨씬 바른 진기의 보충이 가능한 자의최면 이라지만 쉴 시간이 없으니…….

그때 공중으로 뛰어올랐던 마교도 하나가 청명을 향해 검을 내질렀다.

'빌어먹을. 이렇게 끝나는 건가?'

다리에 힘이 풀려 도저히 피할 수 없다고 판단한 그는 검을 늘어뜨렸다. 그때 갑자기 어디선가 검이 날아와 마교도를 꼬치 꿰듯 꿰어버렸다.

청명은 고개를 돌려 그를 도와준 상대를 찾았다.

청명의 눈이 빛을 발했다.

소림 방장과 무승들, 그리고 마교의 총단에서 풀려난 각파의 원로들이 저수궁 동쪽 담을 넘어 들어오고 있었다. 그리고 예전에 한번 보았던 자들이 그들 중에 섞여 있었다.

붉은색 장포를 걸친 자들이었다.

괴의한 요기를 숨김없이 풍기는 그들이 황교임을 청명은 익히 알고 있었다.

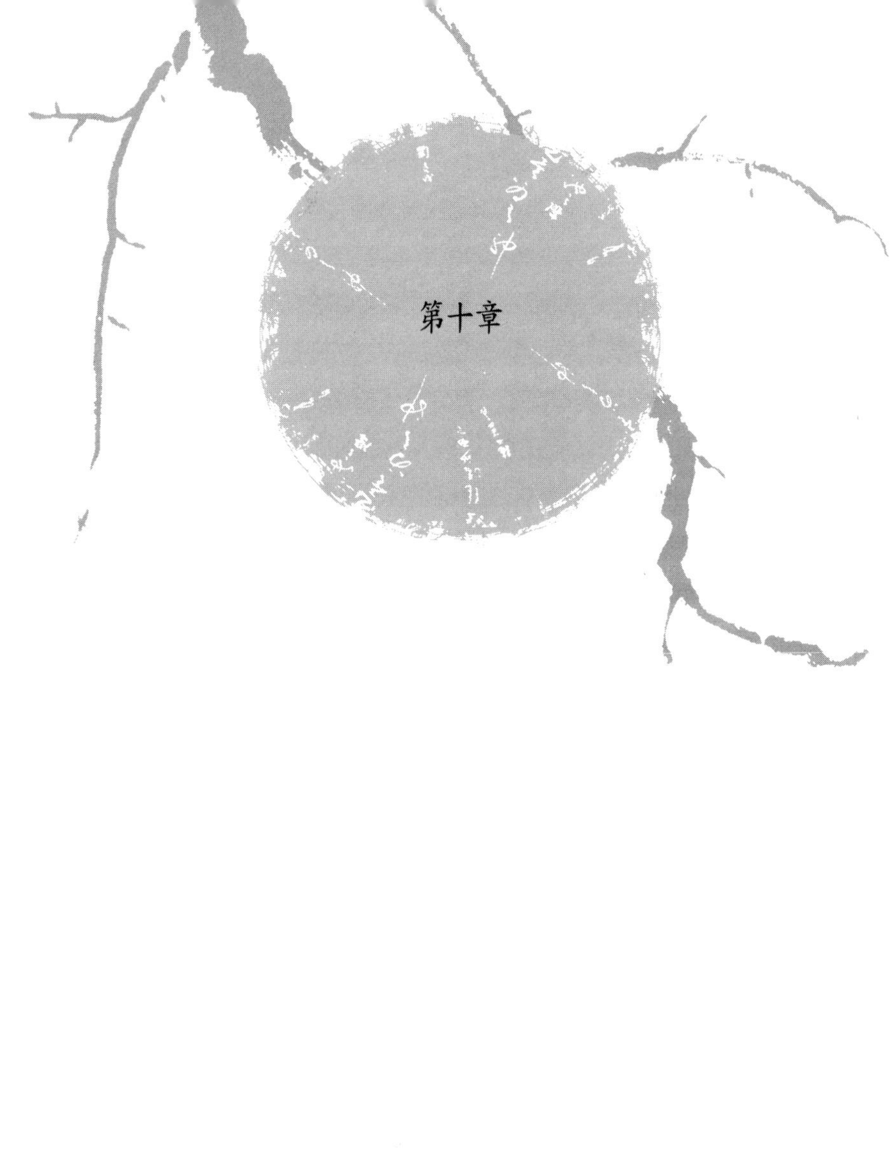

第十章

第十章
진압

“괜찮으냐?”

청명은 팔에 입은 상처를 감싸며 말없이 자리에서 일어났다. 그는 몇 번의 호흡을 하고는 자의최면을 일으켜 흩어진 진기의 양을 측정했다. 평소보다 상당한 양의 진원지기가 사라져 있어 몸에 힘을 주기도 힘들었다.

하지만 언제부터인가 자의최면으로 운기조식이 가능하지 않을까, 하는 생각을 하게 되었기에 신경 쓰지 않았다.

대답없는 청명을 향해 태영이 얼굴을 붉혔다.

“진심으로 사과하마.”

그제야 청명이 태영을 바라보았다.

“무엇을 사과한다는 말씀입니까?”

“네게 행한 모든 것을……..”

청명은 바닥에 떨어진 청운검을 주워 허리에 찬 후 황금대원들이 있는 곳으로 몸을 돌렸다.

태영의 말이 그를 잠시 멈추게 했다.

“이번 일이 끝나면 화산에서 기다리겠다.”

“제가 화산에 갈 이유는 없습니다.”

“네가 화산인이라면 화산은 네 집이다.”

“……..”

“기다리마!”

이번에는 태영이 몸을 돌렸다.

청명은 황금대원들에게 섞여 자리에 앉았다. 그는 자의최면으로 진원지기를 느끼기 시작했다. 몸속에 흐르는 자연의 힘은 그의 생각보다 훨씬 더 빠르게 회복되고 있었다.

그는 눈을 감고 몸을 공허의 상태로 만든 후, 몸 밖에서 느껴지는 진기를 받아들이기 시작했다.

채채챙!

“크으윽!”

사방에서 울리는 병장기 소리와 비명이 황궁 정문 일대를 가득 매웠다.

일시에 정문을 제압한 금의위와 다시 사수하기 위해 달려

나온 마교도의 전투 때문이었다.

초반에 유리했던 황금대는 시간이 지날수록 불리해지고 있었다.

그들은 무림 마교의 실력을 뼈저리게 느끼고 있는 중이었다. 무림의 고수들과 겨뤄도 결코 뒤지지 않으리라던 자만심이 오늘 직접 겪어보고서야 꺾인 것이다.

치열했던 전투도 한풀 꺾였고, 금의위 위사들은 점점 뒤로 물러서기 시작했다. 하지만 다시 전황을 뒤집을 동조자가 나타나 그들을 구해주었다.

바로 황교였다.

그들의 등장으로 이번에는 마교가 다시 물러나기 시작했다. 힘을 얻은 금의위가 뒤를 받치고, 이미 도착한 삼만의 군대가 황궁을 겹겹으로 에워싸 모든 퇴로를 확보해 놓은 상태였다.

결국 마교는 중화전을 내주고 보화전까지 물러나 짓쳐들어오는 황궁의 고수들을 견제했다.

전투는 이미 끝난 것이나 다름없었다. 남은 마교도의 숫자는 현저히 줄어들어 있었고, 모두 전의를 상실한 상태였으니 더 싸워봐야 얻을 것이 없었다.

게다가 황궁 북쪽의 신무문(神武門)으로부터 돌입한 수천의 금의군이 순정문(順貞門)과 승광문(承光門), 천일문(天一門) 등을 돌파해 보화전 뒤쪽으로 난입하기 시작해 더욱 마교를 질리게 만들었다.

잠시 소강상태로 들어간 그들은 금의위와 황교를 견제하며 여차하면 도주할 준비를 갖추게 되었다. 그때 갑자기 중화전으로 금빛 가마가 들어왔다.

마교도를 에워싼 금의위가 일순 갈리며 길은 터주게 되었다.

수십 명의 무장들이 마차를 두르고, 그 주위로 다시 황교의 고수 이십여 명이 호위를 하고 있었다.

마차에서 온화하지만 힘이 실린 목소리가 보화전을 울렸다.

“어찌하여 항복을 하지 않는가!”

그 말에 대답하는 자가 있었다.

보화전 안에서 걸어나오는 가금후였다.

“적의 세가 크다고 항복할 겁쟁이였다면 처음부터 일을 벌이지도 않았을 것입니다.”

“도독인가?”

“신 가금후, 폐하를 알현하나이다.”

“어떤가? 짐이 그대의 계획을 알고 이미 대책을 마련했는데, 흡족한가?”

“이렇게 된 마당에 무슨 말을 하겠나이까. 다만……”

가금후의 얼굴에 미소가 서렸다.

순간 그의 신형이 그 자리에서 사라졌다.

가마를 호위하고 있던 황교 이십여 명이 동시에 허공으로 솟구쳤다.

파파파팍!

잠깐 사이에 황교의 고수 십여 명이 바닥에 나뒹굴었고, 남은 십여 명이 착지했다. 그들은 곧이어 다시 가금후를 향해 몸을 날렸다.

순간적으로 벌어진 일이라지만 마차 주위에 있던 무장들은 녹록치 않았다. 일제히 검을 빼 들어 마차를 보호하기 위해 움직였다. 그러나 가금후의 속도가 그들보다 훨씬 앞섰다는 것이 문제였다.

무장들이 채 무기를 휘두르기도 전에 다섯 명이나 말에서 떨어졌고, 가금후는 이미 마차 위에 서 있었다.

쾅!

가금후의 손이 마차의 지붕을 때리자 폭음이 터져 나왔다. 곧이어 그는 마차로 들어가 황제를 팔을 잡고 밖으로 나왔다.

그에게 달려들고 있었던 황교의 고수들이 그 자리에 멈춰 서는 것은 당연한 일이었다.

허무하다면 너무 허무한 결말이 아닐 수 없었다.

가금후는 낮게 황제의 귀에다 대고 속삭였다.

"죄송합니다, 폐하. 하지만 무림고수들에 대한 정보가 상당히 부족하셨군요. 절정고수들이 수두룩 깔린 곳에 이렇게 무방비로 오시다니, 고마울 따름입니다."

"원하는 것이 무엇이냐?"

"군사를 물리십시오."

"거절한다면?"

“손을 쓸 수밖에 없습니다.”

가금후는 자신의 말을 증명하듯 품속에서 단도 하나를 꺼내 들었다. 예리하게 날이 선 단도는 새벽녘을 받아 날카롭게 빛났다.

“성공할 수 있다고 생각하나?”

“폐하의 목숨이 담보라면…….”

가금후는 황제를 뒤로 안아 한 팔로는 어깨를 바짝 붙여 잡고, 단도를 든 손을 목을 겨누었다.

그때 저수궁 쪽에서 황교와 구파일방의 고수들, 그리고 청명 등이 나타났다.

가금후가 청명을 보며 웃었다.

“네가 끝끝내 굽히지 않았던 이유가 이거였더냐?”

청명은 주변을 한번 훑어본 후, 대충 사정을 짐작했다. 그는 잠시 자의최면으로 진원지기를 확인했다.

아직도 온전한 상태가 아니었다. 하지만 그것만으로도 충분했다. 가금후에게 최면을 걸 필요는 없었으니까.

청명의 두 눈이 순간 몇 번 번뜩였다. 그것을 확인한 가금후가 인상을 썼지만 이내 조소를 담아 청명을 조롱했다.

“네 최면이 상당한 경지까지 올라간 건 알겠다만, 나를 상대로 가능할 것 같으냐?”

청명도 입꼬리를 말아 올렸다.

그는 대답 대신 황제를 향해 갑자기 절을 했다. 그 돌연한 행동에 가금후 뿐만 아니라 궁내의 모든 사람들이 의아함을 드러냈다.

바닥에 엎드린 청명이 고개를 슬며시 들었다.

그는 황제를 향해 말했다.

"폐하, 두려워 마시고 도독의 양팔을 잡으십시오."

황제의 눈빛은 몽롱했다. 귀신에라도 홀린 듯 고개를 끄덕이더니 슬쩍 가금후의 양팔을 잡았다.

가금후가 실소를 흘렸다.

"무슨 짓을 하려는 것이냐?"

팟!

대답없이 청명의 신형이 앞으로 쏘아져 나갔다.

가금후는 급히 청명을 향해 손을 뻗으려 했다. 그런데 놀라운 일이 벌어졌다.

"폐하의 옥체는 움직이지 않는 철제상이 되었습니다."

청명의 외침과 함께 들어올리던 가금후의 팔이 멈췄다. 그 팔을 잡고 있던 황제의 손이 움직이지 않았기 때문이다.

가금후가 이번에는 단도를 쥔 손을 움직였다. 하지만 역시 그조차 꼼짝하지 않았다.

"네놈이!"

청명이 황제에게 최면을 걸었다고 생각한 가금후는 노성을 터뜨리며 전신의 내력을 폭발시키듯 끌어올렸다.

순간 그의 몸에서 강렬한 빛이 사방을 밝히며 지금껏 숨겨

왔던 진면목을 드러냈다.

"크압!"

기합과 함께 양팔을 떨치자 정말 철제상이라도 된 듯 고정되어 있던 황제의 팔을 약간 움직일 수 있었다.

"크아압!"

그는 더욱 힘을 주었고, 결국 황제의 팔을 뿌리쳤다. 하지만 그 약간의 시간이 청명에게는 천금과 같았다. 이미 가금후의 지척까지 다가간 청명의 청운이 가금후의 머리를 노리고 있었다.

쉬이익!

가금후는 급히 고개를 좌측으로 틀었다. 황제를 인질로 삼기는 했지만 다급한 상황이라 신경조차 쓰지 못했다.

가금후가 공격을 피하자 청명은 청운을 찌른 상태 그대로 아래로 검로를 틀었다.

가금후는 황제를 밀치며 약간 뒤로 물러서 청운검을 피했다.

팍!

청명이 황제를 발로 차버렸다.

평소라면 목이 날아갈 중죄였지만 어쩔 수 없는 일이었다.

쿵!

최면 때문에 몸이 굳었던 터라, 황제는 서 있는 상태로 조금도 움직이지 않고 고꾸라져 버렸다. 흡사 석고상이 일자로 넘어가는 그런 형태였다.

그 앞에 가금후를 막아서 듯 청명이 섰다.

　순식간에 황제를 빼앗긴 가금후가 다시 그를 향해 달려들었다. 하지만 이미 황제가 풀려났으니 주위에 있던 고수들이 가만히 있을 리 없었다. 황교의 고수들이 다시 몸을 날렸고, 무장들도 마찬가지였다.

　청명은 가금후를 상대할 생각을 버리고 황제의 뒷덜미를 채 뒤로 훌쩍 물러섰다. 어쨌든 인질은 구한 셈이었다.

　황실의 고수들이 가금후를 공격하자 상황을 지켜보던 마교도들도 다시 움직이기 시작했다.

　그러자 진천길이 외쳤다.

　"반도를 진압하라!"

　남아 있던 금의위 고수들과 황교의 고수들도 몸을 날렸다. 그리고 저수궁에서 온 구파일방의 고수들까지 합세했다.

　　　　　*　　　　*　　　　*

　사천으로 진격 중이던 영민왕의 반란도는 한 달 만에 진압되었다. 애초 그들의 계획대로라면 황명에 의해 이미 진압군이 물러났어야 했지만 황제와 황실이 무사했으니 당연한 결과였다. 그리고 이번 일을 통해 황실에 불만을 품었던 수많은 대신 관료와 지방 관료들이 참수를 당했고, 대대적인 인사 이동이 생겼다.

　여러 관료들이 상을 받았으며, 반대로 직무유기를 들어 파면당하기도 했다.

가장 파격적인 승진을 한 사람은 부영반 진천길이었다. 오래전부터 내시부와 손을 잡고 은밀히 동창을 내사한 공로와 황실의 진압에 앞장선 공이 인정되었기 때문이다.

그렇게 많은 일들이 빠르게 처리되고 있을 때, 청명은 그간 황실에 머물고 있었다.

황제의 명 때문이었다.

황제의 부름은 황실의 혼란이 생긴 지 두 달여가 지났을 때였다.

부름을 받고 건청궁(乾淸宮)으로 찾아간 청명에게 황제가 물었다.

"네게 상을 내리려 한다. 원하는 것이 있다면 말해보라, 무엇이든 들어주겠노라."

무릎을 꿇고 있는 청명이 간단하게 거절했다.

"없습니다."

"없다?"

황제가 조소를 머금었다.

"욕심이 없는 것이냐, 아니면 고상을 떨고 싶은 것이냐?

"상을 내리면 받겠으나, 정녕 저는 바라는 것이 없습니다."

"재밌는 녀석이로구나. 좋다, 그럼 내가 정해주마. 너에게 동창의 수장을 맡기려 하는데 어떠냐, 생각이 있느냐?"

"아는 것이 적은 저에게 무리를 이끄는 책임을 주시는 것은 오히려 벌이나 다름없습니다."

“명예를 주겠다는데, 그것이 벌이라?”

“……”

대답없는 청명을 향해 황제가 한참을 웃었다. 그러더니 손을 휘휘 저었다.

“그럼, 부마도위(駙馬都尉)가 되는 것은 어떠한가?”

부마도위라면, 즉 부마. 황제의 사위이자 공주의 남편을 뜻했다. 대단한 권력과 부를 함께 거머쥘 수 있는 자리라 할 수 있었다.

하지만 청명의 숙여진 얼굴에는 주름이 잡혔다. 부마라고 해봤자 뻔하지 않은가!

그의 예상대로였다.

“정혜가 너를 꽤 마음에 들어하는 눈치더구나.”

“저는 비천한 출신이라. 감당키 어렵습니다.”

황제의 표정이 싸늘하게 변했다.

보지 않아도 알 수 있는 황제의 표정을 생각한 청명이 급히 말을 이었다. 더 이상 시간 낭비를 하기 싫었다.

“굳이 제게 상을 내리시겠다면 한 가지 청이 있습니다.”

“무엇이냐?”

“제 출신이 화산파인데, 지금 화산파가 마교의 공격에 의해 대부분의 건물이 무너진 상태입니다. 다시 지을 수 있도록 도와주신다면 황공하겠나이다.”

청명을 유심히 바라보던 황제가 고개를 끄덕였다.

“그리하겠노라.”

“황공무지하나이다.”

“그것이 단가?”

황제의 체면을 세워주기 위해 생각나는 대로 말했던 것인데, 또 무엇을 말하라는 건지 난감했다.

다시 머리를 쥐어짠 청명은 상 같지도 않은 상을 말했다.

“황궁 생활이 맞지 않아 떠나고 싶지만, 폐하의 은혜가 두터워 그러지 못하고 있습니다.”

“황궁을 떠나겠다? 그것을 상 대신 허락해 달라는 말이냐?”

“…….”

“좋다.”

의외로 황제의 대답이 간단하자 청명이 어리둥절했다.

“처음부터 그리 말했으면 보내주었을 것을……. 너도 재밌는 놈이로구나.”

청명은 그날로 황궁을 빠져나왔다.

하지만 막상 정문을 벗어나 대로에 서게 되자 마땅히 갈 곳이 없었다. 그런데 앞에서 말을 탄 도인 하나가 청명을 향해 다가오고 있었다.

도인은 청명 앞에서 멈춰서더니 말에서 내려 고개를 꾸뻑 숙였다.

“사숙!”

청명이 무심이 그를 불렀다.

"네가 무슨 일이냐, 정숙?"

정숙은 얼굴을 붉혔다.

"화산으로 돌아와 주십시오."

"내가 거기 갈 이유가 있나?"

"장문인께서 말씀하셨습니다. 화산을 봉문하신 사숙이 직접 오셔서 봉문을 풀어주셔야 화산파가 다시 설 수 있다고……."

청명은 피식 웃었다.

"네 생각은 어떠냐?"

"아둔한 제가 무슨 생각이 있겠습니까? 다만 사숙의 명만 따를 뿐입니다. 그리고 사숙을 모시고 오기 전에는 화산으로 돌아오지 말라는 장문인의 명도……."

청명은 대답없이 걸음을 옮겼다.

그것을 거절로 생각한 정숙이 급히 바닥에 꿇어앉았다.

"사숙, 제 잘못을 용서해 주십시오."

청명이 소리쳤다.

"화산까지 갈 길이 멀다!"

"……."

계속 걸어가고 있는 청명을 향해 정숙은 말없이 가만히 있더니, 갑자기 절을 했다.

"감사합니다."

第十章
귀향

높은 하늘, 시원한 바람!

살랑살랑 가을바람에 나부끼는 낙엽이 지면을 매우고, 붉게 물든 단풍이 그 위를 다시 덮었다.

눈 오듯 떨어지는 단풍 거리는 누가 보아도 좋은 것이라, 대부분의 사람들은 감성적이 되기 마련인데 하물며 중원 오악(五岳) 중 하나인 서악(西岳), 화산의 숲길이라면 두말할 필요가 없었다.

"얼마나 더 가야 해요?"

소동(小童)이 머리 위로 떨어진 낙엽을 쓸어내리며 물었다. 목검을 들고 한창 전쟁놀이를 즐길 아이였기에 아름다운 운치는 신경도 쓰이지 않는 듯했다.

소동의 물음에 바삐 걸음을 옮기던 노인이 미소를 지었다. 상투를 틀어 올린 늙은 도장이었다.

"조금만 더 가면 된단다. 늦었으니 빨리 가자꾸나."

"화산파 장문인 취임식이면 다른 문파에서도 많은 사람들이 오겠죠?"

"그럴 것 같구나."

"그럼 무림고수들도 엄청나게 오겠네요?"

"그렇겠지."

소동의 눈빛이 초롱초롱 빛나기 시작했다.

"사부님, 무림에서 가장 강한 사람은 누구예요?"

"글쎄다… 강함과 약함은 종이 한 장 차이니 어찌 딱 잘라 '이 사람이다' 단정 지을 수 있겠느냐?"

"그래도 이름있는 고수들이 있잖아요."

늙은 도장이 소동의 작은 머리를 쓰다듬었다.

"속세의 떠도는 소문은 믿을 것이 못된다. 진정한 강함은 스스로 드러내지 않는 법이니……. 너 또한 강해질수록 자신의 마음을 다스릴 줄 아는 강자가 되었으면 좋겠구나."

소동은 '핏!' 하는 콧소리를 내며 재미없다는 듯 시선을 돌렸다.

공동파의 최고수라 불리는 장서 진인(長逝眞人)과 놀라운 재능으로 감숙성을 떨쳐 울린 신동, 원화(源花)였다.

그들이 화산에 도착했을 때는 이미 해가 중천에 떠 있는 시간이었다.

예상대로 늦은 모양이었다. 화산파 입구에 도착하자 한산했다.

모든 축하객들이 취임식장에 몰려갔으니 당연한 것이다.

장서 진인은 입구를 지키는 젊은 화산파 제자의 안내를 받아 급히 취임식장으로 향했다.

식은 이미 진행 중에 있었다.

양옆으로 수많은 무림 군웅들이 늘어서 있었고, 그 가장자리에 현 장문인 태영 진인과 오늘이 지나면 장문인이 될 태청 진인이 무릎을 꿇고 앉아 시문을 읊고 있었다.

장서 진인을 알아본 젊은 공동파의 제자가 슬며시 다가와 낮게 속삭였다.

“이제 오셨습니까? 어서 저곳으로 가십시오.”

젊은 도인이 가리킨 곳은 단상 위, 한쪽에 마련된 자리였다.

구파일방에서 장문인 취임식을 할 경우 따로 구파를 상석에 앉혀 형식적으로나마 그들의 허락을 구하게 되어 있는데, 공동파에 배분된 자리였다.

장서 진인은 소동의 손을 잡고 급히 그곳으로 가서 앉았다.

때마침 시문이 끝나고 태영 진인이 화산 장문인의 징표인 매화장검을 태청 진인에게 건네주고 있었다.

장서 진인을 알아본, 비슷한 연배의 공동파 도인이 입을 열었다.

"이제야 오십니까, 사형?"

"허허, 마무리 시간에 와서 미안하게 됐네."

"아닙니다."

"저분이 이번에 장문인이 되실 태청 진인이신가?"

"그렇습니다."

"눈매가 매섭고 강단이 있어 보이는구나."

"모두 그렇게 말하더군요."

그때 태청 진인이 매화장검을 하늘로 높이 들어올려 장문직을 인계받은 것을 널리 알렸다.

여기저기에서 박수 소리가 쏟아져 나오고, 태영 진인의 안내를 받은 태청 진인은 단상으로 올라와 중앙에 자리한 의자에 앉았다.

태영 진인은 태청 진인이 앉자 그제야 공동파 옆으로 다가와 화산파의 원로 도인들이 앉아 있는 곳에 자리를 잡았다. 그러자 박수 소리가 끝나면서 생긴 정적을 매우듯 두런두런 축하객의 목소리가 이어졌다.

장서 진인도 화산파의 전대 장문인이 된 태영 진인에게 말을 건넸다. 바로 옆자리에 그가 앉아 있었던 것이다.

"공동파의 장서라고 합니다. 서운하지 않으십니까?"

간단히 목례를 한 태영 진인이 미소를 지었다.

“능력도 없이 오랜 기간 장문인을 자청했으니, 오늘에서야 오히려 홀가분할 따름이오. 태청이라면 내 뒤를 이어 화산을 빛내리라 믿소.”

“그렇군요. 여하튼 축하드립니다. 화산의 무궁한 발전을 기원하겠습니다.”

“감사하오.”

태영 진인의 말을 끝으로 갑자기 장내가 조용해졌다.

또다시 침묵을 찾아오게 한 장본인은 식장 입구에서 걸어 나오던 도인이었다.

취임식의 마지막 식례(式例), 바로 화산파의 검무 때문이다.

장문인 취임식에는 다른 구파일방도 마찬가지지만 마지막으로 동파의 제자가 장문인을 축하하고, 또한 축하객들의 축하에 대한 답례로 화산파의 무공을 선보이게 되어 있었던 것이다.

장서 진인은 적잖이 걱정을 드러냈다.

대부분 취임식 때 젊은 제자가 마지막을 장식하기는 했지만 무림의 연배에서나 젊지 보통 마흔은 넘은 제자들이었다. 그만큼 무공에 스스로의 해석을 담을 수 있는 능력을 보이는 제자라야 가능하다는 말이다.

하지만 지금 중앙에 자리 잡은 화산의 제자는 이제 막 약관을 넘은 듯하니…….

일 년 전, 마교의 준동 때문에 화산파가 대부분의 고수들을 잃어버렸다는 것을 이제야 실감한 장서 진인이었다.

'앞날이 멀고 험하겠구나!'

하지만 생각은 화산파의 제자가 검을 뽑자 싹 가셨다.

검은 단순히 앞으로 나가는 단순한 검로를 보였다.

쉭!

'매화오검?'

화산파에 입문한 후 이삼 년 사이에 배우는 화산파의 기본 무공 중 하나였다.

숨겨둔 화산의 절기가 아니었기에 장서 진인은 단박에 알아볼 수 있었다.

매화삼검과 함께 몸의 균형을 중시하는 검법인데, 처음부터 검을 앞으로 찔러 초식을 펼치는 화산의 무공 중에는 매화오검밖에 없었다.

하지만 모호하다는 것 또한 그의 생각이었다. 그것이 그의 시선을 잡아끌었다.

휘릭!

몸이 한 바퀴를 돌아 뒤로 검을 찌르고, 찌른 상태에서 원을 그리며 주변을 훑었다.

나비의 날개 모양을 본뜬 듯 팔자로 검을 교차시키며 부드럽게 검로를 이어내다 갑자기 검수의 입에서 노랫가락이 흘러나왔다.

하늘을 덮고, 땅을 가려 무엇을 하려는가!

총 다섯 초식으로 이뤄진 매화오검의 일 초가 끝날 때였다.
이 초가 시작될 때 다시 이어지는 노랫가락.

*고요한 호수를 마시고, 고단함을 푸는 잠룡도 고개를 드는구
나!*

검수의 몸이 훌쩍 허공으로 솟구쳤다.
그는 그 상태에서 아래로 검을 내지르고 다시 원을 그려 하
늘로 방향을 틀었다. 마침 땅에 닿는 발은 충격을 흡수하려는
듯 약간 굽혀졌다 다시 펴지며 탄력을 받아 솟구쳤다.
흡사 나비가 이럴까?
덩실덩실 춤추는 모습은 목적지없이 들판을 나는 나비와
같았다.

하늘이 요동치고 땅이 뒤틀리고, 잠룡이 깨어나도!

바닥에 낮게 붙은 검수의 몸에 매처럼 양팔을 벌렸다. 한
손에 들린 검은 매의 날개에 붙은 깃털마냥 손안에서 나부끼
는데…….

장서 진인은 검로를 유심히 바라보다 서서히 입을 벌렸다.

매화오검과 비슷하다고 생각하면서도 검로의 이음 속에 즉흥적인 검무가 들어가 있어 확신을 할 수가 없었다. 어찌 보면 매화오검이 아닌 또 다른 화산의 검법일지도 모른다는 생각도 들었다.

혼란이 가중되고, 만인이 동요하여도!

검법은 사 초식의 마지막을 향해 흘러가고 있었다.

몸이 몇 바퀴씩 돌며, 허리에 붙인 검이 몸에 따라 빙글빙글 돌아 사방을 검빛으로 물들였다.

순간 장서 진인이 자리에서 슬며시 일어섰다.

왜 그랬는지 그는 모르고 있었다.

뿐만 아니다. 주위에 있던 모든 이들이 일어섰고, 식장 양옆으로 늘어서 있던 축하객들은 두어 걸음 중앙으로 걸음을 옮기고 있었다. 흡사 무엇엔가 홀린 듯!

그때 검법의 마지막이 장식되었다.

유유히 흐르던 검로가 딱 끊어지며 검수의 입에서 강한 노랫가락이 튀어나왔다.

꿈이라면 모든 근심, 걱정이 헛되지 않겠는가!

멈췄던 검수의 검이 다시 느릿하게 원을 그렸다.

일순 검수에게로 몇 걸음 걸어가던 대중들이 눈을 번쩍이며 뒷걸음질 쳤다.

스스로도 놀란 듯, 혹은 검무에 홀린 것이 창피한 듯 주변을 돌아보며 모두 얼굴을 붉힌 것이다.

장서 진인도 마찬가지였다.

왜 자신이 일어섰는지 몰라 슬며시 자리에 앉았다. 옆에 있던 그의 사제의 중얼거림이 그의 귀를 스치고 지나갔다.

"마지막 검로를 강하게 휘둘렀다면 장내에 있던 모든 이들이 내상을 입었을지도……. 보는 이의 심신을 조절하는 검무라……!"

'심신을 조절하는 검무?'

장서 진인은 불현듯 태영 진인을 바라보았다.

그는 무엇 때문인지 고개를 끄덕이고 있었다. 검무의 묘용을 이해하고 있다는 것일까?

의아함에 장서 진인이 물었다.

"화산의 검법이 맞습니까?"

"매화오검이라오."

"제가 알고 있는 매화오검과는 다르군요."

태영 진인은 막 검무를 마치고 뒤돌아 걷는 검수를 주시하며 대답했다.

"열 사람이 펼치는 매화오검이라면 열 가지의 매화오검이 존재하는 것 아니겠소?”

장서 진인이 고개를 끄덕였다.

이해할 수 있었다. 검법에 이름을 붙이는 행위를 이상하다고 평소 말하고 다니던 그가 아니었던가!

그는 태영 진인의 시선을 쫓아 검수를 바라보았다.

검수는 천천히 사람들의 시선을 받으며 왔던 곳을 되밟아 식장을 빠져나가고 있었다.

장서 진인이 물었다.

“화산에 대단한 제자를 배출했군요. 누구입니까?”

“저 아이가 진정한 화산인이라오.”

장서 진인은 무슨 소리 하냐는 듯 태영을 바라보았다.

그럼 여기 있는 다른 화산의 제자들은 무엇인가?

그들은 화산인이 아니라는 말인가.

태영은 여전히 웃고 있었다.

＊　　　　＊　　　　＊

훗날 떠도는 소문이 사람들을 놀라게 했다.

그날 있었던 장문인 취임식이 끝나고 전대 장문인 태영 진인이 정화동에서 십여 년을 지냈다는 소문이었다.

그는 정화동에 들어가기 전 말했다고 했다.

그간 지은 화산의 모든 죄를 홀로 속죄하겠다고…….

　그리고 그것을 장문인도 아니고 젊은 제자에게 허락받았
다는 희귀한 이야기가 무림에 떠돌았다.
　그 젊은 제자가 훗날 무림어록 '최면의 대가' 편을 장식한
인물임은 누구도 알지 못했다.

〈終〉

지금 유전자가 말하는 사랑과 성의 관한 솔직 대담한 진실이 펼쳐집니다!

남편의 후광을 등에 업는 것은 까마귀와 인간뿐…

모두에게 바보 취급받던 독신 암컷이 단번에 인생대역전을 해서
서열 1위인 수컷의 아내 자리를 차지하게 될 수도 있다는 말입니다.
모든 여성이 이상형의 남자와 결혼할 수 있는 것은 아닙니다.
적당한 선에서 타협하여 적당한 사람과 결혼하지요.
하지만 솔직히 말해서 당연히 멋진 남자가 더 좋지 않겠습니까?
따라서 여성은 생각합니다.
'그럼 어떻게 하지? 유전자만이라면 가질 수 있어!'
그리하여 장기계획형이나 단기승부형과 같은 여러 가지 방법의
외도가 생겨나는 것입니다.
물론 모든 여성이 이를 실행에 옮기지는 않습니다.

하지만 기회가 있다면 어떨까요?
다른 조건과 이미 타협을 봤다면?
남편이 사소한 일은 눈치 못 채는 둔한 남자라면?
뭔가 유전자의 음모가 느껴지지 않습니까?

실패를 모르는 남자 선택법!
「내 남자친구는 왼손잡이」 법칙

어째서 여성은 왼손잡이 남성에게 마음이 끌리는 걸까요?

여기서 기억해야 할 것은 몸의 좌우와 뇌의 좌우는 원칙적으로 반대 관계라는 점입니다.
따라서 왼손잡이 남성은 우뇌가 발달했습니다.
발달했다는 사실이 왼손잡이를 통해 반영된 것입니다.

그리고 두 번째로 생각해야 할 것은 우뇌는 남성 호르몬의 일종인 테스토스테론에 의해 발달한다는 점입니다.
요약하자면 왼손잡이 남성은 우뇌가 발달했는데, 그것은 테스토스테론 수치가 높기 때문입니다.
그것은 다름 아닌 생식 능력이 높다는 것을 의미하지요.

「내 남자 친구는 왼손잡이」에 감춰진 의미는… 내 남자 친구는 생식 능력이 높아… 인 것입니다.

초등학생이 반드시 읽어야 할 좋은 책 49권

각 학년별로 초등학생이 반드시 읽어야할 좋은 책을 선정하여 통합논술의 기본이 되는 '올바른 독서법'을 일깨워 줍니다.

교과서와 함께하는 초등학교 통합논술

초등1학년 | 값 12,000원 / 초등2학년 | 값 9,500원 / 초등3학년 | 값 11,000원 / 초등4학년 | 값 9,500원 / 초등5학년 | 값 9,500원 / 초등6학년 | 값 11,000원

♣ 혼자 할 수 있어요.

엄마가 책 읽는 방법을 가르쳐 주어도 좋아요.
독서지도하는 선생님이 가르쳐 주어도 좋답니다.
"초등 교과서와 함께하는 **통합논술 시리즈**"는
아이 스스로 독서할 수 있도록 꾸며진 책이에요.
엄마와 선생님은 요령만 가르쳐 주시면 된답니다.

♣ 교과서의 중요한 내용이 총정리되어 있어요.

각 학년별로 중요한 교과 내용이 함께 수록되어 있어요.
초등학생은 교과서 내용을 충실하게 공부해야 합니다.
아울러 그와 병행한 독서가 대단히 중요하지요.
"초등 교과서와 함께하는 **통합논술 시리즈**"는
두가지 방법 모두 알려준답니다.

♣ 이 책은 훌륭하신 선생님들이 함께 쓰신 책이랍니다.

동화작가 선생님들이 쓰셨어요. 소설가 선생님도 쓰셨답니다.
국어 논술독서지도 선생님들도 함께 쓰셨지요.
"초등 교과서와 함께하는 **통합논술 시리즈**"는
엄마의 마음으로 모든 선생님들이 함께 꾸민 책이랍니다.

입소문을 통해 아는 분은 다 알고 계십니다!
올 한해 공인중개사 최고의 화제작!

1~2권 합본 | 이용훈 지음
3~4권 합본 | 이용훈 지음
5~6권 합본 | 이용훈 지음
용어해설 | 이용훈 지음

수험생 기본 필독서
만화 공인중개사